KB041998

땅끝에서 바람을 만났다

박병두 시나리오 선집 **땅끝에서 바람을 만났다**

1판 1쇄 펴낸날 2022년 7월 11일
지은이 박병두
펴낸이 이재무
기획위원 김춘식, 유성호, 이형권, 임지연, 홍용희
책임편집 박찬세
편집디자인 민성돈
펴낸곳 (주)천년의시작
등록번호 제301-2012-033호
등록일자 2006년 1월 10일
주소 (03132) 서울시 종로구 삼일대로32길 36 운현신화타워 502호
전화 02-723-8668
팩스 02-723-8630
홈페이지 www.poempoem.com
이메일 poemsijak@hanmail.net

ⓒ박병두, 2022, printed in Seoul, Korea

ISBN 978-89-6021-638-9 03810

값 35,000원

차례

작가의 말 4
_문학의 오솔길, 땅끝에서 부는 바람

문학의 오솔길, 땅끝에서 부는 바람

임인년 여름이다. 늦은 꽃샘추위와 된바람 속에서 한옥으로 집을 짓는 매서운 시간들이 지나갔다. 어김없이 올해도 봄꽃은 피고 나뭇잎은 새로 돋아났다. 조금 빠르거나 조금 늦는 법은 있어도, 자연이 때를 완전히 어기거나 순환을 멈추는 법은 결코 없다. 공직 생활을 탈출해 서둘러 세상을 경험하고 있는 이 길에서 나이가 들수록 그런 당연한 진리가 더없이 미덥고, 자연에 순응하고 순종하는 일만으로도 삶의 가장 소중한 한 의미가 되는 것 같다. 그렇게 변함없이 오고 가는 계절 속에서 만나는 여러 어려운 일들이 나무와 함께 지내는 동안 새로운 희망으로 다가와 결국은 달성되는 것이 아닌가 싶다.

하지만 말없이 피고 지는 자연의 단순한 섭리나마 제대로 배워서 인문학을 실천하기란, 나 같은 부족한 사람에게는 여전히 어려운 일이다. 세상으로 나온 시간이 몇 해가 지났지만, 아직도 불면과 두통에 시달린다. 세상 사람들과 인연을 멀리하고자 했던 귀촌은 다시 인연이 만들어지고 있는 시간들로 당혹스럽기도 하지만, 더 자주는 내 자신의 지나온 세월과 앞으로 맞이하게 될 미래 사이에서 어떤 불안감이 들곤 한다. 이파리도 없이 꽃을 피우기 위해 몸살을 앓는 개나리처럼, 혹은 순간 짧은 만개 후에 참혹하게 떨어져 내리는 목련처럼, 지금도 내게 알 수 없는 현기증과 신열이 찾아들곤 한다. 집필실 문을 열고 만개한 백일홍을 잠시 바라보다 멀리 해남 땅끝 어란의 푸른 바다를 바라본다.

고향으로의 귀촌은 뜻하지 않은 아버지의 소천이 동기였다. 해남에 내려와 한옥을 지으며 문학에 대해 깊이 숙고했다. 글을 쓰는 문학 활동은 서로 나누고 베푸는 일이라 생각하며, 글을 통해 서로의 삶을 이해하고 응원하는 문화 예술의 마당을 열어 주고 싶었다. 인문주의 정신을 회복하겠다는 그 길은 험난한 여정일 것이다.

이곳에 문학촌을 열기로 했다. 힘들게 장만했던 집과 사재를 털어 인문학의 나눔을 실천하고자 했다. 힘든 문학의 길을 걷고 있을 사람들에게 어떤 위로와 희망을 안겨 주고 싶었다. 나의 오솔길에 문화 예술인들을 초대하고 싶었던 것이다.

스물한 살에 KBS 방송 작가로 입문하고 작가 교육원 연수원에서 글쓰기 공부를 시작했다. 그 이후 35여 년 동안 공직 생활을 하며 글을 써 왔다. 그 길은 힘들었지만 행복했다.

이제 땅끝마을에서 바람을 만났다. 문학이란 바람, 그리고 농부와 어부, 마을 사람들과 바람을 맞으며 그동안 집필해 온 여섯 편 중 세 편의 작품들을 엮어, 시나리오 선집을 출간하기로 했다.

필자의 장편소설 『그림자 밟기』를 '외로운 외출'이라는 제목으로 시나리오로 각색해 곽재용 감독과 함께 영화로 만들기로 했다. 여러 해 걸쳐 시나리오를 수정하며 작업은 마무리됐다. 『그림자 밟기』뿐만 아니라 『인동초』 『엄마의 등대』 등 작품을 시나리오로 묶었다. 『그림자 밟기』는 지우려 해도 삶의 흔적이 지워지지 않는 장편소설이다.

임철우(소설가)는 『그림자 밟기』 추천의 글에서 "박병두는 맑고 건강한 눈을 가진 사람이다. 그에게서는 고향 들녘의 보리밭 냄새와 흙 냄새가 물씬 묻어난다. 그가 자신의 실제 현장 체험을 바탕으로 한 이 소설은, 진솔하고도 건강한 눈을 통해 우리 사회의 일그러진 이면을 생생하게 포착해 내고 있다는 사실만으로도 충분히 눈길을 끈다"고 말했다.

최수철(소설가)은 "한 인간과, 그의 삶과, 그가 쓰는 글이 하나가 되는 경우는 모두에게 행복한 결과를 낳는다. 독자들은 이 소설을 통해 그 셋이 하나로 조화를 이루어 놀랍도록 생생하고 섬세한 숨결을 발하고 있음을 발견하게 될 것이다", 안도현(시인)은 "작가 박병두의 『그림자 밟기』는 가장 인간적인 경찰에 바치는 따스한 헌사다. 겉으로 보기에 경찰일 수 없는, 그러나 경찰일 수밖에 없었던 한 사내의 짧았지만 전부였던 시간을 들여다보며 우리는 그동안 잊고 살았던 희망의 실체를 확인하게 된다. 사건 현장에 오토바이를 타고 출동하면서 수첩에 적을 시를 생각하는 주인공 도영, 그에게서 당당한 명예와 인간적 온기를 함께 느끼도록 배려한 작가의 고투에 박수를 보낸다", 서영채(문학평론가)는 "내가 아는 박병두는 조금은 엉뚱하고 고지식하기 이를 데 없으면서도 마음은 소녀처럼 여리고 정이 많은 사람이다. 그런 그가 자기를 꼭 빼닮은 경관을 주인공으로 삼아 장편소설을 펴낸다. 직업과 어울리지 않는 착한 작가의 따뜻한 마음이, 이 책을 통해 독자들에게도 전해지기를 바란다", 조희문(영화평론가)은 "박병두의 글은 소탈하면서도 생생하다. 『그림자 밟기』는 상처로 외로운 자신의 삶을 복원하고 치유해 나가는 이 작가의 치열한 내면 풍경이다", 곽재용(영화감독)은 "박병두는 항상 자기와 이웃의 삶 속에서 의미들을 찾아내려는 노력을 게을리하지 않는 작가다. 이 과정을 통해 그는 누구에게나 용기를 주고 가능성을 던져 준다. 나는 좀 더 많은 박병두들을 만나고 싶다. 이 작가처럼 자기 직업의 한계를 넘어 따뜻한 감성을 가진 사람들로 세상이 가득 찬다면, 우리의 삶도 좀 더 살 만한 것이 되지 않을까", 라고 말했었다.

모든 작가의 창작 근원은 삶의 주변에서 건져 올리는 기억과 재생, 경험과 상처, 울분과 기쁨이라 생각한다. 이는 인연의 실타래를 어두운 방에서 풀어 나가는 과정이며 흔들리는 삶의 혼란 속에서 글쓰기 작업의 험난한 노정을 필요로 한다. 이러한 산고 끝에 부족한 글에서 위로받고자 선집으로 묶어 내게 된 것이다.

아버님 소천으로 귀촌한 필자의 시간은 새로운 세상을 경험하면서 때때로 눈물 흘리는 일이 많아졌다. 지금은 구수한 사투리에 빠져 해남 사람이 되어 산다.

그동안 공직 생활과 병행하면서 대학과 연수원에서 강의를 하면서 잠시 느껴보았던 인간적인 대화를 이곳에서 나누고 있다. 학생들과 진솔한 대화를 나누며 성찰하게 된 낮은 자세의 마음을 다시금 깨달아 가고 있다.

나의 고향 해남을 진지하게 이야기하고 싶다. 이곳에는 나만의 바람과 들판과 바다가 있다. 나는 송정리 포구의 파도 소리를 들으며 고구마며 감자며 배추가 자라고 있는 푸른 밭과 바다를 바라본다. 문학촌 토문재 뒤로 서 있는 인추산의 겨울도 따사로운 숨결이다. 돌아가신 부모님의 품 안이다.

해남은 인문학의 산실이다. 고정희 시인은 1991년 지리산 등반 도중 실족사로, 김남주 시인은 1994년 10여 년의 감옥살이 후 췌장암으로 작고했다. 김남주 시인은 옥바라지를 자청한 여성과 옥중 결혼해 아들 하나를 두었고, 고정희 시인은 나의 모교 한신대에서 신학을 전공했고, 독신으로 살다 해남을 떠났다. 두 시인 모두 민중 해방, 여성 해방을 위해 온몸을 내던지며 시인다운 삶을 살았으며, 시를 투쟁의 무기로 삼아 혁명적 열정을 꽃피웠던 저항 시인들이다. 박성룡, 이동주 시인 모두 이곳 땅끝마을이 낳은 작가들이다.

깊은 밤 토문재를 찾아든 자욱한 안개에 빠져든다. 살며시 밤이슬 내려놓고 사라진 그 애잔한 밤을 맞이한다. 처마 밑 풍경 소리에 잔

잔한 가슴이 깨어난다. 고단한 하루가 잦아들면 인추산 도솔암 산길을 걷는다. 험준한 바위 절벽이 우뚝 솟아오른다. 개구리와 다람쥐와 청솔모를 따라가다 보면 어느덧 울창한 숲속에 도솔암이 보인다. 그 웅장한 도솔암의 신비한 기운에 깊이 젖어 들곤 한다. 물소리와 새소리, 바람 소리와 풀벌레 소리에 가슴이 스르르 열린다.

그리고 '달마산 줄기가 한 굽이 치솟아 오른 사자봉이 보이고 높은 산마루, 토말土末, '땅끝'까지 이어진다. 동남쪽 끝에 이동주 시인의 생가가 있다. 이동주 시인은 해남의 소리를 가슴에 안고 절제 있는 가락을 담았고, 박성룡의 「풀잎」을 풀피리처럼 불고 다니며 순정한 생명의 숨결을 호흡했다. 해남은 고정희와 김남주와 황지우 시인, 김지하 시인의 경이롭다고 할 수밖에 없는 사연을 담은 인문학의 요충지다.

해남은 문학의 성지聖地다. 해남은 끝이 아니라 시작이다.

요즘 헬렌켈러 여사의 말을 떠올리곤 한다.

"가장 위대한 사람들의 가장 훌륭한 생각이 가장 하찮은 마음을 품은 소인배 때문에 무너질 수 있습니다. 그래도 크게 생각하라, 당신의 최고를 세상에 줄 수 있도록 최선을 다하라. 좋은 일을 하다 보면 이기적인 다른 동기가 있다고 비난받을 수도 있다. 그래도 좋은 일을 하라."

부족한 원고를 묶으면서 고향에 부담을 주었다. 시작한 일을 끝맺어야 하는 마음이 무겁다.

인송문학촌 토문재에서 많은 흔적을 두 손 모아 용서를 구한다. 흩어진 시나리오 원고를 휴지 조각으로 남기지 않으려는 필자의 단순한 생각이 책으로 나왔다. 늘 곁에서 응원해 주는 곽재용 감독, 몸이 불편한데도 항상 나의 편에서 문제를 찾고 해결해 주려는 조희문 영화평론가, 축하의 글을 주신 이정국 감독, 40년간 공연계에 몸을 담은 신시컴퍼니 예술 감독 박명성 대표는 내 고향의 자랑인 문화 예술인이다.

아울러, 명현관 해남군수, 곽준길 부군수, 강상구 전 해남부군수(아동문학가)님을 비롯한 해남의 지인들과 고향으로 귀촌을 도와준 토문재 마을 주민들에게 감사를 드린다.

끝으로 내조를 아끼지 않은 사랑하는 아내 그루터기, 튼튼이에게 고마운 마음을 드리고, 인송문학촌 토문재 한옥을 섬세하게, 명인의 장인정신으로 완공해 준 송정 이춘수 명장님과 오재청 대목에게 큰 마음의 빚을 졌다.

출간에 부쳐 고마운 또 한 분을 잊을 수 없다. 아마 하우 시인詩人의 도움이 없었다면 토문재의 바람은 매섭고 더 차가웠을 것이다. 세상을 바르게 보는 혜안과 무수한 장애물들을 이겨 갈 수 있는 정신적인 멘토기 되어 주신 하우下愚 여행 작가에게 고개 숙여 감사의 마음을 전한다.

모쪼록 영화를 사랑하는 많은 사람들에게 읽혀지길 바라며, 부족한 원고를 출간해 주신 해남군의 문예진흥기금과 천년의시작 이재무 시인을 비롯한 편집위원들에게 무한한 감사를 드린다.

세상과 동떨어진 삶과 "길은 끝났지만 여행을 다시 시작한다"는 루카치의 말처럼 길 찾기 여행을 떠난 어리석고 부족한 이 사람과 토문재에서 동고동락하며 살아가야 할 날들에 힘과 위로가 되어 줄 토순이, 문돌이, 재돌이에게 이 선집을 내놓는다.

2022년 여름
인송문학촌 토문재仁松文學村 吐文齋에서 박병두

그림자 밟기

시놉시스

도경道警의 공보관실에 근무하던 남도영南道泳 경위가 두리파출소 소장으로 발령을 받는다. 이 두리파출소는 18년 전 남도영이 순경 때 근무했던 곳이다. 그 시절, 남도영은 한 사건을 겪는다. 그 사건이 이 시나리오의 줄거리다.

이야기는 남도영 경위의 회상回想으로 시작된다.

1990년 12월 24일, 크리스마스이브였다.

전화로 신고가 한 건 들어왔다. 관할구역의 한 가정집에 강도가 들어왔다는 것이어서, 두 순경이 현장에 출동한다.

한 사람은 남도영이었고, 또 다른 한 사람은 오복식吳福植이다.

공교롭게도 두 사람은 친구 사이다. 체육대학을 함께 다닌 관계였다. 남도영은 태권도학과에, 오복식은 유도학과에 다니다 두 사람 모두 3학년 때 육군에 입대하여 군 복무를 마치나, 집안이 가난한 처지라 복학을 하지 못하고, 순경 시험에 응시하여 합격한다.

도영은 태권도 4단이고 복식은 유도가 4단이다.

도영은 군대를 제대하면서 바로 순경 시험에 합격하여 두리파출소로 발령받았으나, 복식은 유도 도장에서 사범 일을 하다가 순경 시험에 합격하여, 전투경찰로 발령받는다. 그러나 학생들의 시위를 진압하다가 한 학생의 팔을 부러뜨리는 사고를 겪는다. 그리하여 파출소로 자리를 옮기는데, 이 두리파출소에서 도영이와 재회하게 되는 것이다.

도영이는 체육대학을 다닌 사람답지 않게 시詩를 쓰는 데 몰두한다.

그러므로 심성이 여리고 눈물이 많은 사람이 되었다. 그는 돌아가신 어머니를 잊지 못하며 매번 어머니를 생각하며 자주 눈물을 흘린다. 강도 사건 신고를 접수하던 그날에는 진눈깨비가 내리고 있었는데, 어머니와 마지막으로 헤어진 날도 진눈깨비가 와서 어머니의 생각을 하며 눈물을 한바탕 쏟아 내기도 했다.

두 사람은 당시 파출소의 이동 수단인 순찰 오토바이를 타고 강도 사건의 현장으로 나간다. 집주인은 33세의 가정주부인 임영애林英愛였다. 단순히 강도 사건인 줄 알았는데, 현장에서 임영애가 두 강도에게 강간을 당한 사실을 알게 된다. 문제는 이 강간 사건이었다.

이웃 주민에 의해 신고된 이 사건은 피해액 약 30만 원뿐만 아니라, 피해자가 극구 부인함에도 불구하고, 현장에 나간 두 순경이 찢어진 팬티를 발견함으로써 강간 사건임이 밝혀진다. 그러나 피해자 영애는 성품이 거칠고 포악한 자기 남편이 알게 되면 가정이 파탄 날 것이므로 남도영 순경을 붙잡고 강간 사건은 없었던 걸로 해 달라고 애걸복걸한다. 그녀는 어린 두 아들이 고아가 되는 것을 막아 달라고 울면서 사정을 한다. 그렇지 않아도 돌아가신 어머니 생각에 눈물이 흘러나오던 도영은 그녀를 붙잡고 함께 울어 버린다. 그리하여 이 사건은 강간 사건이 아닌 단순 강도 사건으로 파출소의 소장 및 상급 관청에 보고된다.

그러나 버스 운전사인 임영애의 남편 김만석이 적금 통장을 찾으려다 장롱 사이에다 감춰 뒀던 임영애의 찢어진 팬티를 발견한다. 거기다 범인들이 자꾸 전화를 해 임영애를 괴롭히는 것을 어린 그의 아들을 통해 알게 된다. 술에 취한 김만석은 임영애를 다그쳐 자기 부인이 두 강도에게 강간 당한 사실을 알게 된다.

성품이 거친 김만석은 술을 잔뜩 마시고 파출소로 달려가 난동을 부리고, 이를 목도한 파출소장이 돈 50만 원을 마련하여 이사 비용에 쓰라고 남도영을 시켜 전달했으나, 오히려 역효과로 나타난다. 그는 집에 있는 세간을 부수고 난리를 부린다. 이웃에서 신고가 들어와, 오복식 순경이 전경 한 명을 데리고 현장으로 나간다. 인사불성인 김만석은 오복식 순경을 폭행하려 하나, 유도 4단인 그를 이겨낼 재간이 없었다. 그는 제 성질을 이기지 못하고 소주병을 깨서 자기 배를 긋는 자해自害를 한다.

당황한 오복식 순경은 구급차를 불러 그를 병원에 옮겨 입원시킨다. 그러나 평소에도 혈압이 높던 오복식은 병원을 나오다 현관에서 쓰러진다. 뇌경색이었다. 그도 병원에 입원한다.

병원에 입원한 복식은 낙천적인 성품인 탓으로 낙심하지 않고 약물 치료와 물리치료를 겸하면서 나날을 보낸다.

한편, 남도영의 아내 경희는 도영이에게 불만이 많다. 아이가 없는 이들 부부의 사이는 이미 금이 많이 간 상태였다.

당시 파출소는 하루를 근무하고 하루를 쉬는 제도였고, 큰 사건이 터지면 이삼일씩 집에 들어가지 못하는 실정이었다. 월급도 많을 리가 없었다. 옷과 고급 화장품을 사기에 바쁜 사치스러운 경희는 교회를 핑계로 종종 외박까지 한다. 어쩌다 잠자리에 들어도 성행위를 거절하고 매사에 제멋대로였다. 강도 사건이 있었던 다음 날 낮에 집에 들어온 그녀에게 성행위를 요구하자, 그녀는 뿌리치고 거절한다. 도영이는 그녀를 꼐안으려 하고, 경희는 뿌리치고, 그러다 경희가 침대에서 굴러떨어진다. 굴러떨어지는 그녀를 붙잡으려다 엉겁결에 그도 침대에서 떨어지며, 그녀의 다리를 밟는다. 그녀가 비명을 질렀고, 어쩔 줄 모르며 당황한 그가 밟은 다리를 또 밟는다. 다리는 그렇게 돼서 부러졌다.

경희는 병원에 입원했고 다리는 깁스를 했다. 달려온 장모는 도영의 따귀를 때린다. 그러나 그는 그런 일을 마음에 담아 두지 않는다. 이명耳鳴처럼, 자꾸 어머니를 그리는 시구詩句가 떠올라 혼자 자주 주절거린다.

강간 피해자 영애는 정신병원에 입원하고, 그녀의 동생인 초등학교 교사 영란英蘭이가 이사 비용으로 쓰라고 했던 돈 50만 원을 도영에게 반환한다. 이 만남을 계기로 두 사람은 정신병원에 입원한 영애에게 면회를 가기도 한다.

반환받은 돈 50만 원은 자해로 병원에 입원한 김만석의 치료비 조로 다시 건네지나, 김만석은 울화를 이기지 못하고 각 방송과 신문에다 성폭행 사건 은폐라는 파출소의 직무 유기를 고발한다. 방송과 신문들은 이 사건을 대대적으로 보도한다. 그리하여 경찰 자체 징계위懲戒委가 열렸고, 그 결과 소장은 파면되고 도영은 정직 3개월에 처해진다.

도영의 아내 경희는 초등학교 동창인 창수와 자주 어울려 다녔고, 심지어 도영이가 없는 집에 그를 데려와 밥까지 함께 먹곤 했다. 그러던 중, 경희의 다리 깁스를 떼는 날, 그녀를 병원에 데리고 가려고 집에 들른 도영이가 두 사람이 다정하게 밥상 앞에 앉아 있는 모양을 목도하게 된다. 도영은 그 현장에 나서지 않고 조용히 뒤돌아선다. 그가 모른 체하고 오토바이로 떠나는 모양을 경희가 화장실 창에서 목도한다. 그날부터 도영이는 여관 생활을 하면서 집에 들어오지 않는다. 이에 경희가 선수를 친다. 언젠가 외박하고 들어온 날에 따귀를 때린 것, 다리를 부러뜨린 것을 2주, 4주짜리 진단서를 첨부하여 도영이를 폭행죄로 검찰에다 고발한 것이다. 검사는 그를 구속하겠다고 한다.

고소를 취하하는 조건으로 경희는 도영에게 금전을 요구했다. 가사 노동과 잠자리 노동이 그 명목이었다. 도영은 집 전셋돈을 모두 그녀에게 주고 합의이혼을 한다.

집 전셋돈을 빼앗기고 정직 3개월까지 당한 도영이는 될 대로 돼라는 마음으로 여관방 생활을 하면서 술에 젖어 산다. 그러던 중 어느 비 내리는 밤에 그는 따분한 여관 생활에서 잠시 벗어나고 싶은 심사로 대형 술집 파라다이스로 간다. 혼자 있기가 멋쩍어 전화로 영란이를 불러낸다. 혼자 폭탄주를 마신 도영이는 취하기 시작했다. 초등학교 선생인 영란이는 술집으로 나가는 것이 꺼려졌으나, 쓸쓸하다는 도영이의 청을 거절할 수가 없었다.

도영이는 그 술집에서 한 달 전에 합의 이혼한 아내 경희가 그녀의 초등학교 동창인 창수와 입을 맞추고 볼을 비비며 춤을 추는 것을 목도한다. 그리하여 그는 억수로 술을 마신다.

도영의 취안醉眼에 마주앉은 영란이가 그 언니 영애로 보이면서, 이웃 자리에 앉아 술집 작부들과 노닥거리는 땅딸보와 꺽다리가 그 강도, 강간의 범인이라고 얼핏 단정하게 된다. 그러나 그것을 깨달았을 때 그들은 이미 어디론가 사라진 후였다.

내리는 빗속에서 허망하게 비칠거리고 서 있는 도영이를 영란이가 나와 부축하여 그의 숙소인 여관으로 간다. 그날 밤 두 사람은 잠자리를 하게 된다.

이튿날부터 도영이는 아파트를 짓는 공사장에서 질통을 지는 노동을 하게 된다. 땀을 흘리며 무거운 질통을 지고 높은 층계를 올라 다닌다. 그러던 어느 날, 파출소의 후배인 순경1이 찾아와 책자 한 권과 전화번호를 그에게 건넨다. 책자는 경찰을 상대로 한 전문 월간지로, 『현대시학』이었고, 언젠가 도영이가 자기가 쓴 시詩를 거기에다 투고하였는데, 그 시가 게재된 것이었다. 전화번호는 지방신문의 문화부장인 양기문梁基文으로 당시 유명한 시인이었다. 그가 그 시를 보고 한번 만나고 싶다고 자기 전화번호를 적은 것이었다.

도영은 양기문 시인을 찾아가 만난다. 양기문은 도영이의 시를 극찬하였고, 좋은 시를 쓸 것이라 예언하며, 그의 시집을 발간해 줄 것을 약속한다. 도영은 느닷없는 횡재에 어리둥절한 기분이었다.

그러나 즐거운 일만 있지는 않았다. 강간 피해자로 정신병원에 입원한 영애가 자살을 한다. 영란이는 도영에게 그 사실을 알린다.

벌써 이혼 서류를 법원에 제출한 남편 김만석이 부인인 영애에게 면회 가서 그동안 일어난 일을—자기도 입원했다는 것(자해를 하고, 순경들한테 구타를 당했다고 거짓말을 함), 남도영 순경이 3개월 정직 처분을 받았다는 것, 두 아이는 모두 고아원에 보냈다는 것 등—있는 일 없는 일 모두 꾸며서 얘기한 후 이혼 서류에 도장을 찍으라고 협박을 한 것이었다. 이에 절망감을 느낀 영애는 죽음을 택한다. 영애는 자기 시체를 화장해서 강에 뿌려 고기들의 양식이 되게 해 달라는 유서를 남겼다. 그녀는 산책을 나갔다가 주은 유리 조각으로 밤중에 팔의 동맥을 자른 것이다.

도영과 영란은 그녀의 유언대로 강에 배를 띄우고 화장한 유골을 강에 뿌린다. 유골을 모두 뿌린 다음, 물결에 흔들거리는 배 위에서 도영은 청혼을 한다.

도영	애들은 고아원에 보내졌다면서?
영란	네.
도영	데려다 우리가 기르는 게 옳지 않을까?
영란	우리요?

도영　　　　영란이하고, 나하고, 그리고 애들하고, 한 가족이
　　　　　　　되는 거지.

영란이가 흐르던 눈물을 훔치며, 미소를 짓는다.
도영이가 영란을 가볍게 껴안는다.
이렇게 두 사람은 부부로 맺어질 것을 약속한다.

봄이 왔다. 마을 담장에 개나리가 활짝 피었고, 철쭉도 아름다운
자태로 널려 있고, 모란꽃도 보기에 좋다.
3개월간의 정직이 끝난 도영은 다시 파출소로 출근하였고, 복식
이도 아직 몸이 신통치 않았지만 출근을 했다.
그날, 웨이터가 달려와서 긴급한 소식을 전한다.
파라다이스의 아가씨 하나가 전날 업소에 두고 간 화장품 통을 가
져다 달라고 해서 그 심부름을 하기 위해 그 아가씨의 집에 갔다가
강도범인 땅달보와 꺽다리를 보게 된 것이다. 웨이터는 이 사실을
도영이에게 알린다.
도영이는 즉시 오토바이를 타고 범인들이 있는 곳으로 간다. 쾌유
하지 못한 몸 때문에 만류하는데도 복식이는 동행을 한다.
두 사람이 문제의 금성아파트에 들어갔으나, 아가씨들과 승강이
를 하는 사이, 방에 있던 땅달보와 꺽다리는 각자의 방에서 탈출한
다. 꺽다리는 삼 층에서 뛰어내리고, 땅달보는 가스관을 타고 내려
간 것이다.
도영과 복식은 즉시 오토바이를 타고 두 범인을 추격한다.
두 범인은 거리를 뛰어 도망을 가다가, 신호 대기로 멈춰 서 있는
그랜저 승용차에 여자 혼자 앉아 있는 것을 발견하고, 여자의 목에

다 칼을 들이대 핸들을 빼앗는다. 그리하여 그랜저를 몰고 질주하며 도주한다.

이에 복식을 뒤에 태운 도영의 오토바이는 필사적으로 범인들이 몰고 가는 그랜저를 뒤쫓는다.

도심을 벗어나고, 차의 소통이 뜸한 교외로 나가자 그랜저는 바짝 붙어서 쫓는 경찰 오토바이를 차체로 훼방한다. 여러 차례 차체로 부딪치다가, 결국 오토바이가 충격으로 가로수를 들이받게 된다. 그랜저 역시 길가에 나뒹굴게 된다.

한편, 도영이가 남긴 메모를 참고로, 순경1은 차석을 대동하고 순찰차로 범인들이 있는 금성아파트를 찾았으나, 이미 그들은 그곳에 없었다.

아파트 경비원의 말에 따라, 거리로 나선 순찰차는 곧 쫓고 쫓기는 그들을 발견한다. 차석은 무전으로 상부에 그 사실을 보고한다. 상부에서는 경찰 헬리콥터를 띄우고, 여러 대의 순찰차를 동원시킨다.

하늘에는 헬리콥터가, 도로에서는 여러 대의 경찰차가 범인들을 뒤쫓는다.

복식과, 뒤집어진 그랜저에서 기어 나와 도망가는 땅딸보는 격투를 벌인다. 한쪽 다리가 아직 불편한 복식은 땅딸보와 함께 차도 아래 벼랑으로 굴러떨어진다. 땅딸보는 즉사하고 복식은 척추를 심하게 다친다. 의사는 복식의 척추는 복구가 힘들다고 판정한다.

경찰 본부에서는 범인 검거에 공훈을 세운 도영과 복식을 표창하고 일 계급을 특진시킨다.

도영은 양기문 시인의 주선으로, 시집『그림자 밟기』의 출판기념식을 갖는다.

그곳에서 도영은 그동안 친밀하게 지냈던 사람들을 만나 회포를 푼다.

영란이와 사랑의 의지를 더욱 굳히고, 그 언니의 아이들을 그 자리에 데려와 자기가 기르겠다는 의사를 확고히 한다.

화기애애한 사람들의 축복 속에 맞는 출판기념회는 남도영의 인생에서의 보람이었다. 그 기념회가 그동안에 겪었던 모진 수난의 결실이 된 것이었다. 이것으로 이 시나리오는 대막을 내린다.

남도영 경위의 추억담이었으므로, 마지막에 그가 회상을 끝내는 유리창 가의 모습으로, 〈끝〉 자가 뜬다.

등장인물

남도영

오복식

임영란(26세)

김경희(남도영의 아내)

경희의 어머니(60대)

최복자(복식의 아내)

순경(순찰차 운전수)

어머니(남도영의)

임영애(33세)

김만석(임영애의 남편, 42세)

양기문(40대)

파출소장(50대)

소장 부인(50대)

파출소 차석(40대)

꺽다리(30대)

땅딸보(30대)

웨이터(20대)

이영애의 아들(7세)

이영애의 아들(5세)

서창수(30대, 경희의 동창)

아파트 경비원(60대)

서무주임(40대)

검찰청 서기(40대)

인사 위원1. 2. 3. 4. 5.

동네 사람1. 2. 3. 4. 5.

신문기자1. 2. 3. 4. 5.

행상1. 2. 3. 4. 5.

순경1. 2. 3. 4. 5.

버스 운전사1. 2. 3.

합창단원1. 2. 3. 4. 5. 6.

전경1. 2. 3.

그 밖의 여러 사람들

S#1. 타이틀 백

맑고 새파란 초가을 하늘에 뭉게구름 한 덩이가 떠간다.

카메라 내려오면, 경찰 순찰차가 일반 차들과 나란히 같이 시가지를 달린다.

순경이 운전하는 옆 좌석에 경위 계급장을 단 남도영이 쓸쓸한 얼굴로 바깥을 내다본다.

그 시선으로, 빌딩 숲이 지나간다.

한가한 상점들, 나른한 주택가도 지나간다.

바람에 흔들거리는, 잎이 풍성한 가로수들이 지나간다. 타이틀백이 끝난다.

순경	(운전수) 소장님!
도영	응?
순경	심경이 착잡하신가 봐요?
도영	그렇게 뵈나?
순경	네. 소장님도 초임 순경 때 우리 두리파출소에서 근무하셨다면서요?
도영	근무했었지. 18년 전에.
순경	도경 공보관실에 계시다가, 지원하신 게 아니라.
도영	무슨 소리야?
순경	그저 우연히 발령을 받으셨나 봐요? 그렇지요?
도영	글쎄. 우연히, 라…… 우연히…….

혼잣소리로 말을 반복하고 있는 도영이를 어리둥절한 눈으로 순

경은 바라보고만 있다.

두리파출소 앞에서 차가 멎었다.

운전사가 내려 앞문을 열면 도영이가 내린다.

차는 한쪽 구석진 곳으로 가서 후진, 전진을 하며 자리를 잡고 정차한다.

'무엇을 도와드릴까요?' 현판이 파출소 지붕 앞에 붙어 있다.

현판을 물끄러미 바라보는 도영의 눈이 흐릿해진다.

이윽고 그의 눈이 젖기 시작한다. 그 얼굴, CLOSE UP.

도영   (혼잣소리) 우연히……, 우연이라…….

F.O

S#2. 두리파출소 전경

진눈깨비가 눈을 뜰 수 없을 정도로 쏟아지고 있다.

파출소 건물이 희미한 형체만 보일 정도로 진눈깨비는 무지막지하게 퍼붓고 있다.

그 위로 자막, 1990년 12월.

한쪽 구석에(1신에서 순찰차가 정차한 자리) 눈을 뒤집어 쓴 순찰오토바이가 서 있다.

'민중의 지팡이(S#1의 '무엇을 도와드릴까요?'의 자리)', 현판이 보인다.

카메라 내려와 서서히 다가서면, 유리창에 슬픈 얼굴을 한 남도영 순경의 얼굴이 실루엣처럼 어른거린다.

내리는 진눈깨비가 유리창에 부딪쳤다가 금세 물방울이 되어 흘러내린다.

어디선가 낮은 소리로 크리스마스캐럴, 징글벨이 울린다.

점차 슬픔으로 얼굴이 더욱 일그러지는 남도영 순경이다.

남도영   (소리) 그 주름진 손 한번 변변히 잡아 드리지 못하고

고향 떠나던 날.

하늘이 대신 진눈깨비로 울어 주었네.

S#3. 인서트, 시골집 앞(낮)

역시 진눈깨비가 형편없이 쏟아지고 있다.
사복 차림의 남도영과 어머니가 집 앞에서 작별을 한다.

자막, 3년 전.

어머니는 왼쪽 가슴을 한 손으로 쓸며 잔기침을 한다.
어머니가 자그마한 보따리를 건네면, 남도영이 두 손으로 받는다.

어머니	삶은 계란이야. 가다가 먹어.
도영	어머니.
어머니	공무원 시험에 합격했으니 이젠 에미 걱정하지 마라. 하루 세끼 밥은 꼭꼭 챙겨 먹고.

어머니는 들고 있던 비닐우산을 도영의 손에 쥐여 준다.

어머니	어서 가. 차 시간 늦을라.
도영	어머니.

어머니는 연신 빨리 가라고 손짓을 한다.
도영은 발걸음이 떨어지지 않아 가다가 뒤돌아보고 또 가다가 뒤돌아본다.
진눈깨비에 묻혀 도영이 보이지 않자, 어머니는 기침을 심하게 하며 사립문을 잡고 휘청거린다.

진눈깨비는 사정없이 내린다.

S#4. 파출소 안(낮)

도영이는 여전히 진눈깨비가 쏟아지는 창밖을 바라보고 있다.
징글벨 소리 여전히 들린다.
한쪽에선 무전기에서 알아들을 수 없는 소리가 울린다.

카메라, PAN하면.

활활 타고 있는 대형 석유난로 옆에서 오복식 순경이 권총을 분해
하여 손을 보고 있다.
총의 부속들을 헝겊으로 닦고 문지르면서 힐끗거리며 도영이 쪽
을 본다.
벽에 걸린 시계는 3시 15분을 가리키고 있다.
그 아래로 순경1이 뭔가를 열심히 쓰고 있다.
대기 벤치에는 파라다이스 웨이터가 쪼그린 채 잠이 들어 있다.

카메라, 도영이 옆에서 멎으면.

   도영   (소리) 첫 월급 타서 내의 사 드린다는 약속

            니저 지키지 못하고

            처음이자 마지막으로

            누런 상여 옷 한 벌 해 드렸네.

            깃털처럼 가벼워진 어머니

            찬 땅에 누이고 돌아오니

            하늘이 먼저 아시고 흰 이불 덮어 주셨네.

도영이 눈에서 이윽고 눈물이 떨어진다.
허리를 숙이고 도영이는 손으로 눈물을 훔친다.
난로 곁의 오복식 순경은 징글벨을 흥얼거리며, 권총 조립을 다
끝냈다.

헝겊으로 권총을 닦은 후 철거덕, 하고 장전을 하다가, 힐끗, 도영
에게 시선을 주며 보다가 머리를 내흔든다.

오복식은 권총을 옆구리의 권총집에 넣은 후 도영에게 다가선다.

복식 또 돌아가신 어머니 생각을 했냐? 이제 삼 년이 돼
     가. 언제까지 그렇게 찔찔찔 짤 거야?

도영 상관 마.

도영은 주머니에서 손수건을 꺼내 눈을 훔치고 코를 푼다.

복식 정말 두 눈 뜨고 못 봐 주겠다. ……그런데 이게 무슨
     소리야?

대기 벤치에서 웅크리고 잠을 자는 웨이터가 코를 곤다.

오복식이 대기 벤치 앞으로 다가선다.

복식 이 자식 봐라? 어휴, 술 냄새야. 야! 보이, 보이!

오복식이 느닷없이 웨이터의 볼기짝을 손바닥으로 거세게 내려친다.

깜짝 놀라며 벌떡 일어나 앉는 웨이터가 어리둥절한 눈으로 쳐다본다.

웨이터 ……그게 말이지요, 꺽다리하고 땅딸보가요, 어저께
       우리 집에 왔는데요. 그치들이 하는 소리가요…….
       아이고 머리야.

복식 이 자식이 아무래도 뭐가 잘못됐어. 아침부터 꺽다리

가 어쩌고, 땅딸보가 어쩌고 횡설수설하더니. 계속

그 소리야. 너 아직 술이 덜 깼냐?

웨이터   아녜요. 그런 게 아니라요.

복식   야, 여기가 술집 보이들을 재워 주는 무료 합숙소인

줄 아냐?

웨이터   보이라뇨, 아저씨?

복식   그럼 뭐야?

웨이터   전 말예요, 파라다이스의 웨이터 보조예요.

웨이터는 기분이 상했는지 툴툴거리며 일어나 신발을 신는다.

복식   보조나 보이나 그게 그거지 뭐, 자식아.

웨어터   아저씨는 아주 무식해요. 순 깡패 같고.

복식   이 자식이!

웨이터의 멱살을 잡아 쳐들고 자기 등판에다 올려놓은 오복식은
금세 땅바닥에다 내던질 기세였다.

웨이터   아이고, 아저씨 잘못했어요. 잘못했어요.

남도영이 뜯어말린다.

오복식의 등에서 내려진 웨이터가 제 목을 어루만지며 숨을 몰아
쉰다.

도영   아까 한 얘기는 무슨 얘기야? 다시 한번 해 봐.

웨이터	그게요……, 가끔 우리 집에 오는 손님인데요, 하나는 마르고 키가 껑충 커요. 또 한 손님은 작고 옆으로 많이 퍼졌어요. 그 둘이서 하는 소리가요……. 오늘……. 에이, 그만둘래요. 영업 시간이 돼서 난 이만 갑니다.

웨이터는 오복식을 한번 쏘아본 후 줄행랑을 쳐 버렸다.

복식	저 자식을 그냥!

쫓아 나가려는 오복식의 팔을 남도영이 붙잡는다.

도영	뭔가 좀 이상한 감이 잡히는 소리 같은데.

도영은 고개를 갸웃거린다.

복식	정신 나간 새끼의 소리야. 그 자식, 참
도영	그러다 애 팔이라도 부러지면 어쩌려고 그래? 남의 팔을 부러뜨리고 전경대에서 여기로 날라 왔으면 뭔가 반성을 해야지. 또 사고를 치면 이젠 어디로 날라 갈 거야?
복식	데모 진압하다 생긴 사고를 또 들먹거려? 그게 어디 저런 놈을 다루는 것하고 같냐?
도영	조심하란 말이야. 두 눈 뜨고 못 봐 주겠다, 이 말이다. 언제까지 애들처럼 그럴 거야?

복식	어쭈.
도영	왜? 틀린 말 했냐?
복식	곧장 앙갚음일세.

오복식이 큰 소리를 내며 웃었다.
남도영 역시 소리 없이 미소로 답했다.
한바탕 웃어 대던 오복식의 웃음이 그치자 주변은 갑자기 조용해졌다.

순경1	두 분이 대학 동창이라면서요? 학교 다닐 때도 그렇게 서로 아웅다웅했어요?
복식	아냐. 쟤는 태권도학과고, 나는 엎어치기학과라, 저런 애들이 어디 우리 근처에 얼씬거릴 수 있었겠나.

남도영은 그냥 웃어 보이기만 한다.

복식	그때가 좋았지. 금메달 하나를 목에 걸려고 참 운동 열심히 했었는데. 쇠푼이 뭔지. 가난 때문에 중도에서, 쟤나 나나 군대에 가는 걸로 종쳤거든. 순사가 돼서 저런 애를 이런 데서 다시 만날 줄을 누가 알았겠나?

오복식이 다시 시니컬하게 웃었고, 웃음이 끝나자, 주변에 흐르는 침묵이 적막감마저 자아냈다.
바깥은 여전히 진눈깨비가 쏟아졌고, 실내에서는 석유난로에 쉬

익 쉬익 소리가 나면서 불길이 솟구치고 있었다.

당직 순경1의 곁에 있는 무전기에서 가느다랗게 들리던 소리가 갑자기 크게 들린다.

　　무전기　　(소리) ⋯⋯금일 날 때는 크리스마스 성탄절로, 각
　　　　　　　종 풀밭이 줄줄이 솔생하고, 청소년 범죄와 둘 강,
　　　　　　　둘도 및 둘 폭 논밭이 솔생할 우려가 아주 크므로,
　　　　　　　전 신사들은 방찰사오에 만전을 기해, 연잎 꽃잎 노
　　　　　　　소가 아기 예수 탄생을 축하하는 성탄절 크리스마
　　　　　　　스가 특히 풀밭이 없도록 최선을 다해, 범죄 솔생치
　　　　　　　않도록 울안 방찰에 만전을 기해 주길 바람⋯⋯.

오복식이 순경1의 곁으로 다가간다.

　　복식　　그런데 순찰 나간 사람들은 어떻게 된 거야? 이 바
　　　　　　닥의 도둑놈들을 모두 잡아들일 작정인가?
　　순경1　　(시계를 쳐다보며) 이제 교대 시간이 거의 다 됐네요.

오복식은 심심한지, 가운데 빈 파출소장의 의자를 흔들어 본다.

　　복식　　소장은 회의 들어가서 함흥차사고. 이놈의 파출소
　　　　　　는 마땅한 구석이라곤 한 군데도 없어.
　　순경1　　(웃으며) 소장님은 오늘 안 들어오실 거예요. 회의
　　　　　　끝나고 망년회 겸해서 서뿔의 간부들과 회식이 있답

니다. 곧장 집으로 가시겠다고 했어요.

오복식은 난로 곁에 앉으며, 두 팔을 벌리고 기지개를 켜며 하품
을 한다.

복식   날씨도 참 개좆같네. 그냥, 뜨뜻한 구들에 앉아 예쁜
              아가씨 끼고 삼겹살에 소주 한잔 걸쳤으면 딱 좋겠다.

남도영이 결재 서류를 소장의 책상 위에 놓으며 뒤돌아본다.

도영   그야 어려운 일 아니잖아. 퇴근해서 곧장 제수씨한
              테 가면, 삼겹살에 소주가 가득 쌓여 있을 텐데. 거
              기다 제수씨가 얼마나 사근사근하게 잘해 주나?
복식   아, 우리 마누라 얘긴 꺼내지도 말아라. 파출부를 다
              니다가 해장국집을 하나 차리더니, 남편은 아예 뒷
              전이야. 삼겹살이 뭐야? 소주 한 잔 못 마시게 해.
              나 원 참.

도영이 복식의 뱃살을 움켜쥐며 흔든다.

도영   이 삼겹살 때문에 그럴 거다. 거기다 혈압이 높다면서?
복식   지아비는 자고로 하늘이라고 했는데, 무슨 소리야?
              하늘이 먹고 싶고 마시고 싶다면 불문곡직하고 대령
              해야지. 무슨 당치 않은 핑계야.

복식은 자기 뱃가죽을 잡고 흔드는 도영이의 팔을 뿌리쳤고, 그 겨를에 밀린 도영은 전화기 곁에 선다.

그때, 전화기 벨이 울린다.

순경1이 전화를 받으려고 일어섰으나,
도영이 먼저 송수화기를 든다.

> **도영**   두리파출소, 남도영 순경입니다. 예에? ……그래, 어떻게 됐습니까? 인명 피해는 없는가요? ……그래도 정신을 차리셔야지요……. 이 인조군요. 거기 어디세요? 번지요……. 백이십칠의 이십이 호 이 층. 네, 곧 출동하겠습니다.

전화를 하는 사이 어느 틈에 오복식이 곁에 와 서 있다.

> **복식**   뭐야? 도둑놈?
> **도영**   강도.
> **복식**   햐아! 난리가 났구먼. 어쩐지 기분이 찜찜하더니만.

두 사람은 벽에 붙은 관할구역 지도 앞에서 선다.

> **복식**   백이십칠, 이라
> **도영**   이십이 호, 여기, 다세대주택이야.
> **복식**   집들이 다닥다닥 붙었네
> **도영**   가만, 얼마 전에 한번 출동했던 집이잖아? 주정뱅이

버스 기사가 세간살이를 모두 두들겨 부시고, 소리
를 내지르면서 난리를 부렸던 집, 기억 안 나?

복식   그 집이군. 좆같이 생긴 새끼가 성질머리 한번 더럽
더군.

도영은 뒤에 있는 창고로 가서 우비 두 벌을 가지고 나온다.
복식은 권총에 실탄을 장전한다.
우비 한 벌은 복식이 앞에 던진 후 한 벌은 입는다.
복식은 서부 활극에 나오는 총잡이가 하듯이 총을 뺏다가, 넣었
다 한다.

도영   뭐 하는 거야?
복식   강도를 잡아야지.
도영   강도가 아직도 널 기다리고 있겠다? 빨리 움직여!

도영이 앞서 나간다.
마지못해 우비를 주워 들고 뒤따라 나간다.

S#5. 도로(낮)

진눈깨비는 걷히고, 얇은 눈송이가 간간이 내린다.
도영이 운전하고 복식이 뒤에 탄 순찰 오토바이가 질주한다.

복식   고물 순찰차 하나 있는 거, 아침부터 안 뵈던데, 어

딜 갔나?

도영　차석이 공무로 끌고 나갔나 봐.

복식　빌어먹을! 밤낮 애새끼들처럼 두 발짜리를 타고 다
　　　녀야 하나? 이거 사람 체신이 말이 아니다.

도영　내년쯤엔 파출소마다 순찰차를 한 대씩 더 사 준다잖아.

S#6. 주택가 골목길(낮)

도로와는 달리 골목길은 내린 진눈깨비로 바닥이 질척거린다.
두 사람이 탄 오토바이가 비칠거리며 천천히 간다.
앞서가는 사람을 피해 가려다 오토바이가 미끄러지며, 하마터면
넘어질 뻔한다.

복식　야, 운전 좀 똑바로 잘 해라. 강도를 잡으러 가다가
　　　순사를 잡겠다.

도영　내 허리가 부러지겠다. 좀 느슨하게 잡아라.

오토바이는 그런대로 속력을 내며 골목길을 달린다.

복식　사이렌을 울려!

도영　동네가 시끄럽잖아.

복식　나리들이 납시는데 동네에다 알려야지. 사이렌을
　　　틀라고!

할 수없이 도영이 버튼을 돌리면, 요란한 사이렌 소리가 난다.

사이렌을 울리며 오토바이는 미끄러지고 뒤틀리면서 우스꽝스러운 모양으로 달린다.

도영   (소리) 빈 거리에 바람 불고
어디론가 끝없이 사람들 날려 가네
허수아비처럼

잿빛 건물과 건물 사이
어두운 자리마다 신음 소리 흘러가네
구정물처럼

오늘은 어느 길 잃은 새가 또 비에 젖는가?

S#7. 다세대주택 앞

주민들 대여섯 명이 서서 구경한다.

우비를 걸친 도영이 앞서서 층계를 오른다.

뒤따르는 복식이 노련한 수사관처럼 눈을 번득이며 사방을 살피고 난간을 손으로 쳐 보기도 한다.

S#8. 집 안(거실)

대략 30평 정도 되는 실내.

일반 가정의 거실과 비슷하나, 벽 쪽으로 소파가 어긋나 뒤집어져 있고, 창 쪽으로 쓰러지고 깨진 화분 대여섯 개가 멋대로 널브러져 있다.

그 곁으로 빈 맥주병 너댓 개가 쓰러져 있고, 화분에서 흘러내린 필터 부분이 노란 색깔의 담배꽁초가 널려 있는 것이 눈살을 찌푸리게 한다.

두 사람, 들어서면서 이곳저곳을 살피며 두리번거린다.

복식은 벽을 손으로 두들겨 보고 신발장을 열어 본다.

30대 중반의 여자가 방에서 나온다.

도영	신고를 받고 파출소에서 나왔습니다.
주민1	어서 오세요. 전 아래층에 사는 사람인데, 제가 신고를 했어요.
도영	인명 피해는 없지요?
주민1	네. 그런데 아주머니가.
도영	혹시, 다치셨나요?

아주머니가 뒤돌아서 방으로 들어간다.

S#9. 방 안

열려 있는 장롱 문 아래로, 어지럽게 널려 있는 옷가지들.

그 가운데 30대 중반의 여자(임영애)가 물수건을 이마에다 놓은 채 누워 있다.

누워 있는 임영애는 사색이 된 채 입술을 떨고 있다.

주민1   정신이 없어요. 강도야! 하는 소리에 뛰어올라 와
        보니까, 강도들은 벌써 도망갔고, 아주머니는 장롱
        을 뒤지다가, 발버둥을 치며 울었어요. 패물을 강
        도들이 모두 가져갔다고 했어요.

도영   액수로 얼마나 된다고 합니까?

주민1   현금하고 해서 삼십만 원 정도라고 해요.

누워 있는 임영애를 들여다보다가 도영은 그녀의 목에 있는 상처
를 발견하고, 목을 들춰 본다.
줄을 그은 듯한 한일자의 핏자국이 안쓰럽다.
그때 물방울이 그녀의 얼굴에 떨어지며, 깜짝 놀란 그녀가 벌떡
일어난다.
도영이는 자기가 우비를 입고 있음을 그제야 알아차리고 우비를 벗
는다.
그사이 복식은 널려 있는 옷가지들을 들춰 보고, 빼낸 서랍들을 뒤
집어 본다.

주민1   칼을 목에다 대며, 반항하면 죽인다고 했대요. 그리
        고 이불을 뒤집어씌우고요.

복식   나쁜 놈의 새끼들. 나한테 걸렸으면 그냥 뼈다귀를
        모조리 부러뜨렸을 텐데.

임영애는 안절부절못하고 일어서서 오락가락하는데, 짧은 치마

아래로 드러난 흰 허벅지가 유난히 눈을 끌어당긴다.

도영   아주머니, 우리는 아주머니를 도와드리러 온 경찰
                이니까, 마음을 진정하세요.

도영은 안쓰러운 눈으로 그녀를 물끄러미 바라보며 역시 어찌 해
야 할 바를 모른다.
복식이 찢어진 여자 팬티 하나를 손가락에 걸고 다가왔다.

복식   이거, 아주머니가 입었던 것이지요?
영애   어머나!

임영애는 맹수가 먹이를 낚아채듯이 반사적으로 팬티를 빼앗았다.
팬티를 든 손을 뒤로 감추며, 장롱 쪽으로 달려가, 그것을 장롱에
다 넣으려다 말고, 장롱과 벽 사이에다 구겨 넣는다. 허둥지둥, 제
정신이 아닌 모양이다.

주민1   전, 애들이 학원에서 돌아올 시간이 돼서 내려가 봐
               야겠어요.

주민1이 머리를 숙여 보이고 방에서 나간다.

복식   당했어!

도영이 쳐다보면,

잠시 마주 바라보는 두 사람,

교감이 오고간다.

그랬구나, 하는 도영의 눈에 갑자기 물기가 배기 시작한다.

도영이 방 안을 맴돌듯이 오락가락하는 영애의 손을 잡고, 자리에
다 편하게 앉힌다.

영애   동사무소에서 왔다고 해서요, 현관문을 열어 줬는
데, 얼굴에 스타킹 같은 걸 뒤집어쓴 것 같았어요.
둘 다 눈이랑 코가 잘 보이지 않는 이상한 얼굴이었
거든요……. 식칼을 내 목에다 대면서, 죽인다고 했
어요. 그리고 작은 놈이 장롱에서 이불을 꺼내다 나
를 덮어씌웠어요.

도영이는 부들부들 떨고 있는 영애의 손을 잡고 있다가, 이젠 두
손으로 팔을 옮겨 잡았다.

도영   (소리) 떠나가신
내 곁을 떠나
붉은 흙의 차디찬 집을 짓고
쓸쓸히 살고 계실 어머니
한 송이 마른 꽃이 되어
떨어지기도 하고 시들어질거나.

복식   그리고, 이불을 벗기고 어떤 놈이 아주머니한테 먼
저 덤벼들었나요?

영애	그게요⋯⋯. 그게, 큰 놈이 먼저.
도영	또 작은 놈한테도 당했군요?
영애	네⋯⋯, 그런데요, 그게⋯⋯.
복식	그게 그놈들의 상투적인 수법이야. 두 놈이 함께 번 갈아 올라타게 되면 여자가 부끄럼 때문에 신고를 못 할 것이라는 계산이지. 개새끼들!
영애	아저씨, 순경 아저씨, 우리 애들 아빠가 이 일을 알 면, 나는 쫓겨나요. 애들은 어떻게 되겠어요?
도영	남편을 알지요.
영애	성미가 불같아요. 우리 집은 끝장예요. 그러니까 제발 이 일은 없었던 걸로 해 주세요. 순경 아저씨, 제발.

영애는 두 손을 싹싹 빌면서 연신 머리를 조아린다.

도영	(소리) 아무도 찾아오지 않는 날들을
	캄캄한 어둠 속에 묻어 놓고
	홀로 죽음과 함께 누워 계실
	어머니.

| 영애 | 제발 아저씨. 그냥 없었던 일로, 모른 척해 주세요, 네? |

영애는 울부짖으며 도영의 팔에 매달린다.
도영이도 눈물을 흘리며 손을 마주잡는다.

복식은 내려다보며 한숨을 내쉰다.

복식   두 눈을 뜨고 못 봐 주겠군.

복식은 문을 열고 밖으로 나간다.

S#10. 거실

방에서 나온 복식이 주변을 살핀다.
넘어져 있는 소파를 바로 놓고, 엎어져 있는 화분도 제대로 놓는다.
닫히다 만 커튼을 활짝 열어 놓는다.
쓰러져 있는 빈 맥주병을 들고 흔들어 보고, 담배꽁초를 주워 화분에 담다가 하나를 들고 살핀다.

S#11. 방 안

도영과 영애가 손을 붙잡고 있다.

영애   방학이라 이모가 애들을 데리고 나갔으니 망정이
             지. 아저씨, 애들 아빠가 알면 전 죽을 수밖에 없어
             요. 없었던 일로 한다고 약속해요, 네?
도영   약속할게요.

S#12. 거실

영란이가 영애의 아들 둘을 데리고 들어선다.
담배꽁초를 종이에 싸는 복식과, 시선이 마주친다.

영란   웬일이세요, 경찰관 아저씨가?

S#13. 방 안

영란이가 아이 둘을 앞세우고 들어서다, 멈칫한다.
영애와 도영이 끌어안고 함께 대성통곡을 하고 있다.

영애   언니!
아들 2   엄마!

아들 1은 바라보고만 있다.

복식   잘한다.

그제야 두 사람은 정신을 차리고 떨어지며, 어쩔 줄 몰라 한다.

F.O

S#14. 일미해장국집 안(아침)

일반적으로 볼 수 있는 평범한 식당이다.

탁자에 턱을 괴고 앉아 있는 사복 차림의 도영이 앞에, 복자가 선지해장국을 쟁반에 담아 날라 왔다.

반찬 그릇 등을 탁자에다 옮기며,

복자	집의 마나님, 요즘도 집에 잘 안 들어온다면서요?
도영	교회 일이 그렇게 바쁘답니다.
복자	세상에, 무슨 교회가 가정주부를 매일 밤 붙잡아 둘까?
도영	말을 하자면 머리가 지끈거려요.
복자	반주 한잔 드릴까요?
도영	네. 소주 한 병 주세요.

복자가 냉장고에서 소주 한 병을 꺼내 와, 유리잔에다 따른다.
황급히 잔을 비운 도영이 자작하여, 또 한 잔을 홀짝 마신다.
그런 후 공기밥을 기울여 국에다 쏟는다.
복자가 빈 잔에다 다시 소주를 붓는다.

복자	아이가 있으면 그렇게 못 할 텐데. 참, 우리 오 순경 님은 먼저 집에 들어갔나 봐요?
도영	목욕탕에 갔어요.
복자	왜 같이 가지 그랬어요?
도영	목욕탕에 앉아 있는 것도 마음이 편해야 돼요.

허겁지겁 국밥을 퍼먹는 도영이를,

복자는 안쓰러운 눈으로 바라본다.

S#15. 방 안(한낮)

장롱, 제반 가구들이 대체적으로 깔끔하게 잘 정돈되어 있다.

화장대에 많고 다양한 화장품들이 진열되어 있는 모양이 이채롭다.

벽의 시계가 11시 35분을 가리키고 있다.

이불을 아래쪽에 덮은 도영이 잠이 덜 깬 눈을 비빈다.

아내 경희는 외출에서 금세 돌아온 차림으로 침대 발치에 걸터앉아 도영이를 꼬나보고 있다.

경희	그래서 강간 부분은 쏙 빼고 보고했단 말이지요?
도영	한 가정이 파탄 나는 거, 막아 주는 것도 좋은 일이 잖아.
경희	당신은 사회사업가가 아니고, 경찰관이란 말예요. 제대로 보고하지 않은 건 직무 유기예요.
도영	경찰관이기 전에 난 따뜻한 가슴을 가진 사람이라고.
경희	따뜻한 가슴 좋아하시네. 혹시 그 여자하고 무슨 일을 벌인 건 아녜요?
도영	비약이 심한 얘긴 하지 말고.
경희	옷에서 싸구려 화장품 냄새가 나는 건 뭐예요?
도영	그건…… 밥을 먹다가 식당에서 밴 냄새일 거야. 그

런데 당신은 어저께 밤에 왜 안 들어왔어? 아침에 방 안에 들어서니 썰렁한 게 온기라곤 하나도 없더군.

경희   철야예배를 봤어요. 왜요? 뭐가 이상해요?

도영   무슨 철야예배를 이 시간까지 봐?

경희   예배 끝나고 속장들 회의가 있었고, 모인 길에 아침 식사를 해야 하잖아요, 왜?

도영   하여튼 정상이 아니야. 그건 그렇고, 이리 와 봐.

도영이 경희의 팔을 당겨 침대에 눕히려 한다.

경희   대낮부터 짐승처럼 또 왜 이래요?

도영   난 당신의 남편이야. 아내한테 이렇게 요구하는 건 정당한 일이란 말야.

경희   쥐꼬리만 한 월급에, 남들은 집에서 쉬는 시간에 밤샘을 하고, 거기다 낮잠을 자다가 징그럽게 구는 게 남편예요? 놔요, 이거!

경희가 도영이를 뿌리치고 침대를 내려서다가, 바닥에 굴러떨어진다.
도영이 놀라 쓰러지려는 경희를 붙잡으려다 그녀의 정강이를 밟는다.

경희   아야야!

경희는 비명을 지르며 밟힌 정강이를 싸쥔다.
도영은 어쩔 줄 모르며 갈팡질팡하다가 밟았던 정강이를 또 밟는다.
사지를 늘어뜨리고 실신하는 경희.

당황하며 황급히 경희를 끌어안는 도영이 얼굴이 진흙빛이 된다.

S#16. 거리(한낮)

사이렌을 요란하게 울리며 앰뷸런스가 질주한다.
차창에 흙빛 도영의 얼굴이 일그러진 채 어른거린다.

S#17. 방 안(밤)

도영이네 방과는 달리 가구도 단출하고 화장대도 보이지 않는다.
복식과 아내 복자가 과일 접시를 가운데 놓고, 마주 앉아 과일을 먹
고 있다.

복자	참 잘한 일이다. 남 순경님은 사람이 원래 착하잖아요.
복식	착하긴, 미친 자식이야.
복자	미치긴 왜 미쳤어요? 한 가정이 파괴되는 걸 막았는데, 표창장을 줘야지요. 당신도 그런 면은 배워야 해요.

복자가 포크로 찍은 과일을 복식의 입에 넣으려 하는데,
복식은 손으로 그걸 막는다.

복식	마시던 소주나 가져와.
복자	아침에 해장국하고, 마셨잖아요.
복식	다 깼어. 가져오라면 가져와야지, 웬 잔소리야!
복자	소린 왜 지르고 난리예요?

서슬에 눌려, 복자는 냉장고에서 소주 한 병과 술잔 둘을 가져온다.
복자는 병뚜껑을 따고 각각 앞에 놓은 잔에다 술을 따른다.

복식	뭐야?
복자	난 뭐 사람이 아닌가?
복식	잘한다. 그러다 코가 빨개질 거다.
복자	조심할 사람은 당신예요. 의사 선생님이 당신은 금주를 하라고 하잖아요. 혈압이 이백까지 올라가는 사람에게는, 술이 독약이라는 말씀을 잊지 말아야 해요.
복식	돌팔이 자식.

계속 복자가 따르는 술을 두 사람은 권커니 잣거니하며 마신다.

복자	여자가 당한 거는 빼고 보고했는데, 별일은 없겠지요?
복식	모르지. 말썽이 나면 모든 책임은 자기가 지겠다고 했으니까.
복자	좋은 일 했는데, 오히려 복을 받겠지요.
복식	애들은 다 잠들었지?
복자	진작 골아떨어졌어요. 장난이 어찌나 심한지.

복식　　　　크는 애들이 그렇지, 뭐. 어디 좀 보자.

복식이가 복자를 끌어당겨서, 가슴에다 손을 넣으며 유방을 주물럭거린다.
　그러다가 윗도리를 벗기고, 드러난 유방을 빨기 시작한다.
　점차 아래로 내려오고, 치마를 벗기고, 팬티까지 벗긴다.

복자　　　　불이나 끄고 해요.

복자가 전등의 스위치를 찾느라 몸을 바로 하면,

복식　　　　상관없잖아.

복식이 그녀의 뒤에다 자기 것을 욱여넣고 동작을 시작한다.
　점차 열기가 오른 복자는 음탕한 신음 소리를 내며 방바닥을 긴다.
　따라서 개처럼 같이 움직이며 계속 열나게 동작하는 복식이다.
　이윽고 절정에 오른 복자가 상체를 일으키고 벽을 할퀴듯 하며 열을 올린다.

S#18. 시내버스 주차장(낮)

적당한 크기의 버스 주차장에, 버스가 들어오고 나간다.
　어수선하고 번잡한 모양이 한눈에 들어온다.
　한쪽에는 서너 명의 버스 관계자들이 서서 담배를 피우며 담소하고 있다.

느긋하게 들어오는 버스를, 버스 한 대가 바쁘게 따라 들어온다.

앞차는 느긋하게 주차하나, 뒤차는 주차하는데 성급하고, 바쁘다.

앞차의 운전사가 여유 있게 내린다.

씩씩거리며 황급히 내리는 뒤차의 운전사는 영애의 남편인 김만석이다.

만석이가 운전사 1의 앞을 막아서며 삿대질을 한다.

만석   야, 이 새끼야, 제시간을 맞추지 못했으면 그냥이라
          도 가야지, 손님을 죄다 싣고 가면 난 어떻게 하냐?

운전사 1 차가 밀리는데 어떻게 해? 손님은 태워 달라고 사정
          을 하니 그냥 지나갈 수 없잖아.

만석   지금 잘했다고 우기는 거냐, 이 씨벌 새끼야! 내가
          계속해서 클랙슨을 울리며 신호를 했잖냐, 손님을
          태우지 말고 그냥 가라고. 너 뭐 믿는 거 있냐, 이
          씨발놈아!

운전사 1 아닌 밤중에 홍두깨라더니, 야, 버스 끌고 다니면
          사방에서 클랙슨 소린데, 네 차 클랙슨 소리라고 어
          디 써 붙였냐?

만석   이런 호랑말코 같은 새끼가 그래도 잘했다고 하는
          거 봐. 너 한번 맛 좀 볼래?

운전사 1 거 듣자 하니, 정말 좆 같네. 그래 맛 좀 보자. 자
          아. 돈 벌어 놓은 거 많으면 한번 때려 봐. 자아.

운전사 1이 고개를 숙이고 머리를 내밀며, 때려 봐, 하는 포즈다.

만석이가 운전사 1의 멱살을 잡고, 박치기를 하려는 폼을 잡는다.

만석　　　어이구, 이걸 박아 버리고 학교에 또 한번 갔다 와?
　　　　　　　어이구, 이걸!

만석은 여러 번 박치기를 하는 흉내를 내기만 할 뿐, 차마 행동에
는 옮기지 못하고 화를 누르느라, 씩씩거리며 숨을 몰아쉰다.
서서 잡담을 하던 사람들이 다가와 두 사람을 뜯어말린다.
마지못해 씩씩거리며 돌아서는 만석의 등 뒤로,

운전사 1　　(소리) 자식, 소갈머리가 저러니 강도가 집에 들었
　　　　　　　지. 마누라는 온전했을까 모르겠네.

S#19. 방 안(낮)

영애의 아들 1이 엎드려 색연필로 그림을 그리고 있고,
영애는 벽에 머리를 기댄 채 눈을 감고 뭔가를 생각하고 있다.
이때, 전화벨이 울린다.
소스라치게 놀라며, 영애가 황급히 송수화기를 든다.

영애　　　여보세요……, 누구……. 왜 자꾸 전활 하세요?
　　　　　　　……사람을 그만큼 욕보였으면 됐지, 왜 계속해서
　　　　　　　괴롭히는 거예요? ……내가 언제 댁을 사랑했어요?
　　　　　　　무서워서 신음 소리를 낸 걸 가지고……. 남편이

아는 날에는 전 맞아 죽어요. 우리 애들 아버지 성미를 몰라서 그러는데, 댁들도 가만히 안 둘 거예요……. 협박이 아니라 사정을 하는 거예요. 제발 좀 이젠 전활 하지 마세요. 제발요……. 저한테 무슨 돈이 있다고 그래요……. 제발요. 제발 사정할게요……, 가만, 우리 남편이 왔나 봐요. 선생님, 그럼 전화 끊겠어요.

밖에서 툭탁거리며 사람 걸어 들어오는 소리가 나더니, 불쑥 만석이가 들어선다.
영애가 일어서서 손을 비비며 안절부절못한다.
만석이가 영애를 힐끗 본 후, 들고 있던 상의를 구석 쪽에 던진다.

아들 1   아버지 오셨어요?

아들 1은 그리던 그림을 계속해서 그린다.
그림은 버스다.
영애는 아들 1과 그림을 보니 괜히 짜증이 난다.

영애   넌 왜 바깥에 나가 놀지 않고 방을 이렇게 어지럽히냐? 얼른 지우지 못해?

영애가 옆의 빗자루를 쳐든다.
아들 1은 옆으로 비키며 못마땅한 얼굴을 한다.

영애	빨리 치우라니까!
아들 1	괜히 짜증이야.

아들 1이 마지못해 그림들을 치운다.

만석이는 장롱 문을 열고, 서랍을 뒤적인다.

찾는 게 없는지, 난폭하게 서랍을 닫고, 아래 서랍을 열고 거칠게 뒤적거린다.

영애가 뒤쪽으로 다가와 송구스러운 듯한 몸짓을 한다.

영애	뭘 찾으세요?
만석	통장. 회사에서 수당을 넣었다는군.
영애	그게…….

만석이 서랍을 다시 닫으려다 말고, 장롱 사이에서 떨어진 찢어진 여자 팬티를 발견하고 주워 든다.

만석	이게 뭐야? 당신 팬티 아냐?

영애가 소스라치게 놀라며 황급히 찢어진 팬티를 빼앗아 뒤로 감춘다.

영애	이건 걸레를 하려고 놔둔 거예요.
만석	지난주에 당신이 새로 샀다고 나한테 자랑한 것 아냐? 벌써 걸레를 해?
영애	속아서 잘못 산 거예요. 가짜를 산 거예요.

만석이 이상하다 싶어, 영애가 뒤로 돌린 팬티를 빼앗아 자세히 살핀다.

> 만석   이건 손으로 일부러 찢은 거 아냐?

아들 1이 두 사람의 눈치를 살핀다.

> 아들 1   아까 강도들한테 전화가 왔다? 그리고 요전엔 엄마
>   가 파출소 순경 아저씨를 끌어안고 막 울었다.

말을 마친 아들 1은 영애에게 약 오르지, 하는 시늉으로 혀를 쏙 내민 후 방을 나간다.

> 만석   무슨 소리야? 강도한테 전화가 왔어? 파출소 순경
>   을 끌어안고 울었다는 소리는 뭐고?
> 영애   그게……, 저어…….

눈을 부라리는 만석이 앞에서 몸 둘 바를 모르는 영애는 입조차 얼어붙었다.

S#20. 병원 앞(낮)

제법 큰 종합병원 앞마당을 가로질러 점퍼 차림의 도영이 안으로 들어가고 있다.

S#21. 병실 안(낮)

왼쪽 다리를 허벅지까지 깁스를 한 경희가 그 다리를 허공에 매단 채 침대에 누워 음료수를 마시고 있다.

그 곁에서 그녀의 어머니가 오만상을 찌푸리고 있다.

어머니   기가 막혀 말이 안 나온다. 세상에, 부러진 다리를 또 밟는 놈이 어디 있나?

경희   아무래도 그 사람하고 계속 못 살겠어. 이젠 보기만 해도 싫어.

어머니   애가 이제 와서 무슨 소릴 하냐?

경희   하는 말이나 행동이 하나부터 열까지가 마땅치 않아. 아무래도…….

어머니   그러게 애초에 뭐라고 했니? 눈이 멀건 게, 생활력이라곤 전혀 없어 보인다고 했잖냐, 왜?

경희   그땐 왜 그랬는지 모르겠어. 그게 매력으로 보였으니깐

어머니   눈에 콩깍지가 덮인 거야.

경희   허공을 바라보며 시를 뇌일 때는 몸이 짜릿짜릿했으니까. 참 나도 미쳤지. 이혼을 해야겠어.

어머니   애야, 그게 무슨 소리냐?

경희   못 살겠어.

어머니는 슬며시 일어나 보따리를 챙기고, 옷매무새를 고친다.

어머니	내 좀 나갔다 오마.
경희	어딜 가시려구요?
어머니	내, 이 사람을 만나서 얘길 좀 해 봐야겠다.
경희	일 끝나고 지금 자고 있을 텐데.
어머니	사람을 이렇게 해 놓고 잠이 오겠냐?

어머니가 움직인다.

| 경희 | 가지 말아요, 엄마! |

S#22. 병원 복도

힘없이 어깨가 축 쳐진 도영이 걸어간다.
병실에서 나온 경희의 어머니가 걸어오는 도영이를 발견하고 표독한 눈을 한다.

도영	장모님.
장모	자네가 사람인가? 어떻게 안사람의 다리를 밟아 부러뜨릴 수가 있나?
도영	장모님, 그게요, 그런 게 아니라.
장모	그래도 할 말이 있는가?

도영은 억울한 데다 기가 막혀 말이 나오지 않고, 금세 눈물이 흘러나오려는 것을 억제한다.

도영   장모님!

도영은 어머니의 손을 부여잡고 고개를 숙이는데,
어머니가 느닷없이 도영이의 따귀를 갈긴다.

장모   나쁜 놈!

눈물을 찔끔거리던 도영이가 깜짝 놀라며 맞은 자기의 볼따구니를
싸쥔다. 정신이 번쩍 들면서도 얼떨떨하다.
장모도 홧김에 때리긴 했으나, 스스로 당황한다. 당황하면서 돌아
서 황급히 복도를 걸어 나간다.
이때, 병원 한구석에서 산타클로스 복장을 한 여자아이들 대여섯
명이 합창을 한다.

합창단   (노래) 흰 눈 사이로 썰매를 타고 달리는 기분, 상쾌
            도 하다…….

F.O

S#23. 파출소 전경(아침)

세찬 바람이 불고 있다.
여기 저기 녹지 않은 눈이 얼음덩어리가 되어 조금씩 쌓여 있는 게
아직도 겨울이 지나가지 않은 듯 을씨년스럽다.

한쪽에 순찰차와 순찰 오토바이가 서 있다.
카메라, 안으로 들어가면,

S#24. 파출소 안

회의가 막 끝났다.
한 떼의 순경들이 몰려서 밖으로 나간다.
늙수레한 소장이 선 채 그들 등 뒤를 바라본다.

    소장   주민들하고 다투지 마라.

아직도 석유난로가 활활 타고 있다.
바깥에서 차 시동을 거는 소리가 나고,
도영은 자리에 앉으며 원고지에 써 놓은 시를 들여다본다.

    도영   (소리) 첫 월급.
                 뭍을 향해
                 출렁이는 뱃머리 곁에서
                 흙 묻은 치맛자락 감싸 주시며
                 서른이 되어도 어린 아들만 걱정하시던
                 어머니

                 황토밭 긴 이랑.
                 어깨 한번 제대로 펴 보지 못하고

땅이 바로 하늘이라고
경배하듯 김을 매어 가시던
허리 굽은
내 어머니

뭍에 나가
첫 월급 타서 빨간 내복 사 드렸더니
서른 되어도 어리기만 한 아들
그 품에 안겨 보기도 전에
어머니
하늘이 바로 땅이라며
돌아올 수 없는 먼 곳으로
김매러 가셨네.

흙 묻은 치마 대신
삼베옷 한 벌 입혀 드리고
어머니
멀리 김매러 가시는 길
서러운 눈물로
배웅해 드렸네.

도영은 큰 사각 서류 봉투의 겉장을 쓴다.
겉장에 쓴 주소가, 현대경찰지 편집부 귀중이다.
그 봉투에 원고를 넣고 풀칠을 한 후, 고개를 쳐들면,
복식은 난로 옆에서 서성거리며 손을 쪼인다.

복식	바람이 참 더럽게 부네.
소장	이제 봄이 오려고 그러잖아.
복식	소장님, 내년이 정년이라면서요?
소장	그러게 말이야. 이젠 퇴물이야. 집에서 손자들하고 놀게 됐어.

이때, 출입문이 거칠게 열리며, 술이 잔뜩 취한 김만석이 들어선다.

김만석	어떤 새끼야? 강도 사건을 담당했던 새끼가?
복식	무슨 일로 오셨어요?
김만석	가정주부를 겁탈한 강도를 잡아들일 생각은 하지 않고, 그걸 은폐해? 이 날강도 같은 놈들아! 빨리 나와, 어떤 새끼야?

복식이가 도영이 쪽을 보면,
찔끔해진 도영이가 머리를 숙인다.

소장	무슨 내용인지 차분히 말씀해 보세요.

소장이 만석이의 팔을 이끌며 옆 의자에 앉히려 한다.
만석이가 소장의 팔을 뿌리친다.

만석	니가 소장이냐, 이 씨발놈아!

그때, 뒷문을 열고 전경 셋이 들어서며 만석에게 달려든다.

전경들은 만석의 팔과 허리를 부여잡고, 대기석으로 끌고 간다.

만석   이 씹새끼들!

만석이가 몸부림을 치자, 나약한 전경 1이 구석 쪽으로 나가떨어진다.

소장   아침부터 많이 취했네. 이 사람 누구야?

영문을 몰라 하는 소장이 주위를 둘러본다.

만석   나, 도경을 거쳐서 경찰서를 들렀다 오는 길이야. 남도영이가 어떤 새끼야?

소장이 도영이 쪽을 바라보자,
그제야 찔끔한 도영이가 자리에서 일어나 움직인다.

도영   제가 남도영 순경입니다. 무슨 일로 오셨습니까?

만석   이 새끼 봐라? 네가 경찰이야? 너 강도들하고 짰지? 그리고 우리 마누라는 왜 껴안고 지랄을 했어?

도영   무슨 말씀을 그렇게 하십니까? 대체 무엇 때문에 이러십니까?

만석   이 자식 시치미를 떼는 거 좀 봐? 나 세상에 겁나는 거 없는, 막가는 인생이라고.

만석이 도영이의 멱살을 잡고 비튼다.

그제야 복식이 나서서 멱살을 잡은 만석의 손을 비튼다.
만석이 몸을 비틀며 아이고, 하고 비명을 지른다.

만석   이 새끼들이 국민을 친다?
소장   그만둬!

복식이 만석의 손을 놓으면,
자기 손을 어루만지며 주저앉았던 만석이 일어난다.

만석   저 순 깡패 새끼, 이름이 뭐야? 당장 모가지를 잘라
          야 겠어.

소장이 바라보자,
복식이 밖으로 나가 버린다.
소장이 다가가 담배를 꺼내 만석에게 권한다.
만석이가 뿌리치면,
담배가 날아가 바닥으로 떨어진다.

만석   나, 눈에 뵈는 게 없다고. 마누라는 도망을 가고,
          이제 애들은 고아원으로 보내야 해. 우리 집은 풍비
          박산이 났다고. 이 개새끼들아!
소장   그러지 말고, 우리 차분히 얘길 합시다.
도영   제발 진정하시고, 제 말을 들어 보세요.

다시 만석이가 길길이 뛰자,

전경 셋이 또 달려든다.

만석이가 몸부림을 치며 전경들을 뿌리친다.

만석   너희들 앞으로 어떻게 되나 봐. 개새끼들!

만석은 툴툴거리며, 문을 박차고 밖으로 나간다.

도영이 뒤따라 나가면서, 전경들에게 손짓을 한다.

S#25. 파출소 앞

도영이 지나가는 택시를 잡아, 만석이를 뒷자리에 밀어 넣는다.

만석이가 뒤로 벌렁 나가떨어지는 듯한 모양으로 자리에 앉는다.

도영   집에까지 잘 모셔다 드려.

도영은 주머니에서 집히는 대로 만 원권 지폐를 꺼내 전경 1에게

준다.

전경 둘이 뒷자리에, 한 명이 앞자리에 자리 잡자 택시가 떠나간다.

도영이 무심히 고개를 쳐들어 하늘을 바라보니,

뭉게구름 한 덩이가 떠간다.

도영   (소리) 저렇듯 아득히 멀고 푸른

         하늘의 무심함을 탓하랴

         이 하잘것없는 인생을 탓하랴.

오갈 데 없는 마음을

너에게 기대지만

온 하늘을 떠돌며

너 역시 그렇게 흘러가는구나.

S#26. 파출소 안(낮)

파출소장에게 그 부인이 두툼한 봉투를 건넨다.

부인	옆집에서 뀄어요.
소장	오십만 원 맞지?
부인	그래요. 대체 어디다 쓰려고 그렇게 난리를 부려요?

돈 봉투를 든 채 소장이 책상에 앉아 있는 도영이를 바라본다.

S#27. 우체국 안

경찰 복장을 한 도영이, 건너편에 앉아 있는 여직원 앞의 저울에
다 큰 사각 서류 봉투를 얹어 놓는다.
여직원이 저울의 계량 표시를 본다.

여직원	뭡니까?
도영	원고입니다. 시詩요.

여직원이 쳐다보면,
도영이도 마주 본다.

여직원 구백삼십 원입니다.

도영이 계산을 치르면,
여직원이 받아 잔돈을 내준다.
도영이 잔돈을 받아 바지 주머니에 넣는다.

도영 수고하세요.
여직원 안녕히 가세요.

여직원이 돌아서는 도영이의 뒷모습을 바라본다.
도영이는 출입문을 밀고 나간다.

S#28. 영애네 집 앞(낮)

여전히 담담한 도영이가 층계를 올라가 벽에 붙은 초인종을 여러 차례 누른다.
이윽고 영란이가 조심스럽게 문을 열고 나온다.

도영 안녕하세요?
영란 네. 어쩐 일이세요?
도영 언니를 좀 뵐 수 있을까요?

영란	언니는 지금 집에 없어요. 그런데 무슨 일이지요?
도영	어디 가셨는가요?
영란	네. 병원에 입원했어요.
도영	병원에는 왜요? 어디가 아프신가요?
영란	머리를 식히려고요. 강도들이 자꾸 집으로 전화를 하나 봐요.
도영	그놈들이 전화까지 해요?
영란	네.
도영	못된 놈들. 어느 병원인가요?
영란	여기서 좀 멀어요.
도영	멀다면?
영란	정신병원예요.
도영	허!

도영이는 뒤통수를 한 대 얻어맞은 듯 잠시 멍청히 서서 땅바닥을 내려다보고만 있다.

그러는 도영이를 묵묵히 바라보고 있는 영란이다.

영란	들어오셔서 차라도 한잔 하셨으면 좋겠지만.
도영	아니, 괜찮습니다. 형부는 일 나가셨겠지요?
영란	아녜요. 지금 술이 취하셔서 자고 있어요. 그런데 무슨 일예요?

도영이가 주머니에서 돈 봉투를 꺼내 건넨다.

영란이 엉겁결에 받는다.

영란	이게 뭐예요?
도영	우리 소장님이 언니에게 전하라고 한 것입니다. 이사하는 비용에 사용하시라고요.
영란	이사를 해요?
도영	용도는 아무래도 좋다고 합니다. 그냥 위로금이라고 생각하시면 좋겠습니다.

도영이 목례를 하고 돌아선다.

영란	하여튼 전달은 할게요. 안녕히 가세요.

S#29. 파출소 앞(낮)

순찰 오토바이에서 내린 복식이 오토바이를 주차하고 있다.
도영이 다가서면,

복식	잘 됐냐?
도영	응.
복식	그런데 어떻게 그 자식이 알았을까?
도영	강도 새끼들이 집에다 자꾸 전화를 했나 봐. 그러니 아마 마누라를 족쳤겠지.
복식	그랬구나. 나쁜 새끼들.
도영	소장님은?
복식	정년 막판에 이게 무슨 꼴이냐고 한숨만 내쉬다가,

본서에 회의 들어가셨어.

복식이 상의 주머니에서 종이 접은 것을 꺼내 펼치면,
말보로 꽁초다.

    도영   그건 뭐야?

    복식   증거물이야. 우리 마누라가 세탁할 때마다 귀찮다
                고 해서.

복식이가 다시 종이를 싸서 도영에게 넘긴다.
도영이 건성으로 받아 자기 상의 주머니에 넣는다.

    도영   일이 정말 이렇게 벌어질 줄은 몰랐는데?

    복식   이렇게라도 해서 일이 끝났으면 좋겠다.

도영이 순찰 오토바이를 빼앗듯이 손잡이를 잡는다.

    도영   잠깐 집에 갔다 올게.

    복식   이혼 어쩌고 하더니, 아직도 마무리가 안 됐나?

    도영   그건 장모가 나서서 다 막아 버렸어. 오늘 깁스를
                뜬다고 하니까 잠깐 얼굴이라도 봐야지.

    복식   제발 이젠 사고를 치지 말아라. 네가 움직였다 하면
                이젠 걱정부터 앞선다, 야.

도영은 못 들은 척하며, 순찰 오토바이의 액셀을 당겨 그 자리를

떠난다.

복식이 걱정스럽게 그 뒷모습을 바라본다.

S#30. 도로

도영이 조심스럽게 오토바이를 몰고 간다.

도영   (소리) 찬란한 아침을 기다리는 햇살처럼
따사롭고 환한
나의 아내가 있습니다.

오늘도 혼자서
빈방을 손질하며
우리의 보금자리를 지키는
부드러운 깃털을 가진 작은 새처럼
귀여운 나의 아내가 있습니다.

S#31. 도영의 집 안(낮)

깁스를 한 다리를 길게 뻗고 앉은 경희와, 창수가 밥상을 가운데다 놓고 마주 앉아 식사를 하고 있다.

경희   밖에서 만나는 것도 좋지만, 이렇게 만나는 것도 아늑한 기분이다. 그렇지?

창수	그렇다고 다리를 자주 부러뜨리진 말고.
경희	다리 얘기만 하면 치가 떨린다. 오늘 깁스를 뜯어내 야 하는데, 마침 자기가 와 줘서 다행이야.
창수	남편은 전혀 관심도 없나 봐.
경희	남편 얘기는 꺼내지도 말아.

S#32. 도영의 집 앞

도영이 복도를 걸어와서,

살짝 열린 출입문 안을 들여다본다.

낯선 남자 구두가 눈에 띈다.

잠깐 생각을 하고 있는데,

창수의 가슴에 안겨 부축을 받으며 화장실 쪽으로 가는 경희가 즐
겁기만 하다.

경희	남자가 왜 이렇게 힘을 못 써? 조금 더 꽉 껴안아 봐.
창수	이러다 불쑥 남편이 들어오면 어떻게 하려고 그래? 나는 어쩐지 조마조마하다.
경희	걱정도 팔자야. 그 사람은 마누라가 죽는다고 해도 낮 에는 집에 얼씬거리지 않는 멍충이야. 멍충이라고.

밖에서 문틈으로 안을 들여다보던 도영이가 슬그머니 뒤로 물러
선다.

도영   (혼잣소리) 멍충이…….

S#33. 집 앞마당

도영이가 순찰 오토바이에 타고 액셀을 거세게 돌린다.
서너 차례 액셀을 돌리면 주변을 울리는 소리가 거세다.

S#34. 화장실 안

변기에 앉아 있던 경희가 거센 오토바이의 시끄러운 액셀 돌리는
소리에 무심히 창밖을 내다본다.
조감으로, 오토바이에 앉아 이쪽을 올려다보는 도영이가 보인다.

경희   어머, 저 사람이!

경희가 깜짝 놀라며, 잠깐 생각에 잠긴다.
이윽고 도영이가 탄 순찰 오토바이가 전속력으로 달려 나간다.

S#35. 대로

도영이가 탄 오토바이가 전속력으로 질주한다.
지나던 차들이 놀라며 비켜선다.

카메라, 질주하는 오토바이 위의 도영이 얼굴을 클로즈업.

분노와, 슬픔이 어우러진 그의 얼굴.

도영　　　　(소리) 어머니 눈감으시던 날

　　　　　　석양에 붉게 빛나던

　　　　　　하늘이 사라지고

　　　　　　캄캄한 어둠이

　　　　　　죽음처럼 세상을 덮쳤네.

S#36. 다른 도로

한쪽에서 도로의 포장 공사를 하고 있는데,

여전히 전속력으로 도영이가 탄 순찰 오토바이가 질주한다.

땅이 파여 생긴 울퉁불퉁한 곳에서 오토바이가 공중으로 솟구쳤다가 떨어진다.

일하던 인부들이 놀라며 바라본다.

아랑곳하지 않고 계속해서 오토바이는 질주한다.

도영　　　　(소리) 한숨처럼 고요히

　　　　　　어머니

　　　　　　마지막 숨을 내쉬고는

　　　　　　부둣가에 묶어 둔

　　　　　　그 많은 세월을 풀어내어

　　　　　　영영 다시 오지 못할 세상으로

임종의 배를 띄우셨다.

S#37. 주택가

작은 길인데도 오토바이의 속력은 여전하다.

행인들이 얼른 길을 비킨다.

개 한 마리가 하마터면 치일 뻔한다.

    도영   (소리) 어머니 눈 감으시던 날

                  거센 파도는

                  슬픔의 푸른 갈기를 달고

                  방문을 두들기며 서럽게 울다가

                  바다로 돌아갔다.

S#38. 파출소 앞

요란하게 들어선 오토바이가 급제동을 한다.

 핸들을 잡은 채 잠시 동안 넋을 놓고 앉아 있는 도영이의 얼굴은

땀과 흙먼지로 범벅이 돼 있다. 그 위로,

    도영   (소리) 어머니 홀로

                  먼산바라기 하던 가난한 방문을 열면

                  별들은 가만히

어둠 속에서 기다리다가

애처로운 눈동자를 깜박이며

슬픔의 문상을 왔다.

안에서 나오던 복식이가 도영을 발견하고 다가선다.

   복식   여기서 뭐 하는 거야? 또 어머니 생각을 하나?

도영이 묵묵부답으로 한숨을 내쉰다.

   복식   얼굴은 왜 그 모양이야? 어디 시궁창에 처박혔었나?

전경 1이 나오며 옆에 붙어 선다.

   복식   야, 너희들은 왜 그렇게 동작이 느리냐? 애새끼들
              이 군기가 잡혀 있지 않아서 말이 아니야. 그냥 빠
              따로 매일 두들겨서 군기를 잡아야 하는데.
   도영   어딜 나가는 거야?
   복식   아 그 새끼가 술이 취해서 또 꼬장을 부린다는군.
              집 안의 세간을 모두 부신다는 거야.
   도영   버스 운전수?
   복식   그놈 말고 또 누가 있겠어, 이 동네에. 자식, 말 안
              들으면 수갑을 채워서 끌고 와야겠어.
   도영   그런 식으로 하지 마라. 그 사람 입장에선 얼마나
              복장이 터지겠나? 살살 달래야 해.

                                                              73

복식   쥐가 고양이 생각하네. 야, 우선 세수부터 해라. 꼭
       통간에서 건져 올린 쥐새끼 같다.

도영이 오토바이에서 내리면,

복식   내일 아침 퇴근하면서 오랜만에 소주나 한잔하자.

복식이 순찰 오토바이를 인계받아 올라타면,
전경 1이 허둥거리며 뒤에 올라탄다.
오토바이가 부드럽게 달려간다.

S#39. 영애네 집 앞

동네 사람 서넛이 서서 구경을 한다.
집 안에서 세간살이 부서지는 소리가 요란하게 흘러나온다.
영란이가 영애의 아들 2를 옆에 앉혀 두고 울고 있다.
아들 1은 기웃이 안을 들여다보고 있다.
복식이 오토바이를 세우면,
전경 1이 옆구리에 찬 방망이를 꺼내 잡고 내려치는 연습을 한다.

복식   왜 또 저러는 거요?
영란   소장님이 보낸 돈 50만 원을 내드렸더니, 제정신을
       잃어버렸어요.
복식   이웃에서 꿔다 준 돈인데, 고맙게 생각해야. 또

발작을 하면 어떻게 해?

영란   이사 비용에 쓰라는 말이 거슬렸던 모양예요. 풍비

박산이 난 집구석을 또 짓쑤신다고, 앙탈이잖아요.

영란이는 연신 눈물을 훔친다.

복식   참 더러운 성질머리야.

복식이 층계를 올라간다.

S#40. 영애네 집 안

거실과 주방은 폭탄을 맞은 것처럼 가재도구들이 이미 작살나 나뒹굴고 있다.

거기다 대여섯 개의 뒹구는 빈 소주병이 마치 쓰레기장을 연상케 한다.

열린 문으로 보이는 안방에서, 상의를 벗은 만석이가 비틀거리며 야구방망이를 휘두르고 있다.

TV와 라디오 등은 이미 부서져서 안쓰럽게 그 쪼가리들이 널려 있고, 휘누르는 방망이는 장롱을 두들기고 있는 참이었다.

복식   지금 뭐 하고 있는 거요?

복식이 옆으로 다가서면,

만석이 게슴츠레한 눈을 쳐든다.

만석　　　넌 뭐야? 어어, 이 새끼 봐라? 내 팔을 비틀던 그 깡
　　　　　패 새끼 아냐? 너 잘 만났다.

만석이는 쳐들고 있던 방망이를 복식이의 머리를 향해 내려친다.
복식이는 살짝 비켜선다.
헛방망이질을 한 만석이가 뒤돌아서면서 방망이를 다시 쳐들자,
복식이가 그에게 등을 돌려 주면서 그의 팔을 잡았고, 허리를 숙
이는 찰나,
만석이는 바닥에 개구리처럼 나가떨어졌다.

복식　　　대체 이렇게 하면 자기한테 돌아오는 게 뭐가 있어
　　　　　요? 사고가 났으면 잘 수습을 해서 새롭게 출발을
　　　　　하도록 하셔야지.

옆구리를 싸쥐고 쥐 죽은 듯이 엎드려 있던 만석이가 불현듯 벌
떡 일어나더니 빈 소주병을 들었고, 그것을 바닥에다 내려쳐 깼다.
칼날처럼 날이 선 소주병을 든 만석이의 눈은 살기에 번득였다.
그 겨를에 퉁겨지듯 전경 1이 거실 쪽으로 달아났다.
유도 4단의 무도인답게 복식은 침착하고, 냉정했다. 그는 움직이
지 않고, 만석의 움직임을 관망하는 자세를 취했다.
이때, 느닷없이 만석이가 들고 있던 깨진 소주병으로 자기 배를 그
었다. 배에서는 순식간에 피가 흘러내렸다.
만석이가 다시 자기 배를 그으려 하는 순간,

복식이가 달려들어 그의 팔을 비틀자, 깨진 소주병은 바닥으로 떨어졌다.

아들 1이 달려 들어오며 소리를 친다.

아들 1   아버지!

뒤따라 영란이와 아들 2가 달려 들어온다.
복식은, 축 쳐진 만석이를 누인 후, 피가 흐르는 배에다 자신의 러닝셔츠를 찢어 감는다.

S#41. 도로

구급차가 요란한 소리를 내며 질주한다.
운전수 옆에 앉아 있는, 피 칠을 한 복식의 얼굴이 침통하게 일그러져 있다.

S#42. 시장 어귀

배추, 무, 파 등의 야채를 가득 실은 작은 손수레를 끌고, 복자가 시장 어귀를 막 벗어났다.
한 손엔 지팡이를 짚고, 또 한 손은 창수의 팔에 의지해 걷고 있는 경희가 지나가다 힐끗 시선을 돌린다.
두 사람의 시선이 마주친다.

| 복자 | 어머, 경희 씨! |

경희는 좀 무안해, 끼고 있던 창수의 팔에서 자기의 팔을 뺀다.

| 경희 | 아, 안녕하세요? 병원에서 방금 깁스를 풀었어요. |
| | 이 사람은요, 초등학교 때 짝꿍이에요. |

당황하는 경희에게 애써 미소를 지어 보이는 복자도 거북하기가 마찬가지다.
창수가 목례를 한다.

복자	병문안을 못 가서 죄송해요. 가게가 워낙 바빠서요.
경희	아녜요. 보내 주신 위로금을 잘 받았어요. 고마워요.
복자	약소해요. 그러나저러나 남 순경님이 한시름 놓게 됐네요.
경희	병 주고 약 주고 한 사람. 이젠 꼴도 보기 싫어졌어요. 금명간 결판이 날 거예요.
복자	결판이 나다니요?
경희	그런 일이 있어요. 그럼, 저희는 좀 바빠서요.
복자	네, 다녀가세요.

창수도 목례를 보내고,
두 사람은 각기 다른 방향으로 헤어져 간다.
건널목을 건넌 복자가 뒤돌아서 봤을 때,

경희는 창수의 팔을 끼고 몸을 붙인 채 웃고 얘기하며 간다.

S#43. 병원 앞

방금 세면을 마쳤는지, 복식이가 손수건으로 얼굴을 문지르고, 손을 닦으며 걸어 나온다.

옆에서 마치 강아지처럼 전경 1이 촐랑거리며 따라 걷고 있다.

복식   살다 보니, 별 개새끼를 다 만나네.

전경 1   자기 배를 찌를 줄은 몰랐어요.

복식   그게 그쪽 애들의 버릇이야.

전경 1   성질이 지독한 것 같아요.

복식   협박이야. 앞으로 어떻게 나올지 걱정이다.

무심히 걷던 복식이 이상하게 한쪽으로 기우뚱한다.

비틀거리며 몇 발자국 더 걷다가 풀썩, 한쪽 무릎을 꿇으며 주저앉는다.

전경 1   오 순경님 갑자기 왜 그러세요?

복식   이상하다.

일어나려 하나 이미 마비가 된 왼쪽 다리에는 힘이 없다.

전경 1이 부축해 일으켜 세우려 하나, 복식은 일어서지 못한다.

계속 반복해도 마찬가지다.

F.O

S#44. 여관 방(낮)

방바닥에 깔린 침구에서 잠을 자던 도영이가 슬그머니 눈을 뜬다.
천장을 바라보니 낯설다.
벽을 둘러봐도 역시 낯선 곳이다.
깜짝 놀라 일어나 주변을 살펴본다.
창 쪽으로 놓인 탁자 위에 빈 소주병과 마시다 남은 소주병, 먹다
남은 오징어 다리들.
달랑 잔이 하나만 있는 것으로 봐 혼자서 마시고, 잔 것이 분명
하다.
유리창 밖으로 비스듬히 바라보이는, 해피여관이라는 간판.
그것들을 보다가 그제야 알겠다는 듯 고개를 끄덕거린다.
일어나 탁자 위의 손목시계를 들고 보다가 잊은 게 생각난다는 듯
자기 머리를 친 후, 옷을 벗고 욕실로 황급히 들어간다.
곧이어 물 떨어지는 소리와 바쁘게 몸을 씻는 소리가 난다.

S#45. 전통찻집(한낮)

수원 근교에 있는 전통찻집이다.
한식으로 지은 건물의 주변은 성벽이 둘러서 있고, 시야가 넓게 퍼
진 곳이 모두 푸른 잔디밭이다.

유리창 밖으로 보이는 한쪽엔 활터가 있어, 지금 한창 궁사들이 활 쏘기에 여념이 없다.

창가 자리에 다소곳이 앉아 있는 영란이가 초조한 얼굴로 하고 있다.

긴장이 되는지, 영란이가 탁자에 놓인 물컵을 들어 마신다.

사복 차림의 도영이가 빠른 걸음으로 유리창을 지나,

안으로 들어와 잠깐 두리번거린다.

영란이가 고개를 쳐들면,

그녀를 발견한 도영이 앞자리에 앉는다.

도영   오래 기다리셨지요?

영란   아녜요.

도영   차를 시키지요.

도영이 손짓으로 종업원 여자를 부르면,

종업원이 다가와 공손히 조아린다.

도영   난 쌍화차. 그리고 약과를 좀.

영란   저도 같은 걸로요.

도영   이 집 한방차는 다른 다방 같은 데선 맛볼 수가 없는 것예요.

영란   바쁘신데 뵙자고 해서 죄송해요.

도영   아, 아닙니다. 쓸쓸할 때면, 종종 혼자 여길 오지 요. 시야가 우선 싱그럽잖아요, 왜?

영란   오늘도 쓸쓸하셨던가 봐요?

도영   방금 잠에서 깼을 때는 그랬지요. 그런데, 미인과 마

주 앉은 지금은 그렇지 않습니다. 오히려 즐거운 기
분입니다.

영란이가 가볍게 웃고,
도영이도 따라 웃는다.
그런 후 침묵이 흐른다.
무심코 도영이가 시선을 창으로 주면,
따라서 창밖을 바라보는 영란이.
그 시선으로,
카메라, 롱샷으로,
나란히 서서 활쏘기를 하는 네 명의 궁사들.

S#46. 활터

과녁 세 곳에 화살이 경쾌한 소리를 내며 꽂힌다.
그런데, 한 과녁에는 화살이 빗나가 아무것도 보이질 않는다.
헛 화살을 쏜 궁사가 과녁 쪽으로 걸어가 빗나간 화살을 찾는다.

S#47. 찻집 안

영란이 시선을 돌리며 조심스럽게 핸드백을 무릎 위에 올려놓으
며 연다.

영란	방금 언니를 면회하고 오는 길예요.
도영	그랬군요. 언니는 어떠신가요?

영란이가 핸드백에서 흰 봉투를 꺼내 탁자 위에 조심스럽게 놓는다.

영란	자꾸 울기만 해요. 자기 때문에 남 순경님이 곤욕을 치르는 것은 그냥 볼 수가 없다고 해요. 형부한테 맞아 죽는 한이 있더라도 형부를 만나야 하겠다는 거예요.
도영	그런데, 이 봉투는 뭡니까?
영란	언니는, 오히려 자기가 인사를 드려야 도리인데, 이 50만 원은 죽어도 받을 수가 없다고 해요.
도영	그것, 참!
영란	외출 신청을 했더니, 병원에서 허락을 하지 않아요. 기본 치료가 끝나는 육 개월 이전에는 안 된다는 거예요.
도영	정신병원의 규칙이 원래 그렇지요.

이때, 종업원이 약과와 차가 담긴 쟁반을 들고 와, 약과는 가운데에, 차는 두 사람의 앞에 각각 놓는다.

종업원	맛있게 드세요.

종업원이 조용한 걸음으로 가 버린다.

영란	언니는 자꾸 죽고 싶다고 울기만 하는데…….

영란이가 머리를 숙이고 흐느끼기 시작한다.
시간이 흐르면서 그 흐느낌은 도가 더 높아진다.
바라보는 도영의 눈도 충혈이 된다.
그렇게 시간이 꽤 길게 이어진다.
도영이가 탁자 위의 냅킨 여러 장을 꺼내 영란이 손에 쥐여 준다.
영란이 냅킨들을 받으며 흐느낌을 줄인다.

영란   죄송해요. 언니가 너무 불쌍해서 그래요. 언니는 저
             때문에 고생을 많이 했어요. 저를 기르다시피 했거
             든요. 교육대학 다니는 학비도 언니가 식모살이를
             하면서 마련했어요. 차라리 제가 죽고 싶은 마음이
             들었어요.
도영   그러면 안 되지요. 조금 전에 봤잖아요. 저기, 과녁
             을 빗나간 화살을 주워다 다시 쏘는 것. 삶도 마찬
             가지일 거예요. 잠시 빗나갔다고 포기하면, 그것으
             로 끝이지요. 화살을 다시 주워 오듯이, 자기의 삶
             을 다시 추슬러야 되지 않을까요?
영란   그럴까요?

눈물로 젖은 얼굴을 쳐든 영란이의 얼굴에 얇은 미소가 어린다.

도영   그럼요.

마주 보는 도영이의 얼굴에도 미소가 어린다.
두 사람, 잠시 동안 애정 어린 시선을 주고받는다.

S#48. 병실(낮)

침대 4개가 있는 병실이다.

두 곳은 비어 있고, 구석 쪽에 노인 환자 한 명이 누워 있다.

환의를 입은 복식이가 팔에는 링거를, 양쪽 콧구멍에는 산소흡입기를 꽂고 상체를 약간 올린 채, 과일을 우적거리며 먹고 있다.

그 곁에 앉은 복자가 복식의 힘없이 늘어진 왼쪽 다리를 주무르고 있다.

음료수 박스를 든 도영이가 천천히 들어서면,

복자가 일어나 반색을 한다.

복자   어서 오세요. 집에서 푹 쉬셔야 할 텐데.

도영이가 음료수 박스를 내밀면,

복자가 두 손으로 받는다.

복자   어저께도 사 오셨는데, 자꾸 이렇게 돈을 쓰면 어떻

          게 해요?

복식   어저께는 과일이었잖아.

도영이가 보며, 잘 있었나?

복식이도 마주 보며, 그래, 어서 와, 반갑다.

두 사람은 말없이 대화를 나누고, 마주 보며 미소를 짓는다.

복자가 뒤쪽의 의자를 끌어당겨 놓으면, 도영이가 앉는다.

복식　　　　짜식, 어째 얼굴에 화색이 도는데? 뒷전에서 뭐 꿍꿍이 수작을 하는 거 아냐?

　도영이는 미소를 지으며, 복식의 늘어진 다리를 슬슬 쓰다듬다가 꼬집어 본다.
　위쪽으로 손을 올려 또 꼬집어 본다.
　아무 감각이 없는 복식이가 다 먹은 과일의 속을 침대 아래에 있는 쓰레기통에 넣느라 몸을 옆으로 돌린다.
　도영이 일어나서 도와주며, 복식의 다른 다리를 쓰다듬다가, 꼬집는다.

복식　　　　아야!

비명을 지르며 도영이를 보면,

도영　　　　엄살은 아니구나.
복식　　　　자식!

복자가 복식의 옆에 걸터앉으며,

복자　　　　풍은 풍인데, 혈관이 터진 게 아니라, 막혔대요. 그래도 천만다행예요.
도영　　　　푹 쉬고. 팔자가 좋은 거지. 나도 이렇게 쉬고 싶다. 아예 쓰러져서 푹 잠이나 잤으면 좋겠어.
복식　　　　미친 자식! 그런데, 어저껜 집에 안 들어갔다면서?

86

도영	만사가 귀찮다. 마누라 꼴도 이젠 보기 싫어.
복자	오전에 왔다 갔어요.
복식	자기가 잘못하고, 딴 소리야? 마누라는 말이야…….

복식이가 옆에 앉아 있는 복자의 엉덩이를 쓰다듬는다. 쓰다듬고 또 쓰다듬는다.

복자는 싫지 않은 얼굴로 미소를 짓는다.

복자	남들 보는 데서 왜 이래요?
복식	……어루만져 주고, 쓰다듬어 줘야 좋아해. 너처럼 시도 때도 없이 죽은 어머니 생각을 하면서 눈물만 짜면, 어떤 여자가 좋아하겠나? 자기 잘못을 먼저 생각해야지.
복자	남 순경님 잘못은 없어요.
복식	당신이 뭘 안다고 나서는 거야?
복자	내가 뭘 몰라요? 다 알고 있다고요.
복식	이 사람이? 그러다가, 이렇게 맞먹자고 대들 때는 따끔하게.

복식이는 쓰다듬던 복자의 엉덩이를 찰싹, 소리가 날 정도로 거세게 두 차례나 후려갈긴다.

복자가 깜짝 놀라며 벌떡 일어나 복식을 노려본다.

복자	이 양반이 미쳤어?

건너편 침대에 누워 있는 노인 환자가 이쪽을 보며 낄낄거리며 웃는다.

복자가 웃고 있는 노인을 보다가, 달려들어 복식의 어깨 쪽을 주먹으로 여러 차례 계속해 때린다.

복식　　　미안해, 미안해. 잘못했어, 잘못했다고.

복식은 매를 피하며 손을 싹싹 부빈다.

복자　　　환자만 아니었다면, 그냥!

매질을 멈춘 복자가 씩씩거리며, 주먹을 쥐며 내지르는 시늉을 한다.
도영은 웃는다.

도영　　　참 배울 점이 많구나.
복식　　　하여튼 사내새끼가 집 밖으로 나돌지 말고, 들어가.
　　　　　일을 내더라도 집 안에서 내야지. 여보, 가게에 가는
　　　　　길에 이 사람을 집에다 좀 데려다 줘.

잠시 동안 침묵이 흐른다.

복자　　　세상 사는 거, 왜 이렇게 힘들까.

도영은 천장을 바라보며 한숨을 내쉰다.

S#49. 병원 공중전화 부스

같은 병원 복도 한쪽의 공중전화가 놓여 있는 곳이다.

벌어진 환의 안으로 배 전체를 감은 흰 붕대가 유난히 눈에 들어오는 만석이가 송수화기를 들고 고함을 치듯이 얘기를 한다.

그 뒤에는 남녀, 세 사람이 서서 대기하고 있다.

전화를 걸고 있는 등 뒤로 도영이와 빨래 거리를 손에 든 복자가 나란히 걸어가고 있는 모습이 보인다.

> **만석** ······경찰이라는 새끼들이 이러니까, 이거, 우리같
> 이 힘없는 국민이 어디 살 수가 있습니까? 나 이거
> 억울해서 환장하겠습니다. 그렇지요. 국민의 신문
> 이 이런 비리를 까발려야지요. 나, 지금 그 새끼들
> 의 구타로 병원에서 생사가 왔다 갔다 하는 처집니
> 다. 네, 그렇지요. 좋은 소식 있기를, 부탁합니다.

송수화기를 내려놓은 만석이는 만족한 웃음을 웃는다.

> **만석** (혼잣소리) 개새끼들, 죄다 모가지다.

들고 있던 메모지를 들여다보며, 손가락으로 한 곳을 짚으며,
송수화기를 다시 든다.

뒤에 서 있던 여인이 만석이의 어깨를 친다.

> **여인** 아저씨, 혼자서 공중전화를 붙잡고 있으면 어떻게

해요? 지금 대체 몇 통화를 하시는 거예요?

그 뒤의 남자 둘이 한마디씩 한다.

남자 1   공중전화를 샀나? 우리도 바쁜데.

남자 2   아주 몰상식한 사람이네.

만석이가 뒤돌아보니,

뒤의 세 사람들, 쏘아보는 시선이 무섭다.

만석이가 자기 배를 싸쥐며 옆으로 비킨다.

만석   아이고 배야.

S#50. 도영의 집 앞

복자와 도영이가 함께 들어오다가 멈춘다.

도영   혼자 들어갈게요.

복자   그러시겠어요? 아무래도 부부 문제는 두 사람이 해결하는 것이 좋을 거예요.

도영   공연히 심려를 끼쳐 미안합니다.

복자   아녜요. 별로 도움이 되지 못해서 오히려 죄송해요.

도영   별말씀을.

복자   저도 가게에다 아주머니를 하나 뒀는데, 마음이 놓이질 않아요. 그럼.

두 사람은 인사를 하고 헤어진다.

S#51. 집 안

집 안에서는 청소기 돌아가는 소리가 난다.
장모가 방에서 청소기를 들고 구석구석을 훑는다.

도영	오셨어요?
장모	자넨가? 식사는 어떻게?
도영	먹었습니다.
장모	얼굴이 많이 안 좋아졌어. 아이고, 왜들 이렇게 살까?
도영	이 사람은 어디 갔나요?
장모	나도 모르겠어. 보따리를 갖고 집에 왔길래, 내가
	내쫓았어. 죽어도 남 서방 곁에서 죽으라고.

방 안을 살펴보니, 화장대 위에 화장품이 하나도 없다.
옷장을 보고, 장롱 서랍을 뒤져 봐도 여자의 옷가지는 하나도 없다.

장모	일전에 내가 자네한테 손찌검을 한 건 내가 정신이
	없었던 거야. 제정신이 아니었어.
도영	알고 있어요.
장모	나도 이제 죽을 때가 됐나 봐.

장모는 한숨을 내쉬며, 옆방으로 간다.

청소기 소리는 여전히 계속된다.

방 안을 서성거리던 도영이가 화장대 위에 놓인 경희와 찍은 사진을 들고 물끄러미 들여다본다.

도영   (소리) 너의 말 없는 울림에

            오늘도 먼산바라기

            되돌아올 메아리도 없는

            첩첩산중만 바라보며

            나는 하염없이 기다린다.

            세월이 약이려니

            망각의 강물을 건너 보아도

            내 운명선을 가로지르는

            선명한 사랑의 곡선은

            올가미처럼 나를 묶어두고 있구나.

도영의 눈에 물기가 배기 시작한다.

F.O

S#52. 파출소 안(낮)

무전기 소리만 계속해서 흘러나오고, 한산하다.

전화기 옆에 순경1이 뭔가를 쓰고 있고,

자기 자리에 앉아 있는 소장이 서랍에서 돈 봉투를 꺼내 책상 위에 놓는다.

그 앞에 죄인처럼 도영이가 서 있다.

소장　이걸 되가져 오면 어떻게 하나?

도영　죽어도 못 받겠다고 합니다.

소장　그러면 죽어도 드려야 하겠다고 해야지. 저렇게 자해를 하고 병원에 드러누워 있으니, 또 무슨 짓을 할지 알 수가 있나. 그래 병원에는 문안은 갔었나?

도영　아직 못 갔습니다.

소장　못 갔는가, 안 갔는가?

도영　죄송합니다.

소장　이 사람아!

소장이 느닷없이 책상을 치면서 자리에서 일어선다.

이때 당직 자리에 있는 전화기가 울리면,

전화를 받는 순경1.

소장이 소리를 지르며 뭔가를 얘기하려다 참는다.

순경1　(전화) 두리파출소⋯⋯. 네, 있습니다. 이백십일 호요? 남 순경님, 전화받으세요. 검찰청이랍니다.

소장　또 뭐야? 받아 봐.

도영이가 전화기로 가서 송수화기를 든다.

도영	남도영 순경입니다. 네? 집 사람이?…… , 네, 그 렇게 하겠습니다.

송수화기를 내려놓는 도영이, 안색이 새파래지며, 손이 떨리고 다리가 후들거린다.

비칠거리며 도영이 다시 소장 앞으로 가 선다.

그사이 화가 풀린 소장이 돈 봉투를 도영이 앞에 던지듯 놓는다.

소장	무슨 일이야?
도영	집안일입니다. 이백십일 호 검사실에서 내일 아침 에 출두하라고 합니다.
소장	참 여러 가지를 하는구먼. 이거 가지고 병원엘 찾아 가서 치료비로 쓰라고 해. 무슨 짓을 할지 모르는 작자니까, 먼저 입을 틀어막아야지.

돈 봉투를 집어 들고 자리에 가 앉자,

출구가 열리며 카메라를 든 신문기자들 다섯 명이 몰려 들어온다.

그들은 앉아 있는 사람들을 향해 카메라 셔터를 마구 누른다.

소장	이건 또 뭐야?
신문기자 1	강간 사건은 왜 은폐했습니까? 경찰에서는 원래 강 도 사건만 다루고, 강간 사건은 감추는 것입니까?
소장	그게…….
신문기자 2	모종의 흥정이 있다고 하는데, 그게 뭡니까? 구체적 으로 답변해 주세요.

신문기자 3   남도영 순경이 누굽니까? 성 피해자를 껴안고 키스를 했
　　　　　　　　다고 하는데, 경찰관이 어떻게 그렇게 할 수 있습니까?

그사이 카메라맨들은 계속해서 카메라 셔터를 누르고 있다.
소장은 얼떨떨하다가 정신을 가다듬고, 기자들에게 의자를 권한다.

　　소장　　　　　앉아서 차분히 얘기를 합시다. 여봐 김 순경, 여기 음
　　　　　　　　료수 좀 사 오고, 남 순경은 앉아서 뭐 하는 거야?

도영은 차라리 칵 죽고 싶은 심정이 들며, 머리를 책상에다 처박는다.

S#53. 211호 검사실 문 앞(낮)

문 앞에서 서성거리던 점퍼 차림의 도영이가 용기를 내며 문을 두
들긴다.

　　검사 서기　　(소리) 들어오세요.

도영이 문을 열고 기다시피 하며 들어간다.

S#54. 검사실

도영이가 들어서며, 조심스럽게 문을 닫으면,

문 앞에 앉아 있던 검사 서기가 거드름을 피우는 태도로 쳐다본다.

도영	두리파출소의 남도영 순경입니다.
서기	그래요? 어저께도 잠깐 얘기했지만 부인이 소장을 냈어요.
도영	뭐라고 소장에 썼습니까?
서기	이 양반아. 당신 해도 너무했다는 생각 안 해?
도영	뭘 말씀하시는 건지요?
서기	이것 봐요. 진단서가 두 장이나 첨부됐어. 하나는 이 주, 하나는 사 주야. 우리 영감님이 당신을 구속하라는 거야.
도영	구속이라고요?

도영이 놀라며, 슬그머니 칸막이 안쪽을 들여다보면,
커다란 의자가 비어 있다.

서기	남자가 여편네 따귀를 때리는 것은 어느 정도 이해를 해요. 그렇지만 발로 밟아서 다리를 부러뜨리는 것은, 이거 어디 정상적인 사람이 할 짓이요?
도영	따귀를 때린 건 안 사람이 연락도 없이 외박한 다음 날인데, 그건 홧김에 그랬는데, 제가 잘못했고요. 다리가 부러진 것은, 그게, 참.
서기	이젠 변명 같은 건, 판사 앞에 가서 하셔야 돼. 영감님은 당장 구속하라고 하시지만, 공무원이고 해서 특별히 내가 사흘간 말미를 줄 테니까, 부인과

잘 합의를 하여, 빨리 소를 취하하도록 하셔.

도영   그러니까.

서기   시간을 죽이지 말고 빨리 집에 가셔요.

도영은 무슨 말을 하려다 말고 굽신, 허리를 굽히고 돌아선다.

S#55. 택시 안

넋이 나간 듯 멍한 도영이가 뒷자리에 앉아 있다.
택시에 붙어 있는 라디오에서 뉴스가 나오고 있다.

라디오   (소리) ……성폭행을 은폐한 경찰은 피해자 남편이
          항의하자, 돈 50만 원을 주며 이사하기를 종용했다
          고 합니다. 이를 다시 따지자, 경찰은 네가 사람이
          냐, 하면서 마구 집단 구타해서 현재 병원에 입원 가
          료 중이라는 것입니다. 정말 어처구니없는 일이 근래
          들어 경찰에서 자주 발생하고 있는 실정입니다. 다음
          날씨입니다.

운전수   개새끼들이야. 경찰 새끼들 다 때려 죽여야 돼.

난감한 도영의 얼굴이 더욱 일그러진다.

S#56. 도영의 집 안(밤)

정장 차림의 경희가 침대에 걸터앉아 껌을 씹으며 여러 장의 신문을 뒤적인다.

기사 제목들이 장을 넘길 때마다 바뀐다.

ㅇ 성폭행 사건, 쉬쉬한 경찰.

ㅇ 강간 사건을 은폐한 경찰, 들통나자 50만 원을 주며 이사를
  종용.

ㅇ 정신 없는 경찰, 성폭행 사건 은폐.

슬그머니 문이 열리며 들어서는 도영이, 경희를 발견하자 우선은 반갑다.

쳐다보다가 경희는 외면한다.

도영이 침대 위의 신문에 무심히 시선을 주다가 점차 얼굴이 무참하게 일그러진다.

도영이 뒤돌아서며 벽을 바라본다.

도영　　　(소리) 바람이 분다.
　　　　　　가로수 이파리가 지고
　　　　　　이파리 같은
　　　　　　우리의 사랑도 진다.
　　　　　　사랑에도 계절이 있는가.
　　　　　　봄은 짧고 겨울은 길어서
　　　　　　바람이 불고 낙엽이 질 때

우리의 사랑도 진다.

경희   아침에 검찰청에 들렀지요? 나도 연락을 받았어요.
                공무원 신분이니까 구속이 되지 않도록 잘 합의를
                하라고 하더군요.

도영   내가 어떻게 해 줬으면 좋겠어?

경희   우리의 관계는 진작 끝났잖아요. 이제 헤어지는 절
                차만 남았어요.

도영   절차

경희   애초에 당신 직업 때문에 집에서들 반대했지만, 난
                당신의 인간성을 믿었어요. 그런데 같이 살아 보니
                까, 내가 생각했던 당신이 아니었어요. 그동안 내
                가 한 노동의 대가는 받아야 하겠어요.

도영   노동이라니, 당신이 무슨 노동을 했어?

경희   가사 노동. 또 잠자리 노동.

도영   허!

도영은 기가 막힌다. 차라리 웃음이 나와 시니컬하게 웃는다.

경희   나도 많이 양보해서, 제시하는 작은 조건예요. 싫으
                면 그만두고 법대로 해도 좋아요.

긴 침묵이 흐른다.

도영   이 집 전세계약서 당신이 갖고 있으니까, 모두 찾아

서 당신이 가져. 나는 하숙을 하면 그만이니까. 당
신이 알다시피 이것이 나의 전 재산이잖아.

도영이 문을 열고 밖으로 나간다.
그 뒷모습을, 여전히 짝짝, 껌을 씹으며 무심히 바라보는 경희.

S#57. 파출소 안(낮)

한가한 파출소 안에 당직 순경1이 앉아 있고, 차석인 경사가 그 옆
자리에서 뭔가를 쓰고 있다.
출구가 열리며, 서류를 손에 든 소장이 사색이 된 얼굴로 힘없이
들어선다.
차석이 재빨리 일어나 소장을 맞는다.

차석　　고생 많으셨습니다.

소장은 고개만 끄덕이며 자기 자리에 가 앉는다.
차석이 그 옆에 조아리고 서며 소장의 눈치를 살핀다.
소장은 의자에 기대며 눈을 감는다.

차석　　숙직실에 가셔서 잠시 누워 계시는 게 좋지 않겠습니까?
소장　　괜찮아. 정말 어처구니없는 일이야.
차석　　엉뚱한 자식 때문에 소장님이 당하셨으니, 인사 위원
　　　　　들도 다 아는 사실이니까, 소장님은 그냥 경고 정도

100

때리겠지요, 뭐.

소장   아냐. 방송과 신문에서 경찰 전체를 싸잡아 매도한
        사건이라 인사 위원들도 어찌 해 볼 도리가 없다는
        군. 내년이면 정년인데, 꼴이 이게 뭐야.

차석   그럼, 소장님이?

소장   힘들겠어. 옷을 벗어야지.

차석   개자식!

S#58. 징계위, 실내

가운데 총경 계급을 단 위원을 중심으로 양쪽에 경정, 경감 계급을
단 인사 위원 세 명과, 사복을 한 위원 한 명이 앉아 있고,
그 앞에 앉은 도영이가 눈물을 흘리고 있다.

위원 1   그래 가지고 어디 경찰 생활을 해내겠는가? 우는 이
          유가 대체 뭔가?

도영   소장님한테 너무 미안하고, 죄송해서요.

위원 2   그러니까 애초에 일 처리를 똑바로 했어야지.

도영   죄송합니다.

도영은 주머니에서 손수건을 꺼내 눈물을 닦고, 코를 푼다.

위원 3   잘못은 자네가 했지만, 책임은 감독자인 소장이
          더 커. 그 사람은 내년이 정년이라 봐 주고 싶었지

만, 이 사건이 사회에 물의를 일으킨 점이라든가, 경
찰 전체에 먹칠을 한 점은 도저히 묵과할 수 없는 일
이야.

도영   그건 안 됩니다. 모든 책임은 저 혼자 지겠습니다.

위원 4(사복) 사실 우리 검찰에서는 소장하고 남 순경을 구속하려
했지만, 가재가 게 편이라고, 어디 그럴 수가 있나?
그 점 유념하라고.

도영   감사합니다.

위원장   마지막으로 꼭 해야 할 말이 있으면 하게.

도영   정말 죄송합니다. 정말 소장님은 제외하고, 모든 책
임을 제가 지게 해 주십시오.

위원장   무슨 말인지 알겠네. 한 가정을 보호하려고 사건을 은
폐한 사실은, 인정상 개인으로서 있을 수 있는 일이
지만, 경찰공무원으로서는 도저히 용납이 되지 않는
일이네. 곧 징계의결서가 발부될 것이니까, 반성하는
마음으로 대기하기 바라네. 이상.

도영이 다시 손수건으로 눈물을 닦고 코를 푼다.

S#59. 병원 재활치료실(낮)

복식이 재활치료실에서 걷기 연습을 하고 있고,
복자가 옆에서 거든다.
징계의결서를 손에 든 도영이가 다가서면,

복식	아주 유명 인사가 됐더군. 방송하고 여러 신문에 이름이 났으니 뭐라고 말해야 할까? 축하한다고 할 수도 없고. 하여튼 그렇게 호되게 해야 찔찔 짜는 버릇이 고쳐질 것이다.
복자	당신, 말을 해도 왜 그렇게 해요? 듣는 사람 심정도 생각해야지요.

도영이는 씁쓰레한 미소를 짓는다.

복식	쟤 심정이 어때서? 좋다고 웃고 있잖아. 손에 든 건 뭐야?

복식이 도영에게서 징계의결서를 빼앗아 펼쳐 본다.
국가공무원법 제78조 제1항 1, 2, 3호에 의거하여 정직 3개월에 처함.
징계의결서를 읽은 복식이 큰 소리로 웃는다.

복식	팔자 편하게 됐네. 소장님은 옷을 벗었다고?

도영이는 여전히 씁쓰레한 미소를 지으며 고개를 끄덕인다.

복자	조금 전에 차석이 왔다 갔어요.
복식	팔자라고 생각해야지, 어떻게 하겠나?

복식이 힘겹게 걷기 연습에 몰두한다.

S#60. 공원(낮)

햇빛이 쏟아지는 공원을 영란이와 도영이가 어깨를 나란히 하고 산책을 한다.

영란   신문을 보고 깜짝 놀랐어요. 일이 그렇게 크게 벌어 질 줄은 몰랐어요.

도영이는 하늘을 쳐다보며 숨을 크게 내쉰다.

도영   운명이라고 생각해야겠지요.

영란   뭐라고 말씀드려야 할지 모르겠어요. 그저 식사나 대접하고 싶었어요.

도영   이젠 다 결정 난 일이니까 신경 쓰지 마세요. 언니 는 잘 계신가요?

영란   아무것도 모르고 있어요. 형부가 법원에 이혼 서류 를 제출한 것도요.

도영   치료비 50만 원을 형부한테 가져다줬을 때는 이혼 에 관한 얘기는 없었는데, 참 알다가도 모를 일이네 요.

영란   역시 운명이라고 생각할 수밖에 없는 일인 것 같아 요. 내일 치킨이나 한 마리 사 가지고 언니에게 면 회 가려고 해요. 언니는 치킨을 좋아하거든요.

도영   언니가 보고 싶군요.

두 사람은 다정히 한가롭게 걷는다.

S#61. 정신병원 앞(낮)

도영이와 영란이 면회실에 앉아 있는데,
환의 차림의 영애가 간호사의 부축을 받으며 들어선다.
두 사람 일어나 그녀를 맞는다.
영애가 앞자리에 앉으면,
영란이가 영애의 옷매무새를 고쳐 준다.

    영란   언니, 얼굴이 참 좋아졌다.

    영애   그래? 남 순경님은 바쁘실 텐데, 고마워요.

    도영   뵙고 싶었어요. 평안한 모습을 보니 반갑습니다.

영란이가 앞에 놓인 보자기를 풀고, 튀긴 닭고기를 뜯어 영애에
게 쥐여 준다.

    영애   남 순경님을 먼저 드려야지.

    도영   아닙니다.

    영란   언니가 먼저 받고.

영란이는 영애에게 닭고기를 쥐여 준 후, 도영에게도 닭다리를 건
넨다.
도영이는 손을 내젓는다.

영란	받으세요. 그래야 언니가 마음 놓고 먹을 수 있잖아요.

마지못해 도영이가 닭다리를 받으면, 영란이가 자잘한 무를 집어 영애의 입에 넣어 준다.

영애	너도 먹어.

영란이도 작은 덩어리를 집어 씹으면,
도영이도 닭다리를 뜯어 먹는다.
두 사람이 마주 보며 미소를 짓는다.

영애	두 사람이 꼭 부부 같아 보인다.

환자들의 산책 시간이어서, 환자들이 떼를 지어 나와 돌아다닌다.
그들을 바라보는 영애의 얼굴이 웬일인지 어두워진다.

F.O

S#62. 여관방(밤)

바닥에 빈 소주병과 마시다 남은 소주, 그리고 먹다 남은 안주들
이 널려 있다.
초저녁인데, 잠에서 깬 도영이 일어나 창가로 가서 밖을 내다본다.
창밖에는 비가 내리고 있다.

우산을 들고 바쁘게 오가는 사람들, 밤의 거리 모양이 눈에 들어온다.

정직 기간이라 무직자 신세가 쓸쓸하다.

도영   (소리) 아프고 지쳐 쓰러진 사람들이 모여
        서로의 상처를 핥아 나갈 때
        외로워라, 삶은
        한낱 세상과의 끝나지 않는 싸움이려니

        외로움에 지친 사람들
        마침내 외로움과 싸우다
        맥없이 쓰러지네.

        겨울.
        빈 벌판과 같은 가슴들
        눈물로 출렁이고
        출렁여 은빛 이랑 하나 이루었네.
        세상에
        누구인들 울면서 태어나지 않았겠느냐
        누구인들 홀로 울며 가슴 쳐 보지 않았겠느냐.

도영이 방 안을 서성거리다가, 마시다 남은 소주병을 들어 잔에다 따른다.

잔을 들고 마시려다 말고,

벽에 걸려 있는 상의를 입고 밖으로 나간다.

S#63. 거리(밤)

비가 내리는 거리다.

도영이 비를 맞으며 걸어간다.

길에서 우산을 파는 노점이 있다.

도영이 노점에서 우산을 사서 펴 들다가 문득 보면,

S#64. 공중전화 부스

문을 열고 안으로 들어가는 도영.

송수화기를 돌리고,

빗물이 흘러내려 뭔가를 말하는 모양이 마치 실루엣처럼 보인다.

도영이 다시 밖으로 나온다.

비를 맞으며 가다가 불현듯 우산을 펴 든다.

S#65. 술집 파라다이스 앞

도영이 입구에서 우산을 접으면,

웨이터　　　어서옵셔.

굽신하다가 도영이를 그제야 알아본다.

도영이가 웃어 보이면,

웨이터	아니 남 순경님, 혼자세요?
도영	아니, 조금 있다가 손님이 올 거야.
웨이터	그 깡패 아저씨요?
도영	아니, 여자야. 머리칼이 긴 여자가 날 찾거든 잘 모셔 와.
웨이터	잘 알았습니다.

웨이터가 앞서면,
도영이가 따라 안으로 들어간다.

S#66. 파라다이스 안

요란한 밴드 음악이 실내를 흔든다.
웨이터가 빠르게 안으로 들어오고,
도영이 따라 들어오는데,
입구에서 잘 보이는 자리가 눈에 띈다.

S#67. 구석 쪽 테이블

꺽다리와 땅딸보가 각각 아가씨를 옆에 끼고 앉아 술을 마시고 있다.
그들이 마시는 술은 폭탄주다.
탁자 위에 놓인 말보로 담뱃갑이 유난히 눈에 들어온다.

S#68. 다른 테이블

도영이가 자리를 잡고 앉는다.

웨이터　　　술은 뭘로 하실까요?

도영이가 턱짓으로 건너편 테이블을 가리키며,

도영　　　　저런 걸로.

웨이터　　　폭탄주. 안주는요?

도영　　　　알아서 가져와. 그리고 담배 한 갑도 가져오고.

웨이터　　　담배도 알아서 가져올까요?

도영이가 고개를 저으며, 또 건너편 테이블을 가리킨다.

도영　　　　저런 걸로.

웨이터　　　말보로 한 갑. 아가씨는 영계가 좋겠지요?

도영　　　　아가씨는 필요 없어. 여자 손님이 오니까.

웨이터　　　알았습니다. 곧 술을 대령하겠습니다.

웨이터가 급히 가 버린다.

도영이 무심히 시선을 돌리면,

S#69. 구석 쪽 테이블

꺽다리가 옆의 아가씨 앞자락에 지폐 뭉치를 넣어 준다.
그리고 키스를 하며 유방을 주무른다.
땅딸보가 폭탄주 잔을 들어 마신다.
그 옆의 아가씨가 땅딸보의 아랫도리를 주무른다.

아가씨   자기도 저렇게 좀 줘 봐.

땅딸보가 지갑을 열어 자기앞수표 세 장을 아가씨의 손바닥에 쥐
여 준다.

아가씨   이 차를 나가자면 두 장을 더 줘야지.

땅딸보가 한 장을 더 준다.

S#70. 도영의 테이블

웨이터가 과일 안주와 양주, 그리고 맥주 세 병을 가져다 놓고,
주머니에서 말보로 담배를 꺼내 도영이 앞에 놓으면,
도영이 담배를 뜯는다.
웨이터 라이터를 켜 불을 붙여 준다.

웨이터   남 순경님 원래 담배를 안 피우시잖아요?

도영	오늘은 피우고 싶어졌어.

웨이터는 맥주병을 따고,
양주를 따르며 폭탄주를 만든다.

웨이터	기분이 안 좋을 때는 담배가 약이 되지요.

S#71. 구석 쪽 테이블

땅딸보와 꺽다리가 자리에서 일어서면,
그사이 외투를 걸치고 핸드백을 든 아가씨 둘이 함께 일어선다.
꺽다리가 계산대로 향하면,
땅딸보가 탁자 위의 말보로 담배를 집어 주머니에 넣고 움직이면,
두 아가씨가 뒤를 따라 나간다.

S#72. 도영의 테이블

웨이터가 다 만든 폭탄주를 도영이 앞에 놓는다.
도영이가 술잔을 들면,
웨이터, 나가는 사람들을 턱짓하며,

웨이터	이 차를 나가잖아요. 저 사람들은 오기만 하면 꼭
	이 차를 나가요.

도영	돈이 많은 사람들인가 봐?
웨이터	꺽다리하고 땅딸보. 돈을 물 쓰듯이 해요.
도영	너도 한잔해라.

도영이가 마신 빈 잔을 웨이터에게 건네면,

웨이터	규정에 저희는 손님 자리에서 술을 못 마십니다.

웨이터가 손을 내저으며, 내민 잔에 맥주를 붓고, 양주를 따른 작은 잔을 맥주 컵 안에 넣어 준다.

웨이터	그럼 즐거운 시간이 되십시오.

웨이터가 밖으로 나간다.
도영이 다시 잔을 들고 마신다.
경쾌한 밴드 음악이 지르박 음악으로 바뀐다.
도영이가 무심히 밴드들 앞을 보면,

S#73. 무대 전면

네 쌍의 남녀가 나와 껴안고 지르박을 춘다.
그 네 쌍 중에 경희와 서창수가 있다.

S#74. 도영의 테이블

경희와 서창수를 발견한 도영이,
마시던 술잔을 놓고 깜짝 놀라며 자기 눈을 의심한다.
이때 웨이터 안내를 받으며, 접은 우산을 든 영란이가 들어온다.

영란   안녕하셨어요?
도영   어, 어서 오세요.

도영의 시선은 다시 무대 쪽으로 갔다가 온다.
영란이가 어색한 자세로 자리에 앉는다.

영란   쓸쓸하다고 하셔서 나왔어요. 선생님이 이런 데 오면
       안 되는데.
도영   괜찮습니다. 아이들을 바로 가르치자면, 이런 데도
       있다는 걸 아셔야지요.

웨이터가 가져다 놓은 맥주 컵에 도영이 맥주를 따른다.
시선은 다시 정면 무대로 향한다.

S#75. 무대 전면

경희와 서창수의 입술이 포개진다.
감미로운 입맞춤이 끝나자 경희는 창수의 가슴에 얼굴을 묻는다.

S#76. 도영의 테이블

도영의 시선을 따라 뒤를 돌아보던, 영란이가 조심스럽게 고개를 돌리고 도영의 안색을 살핀다.

치솟아 오르는 분노를 누르며 술잔을 드는 도영이다.

영란   아시는 사람들인가 봐요?

도영   지난달까지는 내 아내였던 사람이지요.

영란이가 다시 뒤돌아본 후,

영란   그러면 이혼을 하셨군요.

도영   그랬지요. 그 사건 이후.

영란이의 가슴이 뭉클해진다.

그 사건 이후라는 말에 충격을 받으며, 슬픔이 몰려든다.

다소곳이 앉아 있는 영란이를 바라보는 도영이 벌써 취했다.

영란이의 얼굴이, 오버랩 되며,

영애의 울부짖는 모습이 된다.

S#77. 인서트

S#9의 중간 부분.

영애 ······식칼을 내 목에다 대면서, 죽인다고 했어요. 그
리고 작은 놈이 장롱에서 이불을 꺼내다 나를 덮어씌
웠어요.

S#78. 도영의 테이블

영란이는 쿨쩍거리고 있는데,
퍼뜩 정신을 차린 도영이가 재떨이의 꽁초를 집어 들어 본 후,
정신없이 밖으로 뛰어나간다.

S#79. 파라다이스 앞

여전히 비가 내리고 있다.
우산을 들고 행인들이 지나갈 뿐 거리는 공허하다.

웨이터 왜 그러세요, 남 순경님?

도영 이 새끼들 어디 갔어?

웨이터 누구요?

도영 방금 나간 작은 새끼하고 큰 새끼.

웨이터 땅딸보하고 꺽다리요? 벌써 갔지요. 뭐, 낌새라도
잡은 거 있나요?

도영 맞아. 맞았어, 그 자식들이야.

웨이터 이제야 알아차리셨군요. 그 사람들은 술을 마시며

	하는 소리가 밤낮 남의 집 터는 얘기뿐이었다구요.
도영	왜 그 얘길 왜 진작 하지 않았어?
웨이터	하려고 했는데, 아저씨들이 듣지 않았지요, 참

다시 주변을 둘러봤으나, 공허하게 비만 뿌리고 있었다.
낭패감으로 한숨을 내뿜는 도영이다.

웨이터	다음에 그 자식들이 오면 연락드릴게요. 손님이 계
	신데 들어가세요.

이때, 영란이가 다가와 도영이의 팔을 껴안는다.

S#80. 여관방

팬티만 입은 도영이 이불 밖에서 모로 잠을 자고 있고,
이불을 덮고 있던 영란이 눈을 뜨며 자리에서 일어난다.
일어난 영란이 알몸이 드러나 보이는 슬립 차림이다.
천천히 그녀는 벽에 걸린 옷을 벗겨 입고,
머리를 가다듬는다,
그냥 나가려다 말고, 젖혀진 이불을 끌어다 도영에게 덮어 준다.
그런 후 주변을 한번 훑어본 후 문을 열고 밖으로 나간다.

S#81. 공사장(낮)

아파트를 짓는 공사장이다.

목에 수건을 걸친 도영이가 질통을 지고 층계를 힘겹게 올라간다.

S#82. 파라다이스 앞(밤)

쓰레기통이 옆에 있는 후미진 곳이다.

쪼그리고 앉아 있는 도영이의 시선은 파라다이스 입구에 가 있다.

구멍가게에 갔다 오는 웨이터가 도영이 쪽을 힐끗 보다가 지나간다.

얼마쯤 걸어가던 웨이터가 다시 돌아와 도영이를 자세히 살펴본다.

| 웨이터 | 아니, 남 순경님이 여기서 뭘 하세요? |

멋쩍은 도영이 일어난다.

도영	그냥 놀고 있다. 요즘 그 땅달이와 꺽다리라는 놈들 안 오냐?
웨이터	아하, 잠복근무 중이군요. 그 사람들, 요즘 못 보겠던데요.
도영	그놈들 오면 곧장 연락해라.
웨이터	알았습니다.

S#83. 공사장(낮)

도영이가 빈 질통에 자갈을 담느라 뒤돌아서 있고,
인부는 열심히 삽으로 자갈을 퍼 질통에다 담는다.
공사장 안으로 순경1이 운전하는 경찰 순찰 오토바이가 들어온다.
도영이를 발견한 순경1이 오토바이를 세운 후 책 한 권을 들고 반
색을 하며 다가선다.

    순경1   아 한참 찾았네. 여관 아주머니가 처음엔 모른다고
                    딱 잡아떼잖아요.

    도영   웬일이야?

순경1이 책자를 건네면,
도영이 받으면,
월간 잡지 『현대시학』

    순경1   거기에 남 순경님 시가 게재됐어요. 그리고.

순경1이 메모지 한 장을 건넨다.

    도영   이건 또 뭐야?

    순경1   신문사 문화부장이라는데 시인이랍니다. 남 순경님의
                    시를 읽고, 만나고 싶다고 합니다. 그거 전화번홉니다.

    도영   양기문 부장? 아니, 이 양반은 아주 유명한 시인인데?

S#84. 호텔 스카이라운지(밤)

도시의 야경이 한눈에 내려다보이는 스카이라운지다.

빵떡모자에 파이프 담배를 문 양기문 시인과 도영이 마주 앉아 음료수를 마시고 있다.

양기문	첫 월급이라는 시를 읽고, 한번 만나고 싶었어요. 성폭행 사건의 주인공이라는 사실을 알고, 깜짝 놀랐지요. 시를 쓰니까 그런 사건의 주인공이 되는 거지, 그런데 주인공은 아무나 될 수가 있나? 하하하

도영은 얼떨떨하기만 하다.

도영	죄송합니다.
양기문	죄송하긴. 사회부 기자 애들한테 얘기를 들었는데, 정말 인간적이고, 멋진 일이야. 시를 쓰는 사람이 아니고는 그렇게 십자가를 질 수가 없는 거야. 그 시에서의 표현 중에, 땅이 바로 하늘이라든지, 돌아올 수 없는 먼 곳으로 김매러 가셨네, 는 참으로 좋았어. 써 놓은 시가 많지?
도영	그냥 습작품이 조금 있습니다.
양기문	다 가져와 봐. 내가 가필정정하고, 추천서를 써서 시집을 한 권 내 줄게. 앞으로 좋은 시를 쓸 것 같아.

도영이는 꿈인지 생시인지 분간이 안 될 정도로 기쁘다.

S#85. 화성행궁行宮 봉수당 앞(낮)

도영이와 영란이가 손을 잡고 산책을 하고 있다.
어쩐 일인지 두 사람은 슬픈 얼굴이다.

도영   전화로 언니가 자살했다는 얘길 듣고, 인생이란 참
             허망하구나, 하는 걸 또 느꼈지. 어머니의 죽음을
             생각하면, 그 생각은 지워지지 않아.

영란   전 언니가 불쌍하기만 해요. 그저 고생만 하다 갔어요.

도영   팔자가 기구하다고 해야겠지. 형부란 사람이 왜 또
             병원까지 찾아가서 모든 걸 까발리고, 협박하고 그
             랬을까? 그런 작자를 만나서 결혼한 것부터 어쩌면
             악순환의 운명이 시작되었는지 모를 일이야.

S#86. 화성행궁의 장락당 앞

도영이가 영란이를 팔에다 보듬고 걷는다.

영란   산책하다 주은 유리 조각으로 팔의 동맥을 끊었다는
             데, 대체 병원 사람들은 그동안 무엇을 했는지, 원망
             스러워요.

도영   열 사람이 도둑 한 명을 못 지킨다는 말처럼, 죽기
             로 작정을 한 사람을 어떻게 하겠어. 유서에는, 화
             장을 해서 유골을 강에다 뿌려 달라고 했다면서?

S#87. 강 위(낮)

출렁거리는 나룻배 위에 도영이와 영란이 앉아서 유골을 강에다 뿌리고 있다.

가끔씩 얼굴을 마주 바라볼 뿐, 말이 없다.

지나가는 바람이 체념한 듯 냉담한 두 사람의 머리칼과 옷자락을 흔든다.

유골을 다 뿌린 도영이 강을 향해 손바닥을 탁탁 턴다.

영란이 아직 뼛가루가 남은 손바닥을 자기 가슴에 넣는다.

영란이 눈에서 소리 없이 눈물이 흘러내린다.

도영	애들은 고아원에 보내졌다면서?
영란	네.
도영	데려다 우리가 기르는 게 옳지 않을까?
영란	우리요?
도영	영란이하고, 나하고, 그리고 애들하고, 한 가족이 되는 거지.

영란이 흐르던 눈물을 훔치며, 미소를 짓는다.

도영이가 영란을 가볍게 껴안는다.

F.O.

S#88. 동네 담장(낮)

개나리와, 진달래, 철쭉꽃이 활짝 피었다.
만개한 목련도 보인다.

S#89. 파출소 안(낮)

정직 3개월이 지난 도영이가 파출소 안에서 서성거린다.

순경1   오 순경님도 오늘부터 출근한답니다.
도영   얘기 들었어. 지금 인사하느라 서에 있을 거야.

도영이 기지개를 켜며 움직이면,

S#90. 파출소 앞.

출입문을 열고 나오는 도영이 두 팔을 활짝 편다.
뒤쪽에는 여전히 순찰 오토바이가 서 있다.
도영이 오토바이에 다가가, 살펴보다가 걸레로 닦기 시작한다.
걸음걸이가 약간 불편한 복식이가 걸어 들어온다.

복식   죽지 않으니 또 만나는구나.
도영   좀 더 쉬지 않고, 왜 벌써 나와?

두 사람 손을 잡고, 힘차게 흔든다.

복식　　　집에서 놀자니 죽을 지경이더라.

이때, 파라다이스의 웨이터가 숨을 헐떡거리며 다가온다.

웨이터　　　아저씨, 남 순경 아저씨.

도영　　　왜 그래?

웨이터　　　봤어요. 땅딸보하고 꺽다리요.

도영　　　뭐?

복식　　　이 자식 또 헛소리하는 거 아냐?

도영　　　가만! 어디야? 어디서 봤어?

웨이터　　　아파트요. 아가씨가 어저께 가게에다 화장품 통을 놓고 갔다고 해서 그걸 가져다줬는데, 그치들이 아가씨들하고 같이 있었어요.

도영　　　그래? 어느 아파트야?

웨이터가 멀리 건너 보이는 아파트들을 손짓으로 가리킨다.

웨이터　　　저기, 금성아파트요. 백이 동 삼백오 호요.

도영　　　백이 동 삼백오 호. 삼백오 호.

도영이 오토바이를 끌어내고 시동을 걸다가,
파출소 안으로 정신없이 뛰어 들어간다.

복식	왜 그래?
웨이터	아저씨하곤 얘기 안 해요.
복식	이 자식이!

복식이 주먹을 쳐들면 웨이터가 도망가 버린다.

S#91. 파출소 안

급하게 뛰어 든 도영이를 놀란 눈으로 쳐다보는 순경1.

도영	범인을 잡으러 가니까, 찾으면 그렇게 얘기해.
순경1	무슨 범인요?.
도영	강도, 강간범.
순경1	어딘가요, 위치가?
도영	금성아파트, 백이 동 삼백오 호.

도영이가 뛰어나가면,
순경1이 주소를 적는다.

S#92. 파출소 앞

뛰어나온 도영이가 오토바이에 올라탄다.

| 도영 | 애는 어디 갔어? |

도영이 옆구리의 권총을 빼내 장전을 한다.

복식	무슨 일이야?
도영	먼저 강도범들. 그럼 다녀올게.
복식	그 자식들이야? 그럼 같이 가야지.

복식의 허리에는 아무 무기도 없다.

| 도영 | 그래 가지고 되겠나? 들어가서 기다리지. |
| 복식 | 무슨 소리야? |

막 떠나려는 오토바이 뒤에 복식이가 훌쩍 올라탄다.
오토바이는 질주한다.

S#93. 금성아파트 경비실

늙수레한 경비원이 졸다가 쳐다본다.
도영이가 거수경례를 한 후 안으로 고개를 디밀면,

S#94. 아파트 305호 앞

경비원을 가운데 두고 복식과 권총을 든 도영이가 양편에 서 있다.

경비원이 여러 차례 초인종을 누른다.

아가씨	(소리) 누구세요
경비원	아래층 경빕니다.
아가씨	(소리) 경비 아저씨가 웬일이세요?
경비원	택배가 왔어요.
아가씨	(소리) 올 택배가 없는데, 잠시만요.

안에서 자물쇠 여는 소리가 나며, 아가씨 1이 고개를 내민다.
아가씨 1을 밀치고 두 사람이 급히 안으로 들어가면,
주방에서 조리를 하던 다른 아가씨 2가 놀란 눈으로 쳐다본다.

아가씨 1	뭐예요, 아저씨들! 왜 남의 집엘 막 들어오는 거예요!
아가씨 2	깜짝 놀랐네. 아저씨들 영장 있어요? 영장!

두 사람이 두리번거려 보나 찾는 놈들은 보이지 않는다.
도영이 한 방문을 열면,
침대가 있고, 창문이 열린 채 커튼만 바람에 펄럭거린다.
쫓아 들어가 창 아래를 내려다보면,

S#95. 아파트 화단

방금 뛰어내린 꺽다리가 발목을 싸쥐고 있다.

그런데도 뛰어간다.

S#96. 아파트 305호 안

복식이가 다른 방문을 열면,
역시 침대가 놓여 있고, 창문이 열려 있다.
창밖을 내다보면,

S#97. 아파트 벽

땅딸보가 익숙한 자세로 가스관을 타고 내려와 가볍게 땅바닥에
선다.

S#98. 아파트 앞 길

쩔룩거리며 뛰는 꺽다리를 부축하면서 땅딸보가 함께 뛴다.

S#99. 아파트 계단

도영이가 급하게 뛰어 내려온다.
비칠거리며 복식이가 뒤따라 내려온다.

경비원이 멍청히 바라보며 고개를 갸웃거린다.

S#100. 인도

땅딸보가 앞서 뛰고,
꺽다리가 절룩거리며 뒤따라 뛴다.
지나가던 행인들이 두 사람을 바라본다.

S#101. 도로

오토바이를 타고 달리는 도영이와 복식이가 멈춘다.
신호등에 차들이 멈췄다.
오토바이가 인도로 올라가려다 하마터면 넘어질 뻔한다.

S#102. 인도

땅딸보와 꺽다리가 여전히 기를 쓰며 백 미터 경주를 하듯이 달린다.
옆에는 신호를 대기하느라 차들이 줄시어 서 있나.
앞서 가던 땅딸보가 되돌아서면,
꺽다리가 멈춘다.
여자가 혼자 운전대에 앉아 있는 그랜저 승용차가 눈에 띈다.
땅딸보가 턱짓으로 그랜저를 가리키면,

꺽다리가 고개를 끄덕거리고,

땅딸보는 그랜저 앞문을 열고 운전석 옆으로 들어가고,

꺽다리는 뒷좌석으로 문을 열고 들어간다.

S#103. 승용차 안

운전석에 앉은 젊은 여자의 목에다 땅딸보가 칼을 들이댄다.

당황하며 겁을 먹은 여자 운전사를 옆문을 열고 밀쳐 내고,

운전석에 앉은 땅딸보가 액셀을 거세게 밟는다.

신호등이 바뀌자 그랜저는 앞차들을 추월하며 마구 달린다.

인도에서 차도로 내려온 도영의 오토바이가 그랜저를 따라간다.

앞차가 보였다 안 보였다 한다.

S#104. 교외 도로

정신없이 질주하는 그랜저.

역시 전속력으로 따라가는 도영의 오토바이.

S#105. 금성아파트 앞

순경1이 운전하고 옆자리에 차석이 앉은 경찰 순찰차가 들어선다.

차가 멎고, 두 사람이 황급히 차에서 내린다.

S#106. 교외 도로

도로가 밀려 속력이 준 그랜저가 앞차를 추월하려고 하나 어렵다.

바짝 따라온 도영의 오토바이.

길이 트이자 그랜저가 다시 속력을 낸다.

그 옆으로 붙으며 달리는 오토바이.

그랜저가 옆구리로 오토바이를 밀친다.

오토바이가 기우뚱한다.

다시 달리는 그랜저 옆으로 오토바이가 붙는다.

S#107. 금성아파트 마당

차석과 순경1을 따라 나온 경비원이 손짓으로 저쪽으로 갔다고
알린다.

순찰차는 속력을 낸다.

차 안의 차석이 무전기를 들고 황급히 말하는 모양이 유리창 밖에
서 보인다.

S#108. 교외 도로

옆으로 바짝 붙는 오토바이를 그랜저는 자꾸 쓰러트리려고 부딪
친다.

뒤에서 사이렌을 울리며 순경1이 운전하는 순찰차가 따라온다.

하늘에는 경찰 헬리콥터가 떠서 빙빙 돈다.

S#109. 다른 교외 도로

여전히 헬리콥터는 범인들이 전속력으로 내달리는 그랜저 위를 따라간다.

그랜저 옆구리에 바짝 붙은 오토바이가,

그랜저가 부딪치는 충격으로 나뒹군다.

복식은 길바닥에 나가떨어지고,

도영은 오토바이와 함께 가로수를 들이받으며 정신을 잃는다.

그 겨를에 충격으로 그랜저도 비틀거리다가 산기슭을 들이박으며 연기를 내뿜는다.

잠깐의 시간이 흐른 후에,

복식이가 비칠거리며 일어선다.

연기를 내뿜는 그랜저에서는 땅딸보가 기어 나온다.

땅딸보를 발견한 복식이 빠른 걸음으로 그에게 달려간다.

따라오는 복식을 발견한 땅딸보가 도망가기 시작한다.

두 사람 모두 비칠거리기는 마찬가지다.

계곡 위에서 두 사람은 맞붙어 격투를 벌인다.

땅딸보는 신통치 않아 보이는 복식의 왼쪽 다리를 부여잡고 넘어진다.

두 사람은 함께 계곡 아래로 추락한다.

사이렌을 울리며 따라오던 순찰차가 멎고,

헬리콥터는 주변을 맴돌다 가 버린다.

S#110. 교외 도로 옆

모로 쓰러진 그랜저 승용차에서는 여전히 연기가 피어오르고 있고,
순찰차들이 줄을 지어 다가온다. 네 대나 된다.
앰뷸런스가 한 대 서 있고,
들것에 누운 복식이가 주변을 살피며 앰뷸런스에 실린다.
다른 들것에 실린 땅딸보는 죽어 있다.
그랜저에서 꺼내진 꺽다리는 수갑을 차고 순찰차에 인계된다.
정신을 가다듬은 도영이는 일어나며, 순경1이 건네는 물을 마신다.

F.O

S#111. 출판기념회장

출판기념회 식장이다.
화기애애한 표정의 사람들로 북적거린다.
정면에 크게 쓴 글자들, 남도영 시인의 시집 『낯선 곳에서의 하
루』 출판기념회.
주인공 도영이가 가슴에 꽃을 단 정장을 하고 만면에 희색을 띠
고 있다.
그 옆에 영란이가 붙어 있고,
영애의 아들 둘이 또 그 곁에 있는 모양이 이채롭다.
자리에 앉아 맥주 한 컵을 마신 후 파이프 담배를 문 양기문 시인
도 즐겁다.

복식이가 앉은 휠체어를 뒤에서 미는 복자도 반갑다.
정복을 입은 차석이 도영에게 인사를 하고 지나가고,
순경1도 악수를 하며 굽신하고 지나간다.

복식　　　밤낮 찔찔 짜더니만, 용 됐구나. 축하한다.

도영이 미소를 보내며, 내민 손을 잡고 흔든다.

영란　　　어서 오세요.

영란이 복자에게도 인사를 한다.

영애 아들 1　아저씨, 안녕하세요?
영애 아들 2　안녕하세요.
복식　　　너희들 많이 컸구나.

복식이가 아이들의 머리를 번갈아 쓰다듬어 준다.

복식　　　아름다운 부인이 생기고, 거기다 아들까지 둘이나
　　　　　　　생겼으니, 참 복도 많다. 나도 오늘부터 집에 가서
　　　　　　　찔찔 짜는 연습을 해야겠다.

도영이와 주변의 사람들이 웃는다.
복자도 웃다가 복식의 등허리를 주먹으로 두들긴다.

복자	이 양반이 말을 해도 꼭 비틀어서 한다니까.
도영	병원에는 며칠에 한 번씩 갑니까?
복자	요즘엔 한 달에 한 번씩 가서 엑스레이 촬영만 해요.
도영	일 계급 특진을 했으니, 빨리 완쾌해서 새 마음으로 근무를 해야 하겠는데.
복자	의사 선생님 말씀으로 다친 척추가 완치는 쉽지 않다고 해요.

도영의 얼굴이 어두워진다.

복식	일 계급 특진이야 너도 한 것이고. 이러나저러나 집에서 이러구 놀자니 답답해서 미치겠다.

복식이 탁자에 놓인 맥주 컵을 들고 마신다.
복자는 안주를 집어서 복식의 입에다 넣어 준다.
도영이가 옆을 보면, 영란이도 쳐다본다.
도영이 슬며시 그녀의 허리를 감싸 안는다.
그런 자세로 좌중을 다니며, 사람들에게 인사를 한다.
그 위로,

도영	(소리) 그리운 이름 하나가 있습니다. 부르면 목이 메는 그리운 이름 하나가 있습니다. 불러도 다가갈 수 없는 그리운 이름 하나가 있습니다.

다가가도 만질 수 없는

그리운 이름 하나가 있습니다.

마치 그림자처럼

보이지만 만질 수 없는

그리운 이름 하나가 있습니다.

이제 더 이상은 놓치고 싶지 않은

그리운 이름 하나가 있습니다.

F.O

S#112. 파출소 유리창

경위 계급장을 단 도영이가 물끄러미 밖을 내다보고 있다.

아득한 기억을 더듬다 깨어난 얼굴이다.

아직도 그 꿈 같은 추억이 그립다.

〈끝〉

인동초

시놉시스

김대중은 목포의 하의도에서 태어났다. 그의 어머니는 흔히 말하는 후처이다. 후처의 자식으로 태어난 김대중은 어릴 적부터 영특하여 서당에서 공부를 하고 보통학교에서 공부를 한다. 일본의 점령하에 한글이 말살되고 창씨개명이 되는 시대를 살았던 김대중은 어린 시절 일본의 거대한 군함을 보며 넓은 세상에 대한 동경심을 품었다. 김대중의 영특함을 뒷받침해 주고 싶었던 김대중의 어머니는 하의도의 집을 팔고 목포로 이사를 가게 된다. 거기에서 생활을 위해 여관을 하게 되고 김대중은 목포상업고등학교에 수석으로 입학하게 된다. 뛰어난 재능을 보인 김대중은 일본인 교사들에게도 사랑을 받게 되고 만주의 건국대학교에 입학할 것을 추천받지만 일본의 진주만 침공과 전세의 어려움으로 인하여 포기하게 되고 해운사에 취직한다. 해방이 된 후 일하던 해운사의 경영을 맡게 된 김대중은 미군정이라는 뒷배경을 가지고 회사를 인수하려는 서울 사업가를 직접 만나 경영권을 지킨다. 그 후 김대중의 소문을 듣고 조선업체에서 김대중에게 경영을 요청하여 김대중은 조선업에 뛰어들게 된다. 차용애를 만나 결혼을 하고 딸을 낳지만 병으로 잃는다. 미군의 물건을 운송하고 전라도의 곡식과 서울의 물건을 배로 실어 나르면서 사업을 키우게 된 김대중은 어느 날 서울에 들러 대금을 받으려 하는데 마침 6·25가 터지게 된다. 처남과 친구와 함께 소금을 운반하는 배를 타고 한강을 건너고, 걸어서 서울에서 목포까지 피난을 가게 된다. 중간중간에 죽을 고비를 넘기고 다리 위에서 미군 전투기의 폭격을 받았으나 구사일생으로 살아난다.

살아서 목포에 도착한 김대중은 이미 공산당들이 목포를 점령했음을 알게 된다. 인민군들은 전세가 나빠지자 목포의 유지들을 목포형무소에 가둬 놓고 처형을 하는데, 김대중은 죽을 고비를 넘기고 구사일생으로 살아남는다. 그 후 부산에서 사업을 하게 되고 여성운동가들과 만나면서 인맥을 넓히게 되는데 이때 이희호와 처음 만난다. 김대중은 목포로 돌아가서 목포신문사를 인수하게 되고 사업을 키우던 중에 정치가로서의 꿈을 품게 된다. 전쟁이 끝나고 김대중은 서울로 올라가서 신문사에 기고를 하고 노동운동에 참여하며 웅변학원을 경영한다. 부인인 차용애는 미용실을 운영하게 된다. 민주당의 장면과 친분을 갖게 된 김대중은 장면을 대부로 하여 천주교의 세례를 받게 된다. 천주교 신자가 된 김대중은 민주당에서 국회의원이 될 꿈을 품는다. 목포에 출마하지만 떨어지게 되고 그 후 강원도 전방인 인제에서 출마하게 된다. 그러나 선거에서는 패배하고 만다. 3·15 부정 선거가 있은 후 김대중은 데모를 시작하고 4·19 혁명이 일어나 수많은 학생들이 경찰에게 희생당하자 이승만이 대통령직에서 하야하게 된다. 그 후 정권을 잡게 된 민주당에서 장면이 총리로 선출되고, 김대중은 그의 추천으로 민주당 대변인이 된다. 부정 선거가 밝혀진 인제에서 보궐선거로 다시 출마하게 된 김대중은 국회의원에 당선되지만 당선된 지 사흘 만에 일어난 5·16 군부 쿠데타로 인하여 국회의원 자리를 잃게 된다. 병으로 부인인 자용애가 세상을 떠나고 아이를 직접 키우게 된 김대중은 그 후 이희호와 만나 재혼하게 된다. 군부독재를 비판하던 김대중은 박정희가 3선 개헌을 선언하자 민주당 대통령 후보가 된다. 장충단공원에서 100만 명의 인파 앞에서 유세를 하는 등, 세를 과시하지만 크지 않은 표 차이로 박정희가 대통령이 된다. 그 후 일본으로 피신해 있던 김대중은 호텔에서 괴한에게 납치당하고 일주일 만에 구사일생으로 다시 집으로 돌아오게 된다. 김대중이 자택에 연금되어 갇혀서 생활하던 중에 박정희가 부하의 총에 피살된다. 정치를 다시 시작하려는 김대중에게 5·18 광주 사태가 벌어지고 전두환 군 정보사령관은 김대중을 내란죄로 구속하여 사형을 구형한다. 죽음의 문턱까지 갔던 김대중은 구사일생으로 살아나고 대통령이 된 전두환은 김대중을 사면한다. 김대중은 미국으로 가서 강연을 하고 신병을 치료한다. 몇 년이 지나고 일본을 거쳐 한국에 돌아온 김대중은 대통령 직선제를 외치고 서울의 봄을 맞아 정치에 참여할 수 있는 기회를 얻게 된다. 대통령을 국민이 뽑는 직선제가 되었으나 김영삼과의 단일화에 실패하였고 결국 군부 출신인 노태우가 대통령에 당선되게 된다. 김대중은 국회의원이 되고 나라에서는 서울올림픽이 열린다. 다시 한번 대통령이 될 꿈을 꾸게 된 김대중에게 시련이 찾아오니 그것은 김영삼, 노태우, 김종필의 삼 당 합당이다. 여당과 합당한 김영삼은 여당의 대표가 되어 대통령 후보로 나오고 현대를 창업한 정주영도 대통령 후보에 나오게 된다. 3파전이 되었으나 결국 김영삼이 대통령이 되고 김대중은 정계 은퇴를 선언하고 영국의 케임브리지로 가서 강연을 하게 된다. 2년 여의 영국 생활을 마친 김대중은 한국으로 돌아와서 정치를 다시 시작하게 되고 김영삼 정부에게는 국가 부도에 가까운 경제 위기(IMF)가 찾아온다. 김대중은 결국 15대 대통령이 된다. 삶과 죽음의 경계 속에서 김대중은 고비 고비를 넘기며 결국 대한민국을 대표하는 세계적인 인권 대통령이 된 것이다.

S#1. 국회의사당 앞마당

대통령 취임식장 사람들이 환성을 지른다 간간이 무심한 표정의
사람들이 앉아 있다. 연단에 김대중이 서서 연설한다. 김대중 뒤로
VIP들이 앉아 있다. 김대중은 말 한 마디마다 손을 함께 뻗는다.

김대중   오늘은 이 땅에서 50년 만에 처음으로 여야의 정권
                이 교체되는 자랑스러운 날입니다.

전직 대통령들의 모습이 보인다. 그 뒤로 국회의원과 각국 대사들
의 모습이 보인다.

김대중   잘못하다가는 나라가 파산할지도 모를 위기에 우리
                는 당면해 있습니다.

심각해 보이는 청중들의 모습이 보인다.

김대중   올 한 해 동안 물가는 오르고 실업은 늘어날 것입니
                다. 소득은 떨어지고 기업의 도산은 속출할 것입니
                다. 우리는 땀과 눈물과 (울컥해지는 목소리로) 고
                통을 요구받고 있습니다.

청중들 박수를 친다.

김대중   도대체 우리가 어찌해서 이렇게 되었는지 냉정하게

돌이켜 생각해 봐야겠습니다. 정치, 경제, 금융을 이끌어 온 지도자들이 정경유착과 관치금융에 물들지 않았던들, 그리고 대기업들이 경쟁력 없는 기업을 문어발처럼 거느리지 않았던들, 이러한 불행한 일은 일어나지 않았을 것이라고 저는 확실히 단언해 마지않습니다.

청중들이 박수를 친다.

김대중　　잘못은 지도층들이 저질러 놓고 고통은 죄 없는 국민이 당한 것을 생각할 때, 여러분과 같이 한없는 아픔과 울분을 금할 길이 없습니다. 이러한 파탄의 책임은 장래를 위해서도 국민들 앞에 마땅히 분명하게 밝혀져야 한다고 저는 강조해 마지않습니다.

청중들의 박수 치는 모습이 보이고, 김대중 뒤에 앉은 VIP들은 몇몇만 박수를 친다.

김대중　　존경하고 사랑하는 국민 여러분, 지금 우리는 전진과 후퇴의 기로에 서 있습니다. 우리를 가로막고 있는 고난을 딛고, 힘차게 전진합시다. 국난 극복과 재도약의 새로운 시대를 저와 같이 열어 갑시다. 반만년 역사가 우리를 지켜보고 있습니다. 조상들의 얼이 우리를 격려하고 있습니다. 후손들이 우리를 바라보고 있습니다. 민족 수난의 고비마다 불굴의

의지로 나라를 구한 이 민족의 자랑스러운 전통을
이어서 우리도 오늘의 곤란을 극복하고 내일을 향
해 나아가는 그러한 위대한 역사를 우리 다 같이 힘
을 합쳐서 창조하자는 것을 여러분들에게 호소하고
부탁해 마지않습니다.

청중들이 박수를 친다.

오늘의 위기를 전화위복의 계기로 삼아야 합니다.
저는 이를 실천할 수 있는 자신을 가지고 있습니다.
우리 국민 또한 이것을 해낼 수 있습니다. 6·25
폐허에서 일어난 역사가 그것을 증명하지 않습니
까? 제가 여러분들의 선두에 서겠습니다. 우리 다
같이 굳게 손잡고 힘차게 나아갑시다. 그리하여 이
국난을 극복합시다. 그리고 세계 무대에 선진국으
로의 재도약을 이룩합시다. 그리하여 오천 년 역사
에 빛나는 이 대한민국의 영광을 다시 한번 세계만
방에 드높이자는 것을 여러분에게 호소해서 마지않
습니다. 여러분 경청해 주셔서 감사합니다.

청중들 박수를 친다.

타이틀
〈인동초〉

S#2. 국회의사당 앞

김대중이 단상을 걸어 내려온다. 고적대 음악이 흐르고 카메라 플래쉬가 터진다. 김대중은 경호원들에 둘러싸여 대통령 전용 리무진에 오른다.

S#3. 여의도 도로

대통령 전용 리무진 주변으로 경찰 오토바이가 함께 달린다.

S#4. 리무진 내부

김대중 옆자리에 이휘호가 보인다.

김대중　　　(가만히 이휘호의 손을 잡는다. 잠시 후 시트에 기대어 눈을 감는다.)
　　　　　　　어머니……

S#5. 하의도 겨울

하의도 전경.
섬의 모래와 배들이 보인다. 1월이라 찬바람이 분다.

S#6. 김운식의 집

　김운식의 집 전경.
　산모의 신음 소리가 들린다. 장수금은 엄청난 진통을 하며 출산을 하고 있다. 옆에서 산파가 장수금에게서 아이를 받으려 하고. 김운식이 옆에서 이를 거들고 있다.

　　산파　　　이거 난산이네, 난산이야. 벌써 몇 시간째인지 모르겠네.

　그때 아이가 나온다. 아이의 몸에 탯줄이 감겨 있다. 울지도 않고 숨을 쉬지도 않는다.

　　산파　　　고추다, 고추네요. 그런데 아이고, 아이가 숨을 쉬지 않네.
　　김운식　　(옆에서 보고 있다가 달려들어 아이를 안고 나간다.)

S#7. 김운식의 집(부엌)

　김운식이 아이의 다리를 치켜들고 볼기를 손으로 때린다. 몇 대 맞더니 아이가 큰 울음소리를 낸다. 아이를 안고 다시 방으로 들어간다.

S#8. 김운식의 집(방)

김운식이 아이를 장수금에게 안긴다. 아이는 큰 소리로 운다.

김운식   임자 고생하였소.

장수금   (아이를 안고 미소를 짓는다.)

김운식   아이의 이름을 대중이라고 짓겠소. 김대중이.

S#9. 하의도 섬 전경(여름)

어린 김대중은 7세.
섬에서 자기보다 큰 아이들과 바다 주변을 뛰어다니며 놀고 있다.

장수금   (멀리서 김대중을 부른다.) 대중아, 대중아, 아버님
          이 찾으신다.

S#10. 하의도 장수금의 집

대청마루에 김운식이 앉아 있다. 그때 어린 김대중이 뛰어 들어온다.

김대중   아버님. (달려들어 안긴다.)

김운식   (김대중을 끌어안고 기뻐한다.) 대중아 나랑 어디 좀
          가야겠다.

김대중	어디를 가십니까, 아버님.
김운식	따라와 보면 안다. (장수금은 뒤에서 웃고 있다. 장 수금을 보고 고개를 끄덕인다.)

S#11. 덕봉서당

글 읽는 소리가 들린다. 김대중이 일어나서 뭔가를 읽는다. 훈장은 김대중의 머리를 쓰다듬는다.

S#12. 김운식의 집

축음기에서 음악이 흘러나온다. 집 마당에서 김대중은 나무로 장난감 배를 만들고 있다. 김대중보다 두 살 위인 형이 집 안으로 뛰어들어온다.

김대중 형	(숨을 헐떡거리며) 대중아, 대중아. 왔다. 군함이 들어왔다.
김대중	그래요? 같이 가요, 형님.

S#13. 섬(언덕)

김대중과 형은 언덕 위까지 달린다. 하늘은 맑고 구름이 띄엄띄엄 흐른다. 갈매기들이 무리 지어 난다. 뱃고동 소리가 들린다. 까만색의 군함이 파도를 가르며 지나간다.

김대중 형	대중아, 예전에 러시아와 전쟁할 때 일본 함대가 이 근처에서 숨어서 러시아 배를 기다렸다고 하더라.
김대중	아 여기에 숨었다가 대마도 쪽으로 간 거구만요. (일본 군함을 바라본다.) 저런 큰 배를 만드는 일본은 정말로 힘이 세구나.

S#14. 장수금의 집

김운식과 장수금이 마주 보며 앉아 있다. 김대중은 이불을 뒤집어 쓰고 자는 척하고 있었다.

장수금	여보, 우리 대중이가 공부를 잘하고 영특하니 이런 섬에서 묵히지 말고 목포로 옮깁시다. 가서 장사라도 하면 그럭저럭 먹고살 수가 있을 거예요. 땅이랑 집이랑 가진 것들을 처분하면 장사 밑천은 될 터이니 그리하십시다.
김운식	그려, 생각을 좀 해 봄세.
김대중	(이불을 뒤집어쓴 사이로 얼굴이 보이며 기대감이 얼굴에 나타난다.)

S#15. 덕봉서당

입구에서 장수금과 김대중이 마주 보며 서 있다.

장수금   대중아, 너는 높은 데서 나왔으니 몸을 함부로 굴리
          지 말거라.

김대중   (장수금을 보고 고개를 살짝 끄덕인다.)

장수금   열심히 하거라, 대중아, 내가 무슨 일이 있어도 너
          는 꼭 공부를 시켜야겠다. (장수금이 김대중의 손을
          잡고 함께 서당에 들어간다. 장수금은 머리에 뭔가
          를 이고 있다.)

장수금이 음식을 선생과 아이들에게 나눠 준다.

훈장   김대중이는 앞으로 크게 될 인물이다.

S#16. 하의보통학교

김운식이 김대중의 어린 동생 손을 잡고 학교 입구로 들어간다. 옆
에서 김대중이 따라 들어간다.

학교 선생   아이가 둘이네요.

김운식   (김대중 동생을 바라보며) 이 아이를 입학시키려고
          왔습니다. 그런데 지금 큰아이가 서당에 다니는데

이 아이도 입학할 수 있겠습니까? 서당엘 한 1년 넘
게 다녔습니다만.

학교 선생 1년 다녔으면 2학년으로 들어오면 되겠네요.

김운식 (김대중을 바라보며) 대중아, 이제 여길 다니자. 신학
문을 배워야 새로운 세상에서 살아갈 수 있을 것이다.

S#17. 하의보통학교

김대중이 친구들과 어울리며 논다.

S#18. 마을 입구

아이들이 몰려서 함께 걸어간다.

S#19. 마을(겨울)

눈보라가 치는데도 김대중은 학교에 간다.

S#20. 바다(여름)

아이들이 몰려서 놀고 있다. 발가벗고 수영을 한다. 한 아이가 낙

지를 잡아서 산 채로 씹어 먹는다. 망둥어를 잡아서 내장을 빼고 회를 쳐 먹는다.

S#21. 섬 중앙(야산)

아이들과 소를 몰고 올라가는 김대중, 소를 풀어놓으면 소들이 풀을 뜯어 먹는다. 친구들과 뛰어 노는 김대중.

S#22. 섬(보리밭)

친구들과 보리를 서리하는 김대중, 공토에서 보리를 구워 먹는다.

S#23. 섬(냇가)

오리를 잡는 김대중.

S#24. 장수금의 집

오리를 마당에서 기르는 김대중.

S#25. 장수금의 집

마당에서 개와 노는 김대중.

S#26. 김운식의 집(저녁)

장수금이 국을 끓이고, 한편에서는 동네 남자 어른들이 술을 마시고 있다.
김대중의 눈에 눈물이 고이며 동네 어른들에게 소리를 지르고 있다.
어른 중에 하나가 고기를 김대중에게 건넨다.
받아먹는 김대중.

　　장수금　　(김대중을 바라보며) 대중아, 목포로 이사 가자.

S#27. 목포 전경

여객선과 고기잡이배들이 지나가고, 사람들이 쌀을 나른다. 사람들이 북적거리고 있다.

S#28. 강경호

배에 강경호라고 적혀 있다. 김대중은 뱃머리에서 목포를 보며 얼굴이 상기되어 있다.

김대중   이런 세상이 있구나. 도시로구나

S#29. 목포 항구

배들이 깃발을 펄럭이고 있고, 뱃고동이 울린다. 활기찬 항구 모습이 보인다.

S#30. 영신여관 앞

김운식이 여관에 간판을 달고 있다. 사람들이 박수를 친다.

S#31. 영신여관 안

선원과 여행객들이 들어오고 김대중이 졸졸 따라다닌다.

S#32. 여관 밖

김대중이 우물에서 물을 길어서 여관으로 들어온다.

S#33. 여관 안

김대중이 물통을 들고 여관 계단을 올라간다. 창으로 바다가 보인다.

김대중   (창문에 얼굴을 내밀며) 언젠가는 저 배를 타고 다른 더 큰 세상으로 나가야겠다.

S#34. 보통학교 전경

현판에 '목포공립제일보통학교'라고 적혀 있다. 안으로 들어가는 김대중.

S#35. 보통학교 교실

김대중이 인사를 한다. 아이들은 관심 있게 쳐다본다.

S#36. 교실

아이들 몇이 김대중을 둘러싼다.

아이들   섬에서 온 촌놈이구나. 니네 섬으로 돌아가라.

김대중   니들이 뭘 안다고 까부냐, 까불기를.

덩치 큰 아이가 나와서 김대중을 때린다.

S#37. 학교 화장실 옆 공터

볼이 부어 있는 김대중 나뭇가지로 땅바닥에 뭔가 적고 있다.

김대중   친구들이 보고 싶구나.

S#38. 교실

아이들에게 둘러싸인 김대중.

S#39. 화장실 옆 공터

정진태기 쪼그리고 앉아 있다. 김대중이 아이를 쳐다본다.

김대중   너는 누구냐? 나는 김대중이다.
정진태   나는 정진태라고 한다. 순천에서 전학을 왔지.
김대중   아, 그렇구나. 나는 하의도에서 서당에 다니다가 왔
                    다. 친하게 지내자.

정진태   그래, 그러자.

S#40. 학교 복도

쉬는 시간에 정진태와 김대중이 마주 보며 이야기를 한다.

S#41. 학교 밖

정진태와 김대중이 함께 걸어간다.

S#42. 학교 운동장

일본인 교장이 운동장에 섰다.

선생   4학년 김대중, 앞으로.

김대중이 뛰어서 연단으로 올라온다.
일본인 교장이 연단 앞에 서 있다. 김대중에게 상장을 건네준다.

교장   이 학생은 학교의 명예를 높였다. 교통질서를 주제
        로 한 글짓기에서 상을 탄 김대중 학생에게 박수를
        보냅니다.

아이들이 김대중을 쳐다보며 박수를 쳤다.

S#43. 교실 안

책상에 앉아 있는 김대중에게 여자아이 하나가 편지를 주고 도망
간다. 뒤에 여자아이들이 보며 함께 웃는다.
선생이 한 명 들어온다.

   선생   오늘부터 조선어 수업은 폐지된다. 앞으로는 일본
                어만 사용해야 한다.

S#44. 학교 운동장

일본 선생들이 칼을 차고 연단에 올라온다. 일본인 교장이 올라
온다.

   교장   중국과 대일본제국이 전쟁을 시작했다. 포악한 장
                개석을 대일본제국의 군대가 무력으로 응징하여 항
                복을 받아 낼 것이다.

학생들 박수를 친다.

   교장   오늘은 우수한 학생들에게 상을 수여하는 날이다.

호명하는 사람은 앞으로 올라와라.

교장이 상장을 수여할 때마다, 옆의 여학생이 상장을 전달하고 있었다.

김대중   (여학생을 보며 얼굴이 붉어진다.)

S#45. 여학생 교실

복도 창밖에서 여학생을 쳐다보는 김대중. 여학생이 김대중 쪽으로 시선을 돌리자 김대중은 숨는다.

S#46. 목포상고 정문

목포공립상업학교 현판이 보인다.

S#47. 목포상고 운동장

선생이 단상에 올라와서 호명을 한다.

선생   수석 입학생 김대중 앞으로.

김대중은 단상으로 올라간다.

S#48. 교실

선생   (김대중을 바라보며) 김대중이 취업반 급장을 맡아라.

김대중   알겠습니다, 선생님.

S#49. 교실

2학년 현판이 보인다.

선생   오늘부터 조선 이름은 사용이 금지된다. 여러분들
              은 황국의 신민으로 자랑스러운 대일본제국의 이름
              을 부여받게 될 것이다.

선생이 나가고 한국 학생들이 김대중 옆으로 모였다.

학생 1   왜 이름을 강제로 바꾸려고 하는 거지?

김대중   전쟁 중이라서 징병을 하려고 그러는 거겠지. 이름
              을 바꾸면 호적이 생기고 그러면 그걸 가지고 본격
              적으로 관리에 들어가려는 것이다.

S#50. 교무실

교무실의 일본 선생 앞에 김대중이 서 있다.

일본 선생　(김대중을 보며) 김대중, 너는 공부도 잘하고 열의
　　　　　　도 있으니 취업보다는 진학을 하는 게 어떻겠나?

김대중　　진학이요? 여태까지 생각해 본 적이 없습니다, 선생님.

일본 선생　만주에 건국대학이 있다. 이곳은 등록금은 물론이
　　　　　　고 숙식까지 무료로 제공하는, 우수한 인재들을 위
　　　　　　한 학교다. 자네를 추천하려고 한다.

김대중　　감사합니다, 선생님.

S#51. 교실

김대중이 친구들과 청소를 하고 있다. 일본 학생 중에 하나가 큰
소리로 교실에서 떠들고 있었다. 김대중이 그를 쳐다봤다.

김대중　　이봐 나가이, 청소하는 사람이 안 보이냐? 왜 떠들
　　　　　　고 난리냐? 어서 나가…….

나가이　　(김대중에게 달려들어 얼굴에 주먹을 날린다.)

김대중　　왜 사람을 치냐, 이놈아.

나가이가 주먹을 휘두르자 김대중은 나가이의 주먹을 잡고 업어
메치기로 땅에 처박는다.

160

김대중	(군홧발을 들어서 쓰러진 나가이에 얼굴을 밟으려 하다가 멈칫하더니 주변을 돌아보고 발을 내린다.) 일어나라, 나가이. (나가이를 일으켜 세워 옷을 털어준다.)
나가이	(씩씩거린다.)

S#52. 교실

일본인 선배들이 몇 명 교실로 들어온다.

선배 1	김대중이가 누구냐? 김대중이 나와.
김대중	내가 김대중이오만, 선배님들은 무슨 일로 나를 찾으시오?
선배 2	이리 따라와.

S#53. 학교 뒤쪽

일본인 선배들은 김대중을 끌고 가다가 주먹질을 해 댄다. 한 놈이 허리띠를 풀어서 채찍처럼 김대중에게 휘두른다.

선배 1	니가 감히 일본인을 쳐? 뵈는 게 없구나, 아주.

김대중은 가슴과 얼굴을 가린다. 얼굴에 피멍이 든다.

S#54. 교무실

일본인 선생 앞에 김대중이 서 있다.

선생   (김대중을 보며) 일본이 미국이 점령하고 있는 진주
          만을 공격했다. 만주 진학은 어떻게 될지 모르겠다.

김대중   알겠습니다, 선생님.

선생   그리고 전시 특별 조치로 조기 졸업이 실시될 것이다.

김대중   아, 네.

선생   해운회사에서 사람을 모집하는 중이니 자네가 한번
          지원해 보게나.

김대중   네, 알겠습니다. 감사합니다, 선생님.

S#55. 전남기선주식회사

정문에 현판이 보이고 사무실에 앉아서 사무를 보는 김대중. 일본
사장이 사무실로 들어온다.

사장   자네 혼자인데, 할 만한가?

김대중   네, 사장님. 회계나 다른 업무들은 학교에서 다 배
          웠기 때문에 큰 문제는 없습니다.

사장   그래, 그럼 수고하게.

S#56. 여관

김운식이 김대중을 앉혀 놓고 이야기를 하고 있다.

김운식 대중아, 너도 알다시피 지금 전쟁은 일본이 불리한
쪽으로 흐르고 있다. 조선 젊은이들을 마구 징병해
가고 있어. 가면 죽는다.

김대중 그러면 어떻게 해야 합니까, 아버님

김운식 내가 다 알아서 해 놓았다. 아직 나이가 어린 것으로
호적을 바꾸었어. 나이를 많이 해서 바꾸는 사람도 있
는 것 같지만 그것도 조만간에 다 끌려갈 것이다.

S#57. 회사

물건을 세고 있는 김대중.
양산을 쓴 여인이 김대중 앞으로 지나간다. 그녀는 하얀색 원피
스를 입고 있다.
김대중은 멍하니 그녀를 바라본다.

김대중 (옆에 있는 사람을 보며) 저 여자는 누구야? 혹시 아
나?

직원 1 아니, 나는 잘 모르겠네.

S#58. 거리

김대중이 손짓으로 지나가는 사람에게 여자에 대해서 설명하고
있다.
사람들은 고개를 가로젓는다. 그러다가 한 명이 고개를 끄덕인다.

친구 1   차원식이 동생이 일본에서 유학하다가 돌아왔다던
            데, 그 여자가 그 여자 아닐까 싶네.

김대중   그래? 이름이 뭔지 혹시 아는가?

친구 1   차용애였던가, 그랬을 거네. 아니 차원식이는 우리
            동창이잖아. 직접 물어보지 그래?

김대중   그래 맞아. 그래야겠군. 고맙네.

S#59. 차원식의 집

차원식과 김대중이 이야기를 하고 있다. 차용애가 지나가자 김대
중은 차용애를 바라본다.

S#60. 차원식의 집

차용애의 동생들에게 과자를 선물로 주는 김대중.
차용애가 옆에서 보고 웃고 있다.

S#61. 차원식의 집

김대중이 고개를 숙이며 차용애와 인사를 한다. 차용애도 인사를 한다. 둘이 대화를 한다.

S#62. 차원식의 집

차원식   용애야, 너 대중이에게 시집가라.

차용애   (웃으면서) 아이 참, 오라버니도. (김대중을 쳐다보며 웃는다.)

S#63. 차원식의 집 앞

김대중이 꽃을 들고 차용애에게 전해 준다.

김대중   우리 미래를 함께합시다.

차용애   네.

S#64. 차원식의 집

차용애와 차원식, 그리고 차용애 아버지와 어머니가 앉아서 이야기를 하고 있다.

차용애 모친   김대중 군? 싹싹하고 밝아서 나는 참 좋던데.

차용애 부친   전쟁터에 언제 끌려갈지 모르는 놈에게 내 귀한 딸
                을 줄 수는 없지. 그리고 용애는 내가 일본에서 불
                러올 때부터 이어 줄 남자가 이미 있다.

S#65. 차원식의 집

차용애 모친이 김대중을 앉혀 놓고 있었다. 차용애 부친과 차원
식도 함께 있다.

차용애 모친   용애야, 니가 당사자이니 니가 결정을 해라. 김 군
                과 결혼을 하겠니? 아니면 헤어지겠니?

김대중은 침을 꼴깍 삼키며 긴장했다.

차용애   (비장한 표정으로) 저는 대중 씨에게 시집을 가지
           못하면 죽어 버리겠습니다, 아버지.

차용애 부친   (어쩔 수 없다는 표정을 지었다.)

S#66. 결혼식

김대중과 차용애는 결혼식을 올렸다. 1945년 4월 9일 봄이었다.
사람들이 북적거렸다. 차용애는 화사한 옷을 입고 있다. 김대중

은 절을 하고 김대중의 부친과 모친은 흐뭇하게 바라보았다. 차용애 부친도 사람들에게 웃으며 이야기를 하고 있다.

S#67. 김대중의 집

김대중이 차용애와 함께 앉아 있다.

김대중	일본이 지고 있는 것 같소
차용애	어머, 모두가 일본이 이기고 있다고 하던데요
김대중	남태평양이나 호주 근처의 솔로몬 군도에서 점점 일본 본토 쪽으로 전쟁터가 옮겨 가는 걸 보면 이 전쟁이 그리 오래 가지는 않을 것이오. 독일은 항복을 했다고 하던데 일본은 죽을 때까지 항복을 하지는 않을 것이오. 그들은 끈기가 있고 패배를 인정하지 않는 습성이 있소. 그러나 전쟁에서는 밀리고 있으니 앞으로 어떻게 될지 감을 잡을 수가 없구려.

S#68. 차원식의 집

라디오 소리가 들리고 있다. 차용애 부모와 차원식, 김대중이 라디오 앞에 앉아 있다.

차원식	중대 발표가 있을 거라던데 전쟁에서 밀리고 있기 때문에 결의를 다져서 목숨을 바쳐 승리를 얻자. 뭐 이런 내용이 있을 거라더니만.
차원식 부	이제 방송이 나오니 들어 보자.

라디오에서는 일본 천황의 항복 연설이 흘러나온다.

김대중	이것은 항복을 하겠다는 내용입니다. 일본 천황이 직접 말하고 있습니다.
차용애 부	뭐라고? 일본이 항복을 한다고?
김대중	네, 맞습니다.
차용애	만세, 대한 독립 만세

차용애의 부모가 차용애를 보며, 따라서 만세를 부른다.
김대중은 집 밖으로 뛰쳐나간다.

김대중	(달리며 소리친다.) 조선이 독립된다. 조선이 독립된다.

S#69. 인쇄소

김대중이 인쇄소 종이에다가 '일본 항복'이라고 적는다.

S#70. 목포 거리

김대중이 거리마다 일본 항복이라는 종이를 붙이고 다닌다.
자전거를 타고 오던 세무서 친구가 김대중을 보더니 다가온다.

세무서 친구   오랫동안 신세졌습니다. 오늘 입영합니다. (김대중
             에게 거수경례를 한다.)
김대중   야 이 양반아. 전쟁이 끝났어. 졌어요, 졌어.
세무서 친구   미국이 졌어요?
김대중   아이고, 일본이 졌다고, 우리는 이제 해방이 된 거야.
세무서 친구   그게 무슨 말도 안 되는 말씀입니까?

김대중은 세무서 친구를 놔두고 뛰어다니며 글을 붙였다.

S#71. 회사

일본인들이 짐을 싸서 떠난다. 김대중은 일본인 사장을 배웅한다.
스무 명의 직원이 몰린다. 김대중은 그들과 악수를 한다.

직원   (김대중의 손을 잡으며) 사장님, 축하합니다.
김대중   (고개를 끄덕이며) 감사합니다. 앞으로 잘 부탁합니다.

S#72. 회사 사무실

책상에서 서류 작성을 하는 김대중. 직원 둘이 들어와서 김대중 앞에 선다.

직원 1　　사장님, 서울 사람이 우리 회사 운영권을 빼앗아 갔습니다.

직원 2　　그 사람은 미 군정청에 아는 사람이 있다고 합니다. 어떻게 좀 해 주셔야 겠습니다.

김대중　　알았습니다. 나는 회사 사장이지만 운영위원회 위원장이기도 합니다. 그렇지 않아도 제가 직접 나서서 해결하려고 합니다. 오늘 중으로 서울에 올라갈 예정이니 제가 한번 직접 만나서 설득을 해 보겠습니다.

S#73. 서울 사무실

서울 전경 나오고, 사무실 전경 나온다.

운영권을 가진 서울 사람이 사무실에 앉아 있다. 김대중이 문을 두드리고 들어온다.

서울 사람　　누구시오, 당신은?

김대중　　아 저는 목포에서 올라온 김대중이라고 합니다.

서울 사람　　무슨 일로 오시었소?

김대중　　회사 운영권을 가져가셨기에 제가 올라왔습니다.

제 말을 좀 들어 보십시오. 목포에 있는 우리 회사
는 직원들이 해방 전부터 갈고닦아 온 회사로서 우
리의 생명과도 같은 귀한 것이오. 당신이 얼마나 대
단한 사람이고 얼마나 많은 인맥을 두고 있는지 나
는 잘 알지 못 하오만, 이렇게 갑자기 뛰어들어 사
람들의 터전을 빼앗아서야 되겠소? 댁은 서울에서
도 바쁜 일이 많은 듯하니 목포의 회사는 목포에 있
는 우리 직원들이 운영할 수 있게 해 주시오. 댁의
사업에 필요한 부분이 있으면 내 적극 협조하리다.

S#74. 목포 회사

직원들이 모여 있다.

직원 1	간다고 하고 갔으니, 간 건 알겠구만. 뭐 특별한 일 있겠소?
직원 2	서울 사람이 그냥 호락호락 회사를 돌려줄 리가 없구만.
직원 3	그래도 김사장이 말 하나는 기가 막히게 하지 않는 가? 어디 한번 기다려 보세나.
직원 1	그래, 언변 하나는 대단하지.

김대중이 들어온다. 직원들 숨을 죽인다.

직원 3	김 사장, 서울 간 일은 어떻게 됐소?

김대중	목포 일은 목포 사람에게 맡기라고 했더니…….
직원 2	했더니?
김대중	수긍합다.

직원들, 환호성을 친다.

| 직원 1 | 아따 정말 대단하구만, 김 사장은. |

S#75. 사장실

김대중이 책상에 앉아 있다. 조선소 직원들이 몰려온다.

김대중	어쩐 일로 오시었소?
조선소 직원 1	김사장 님의 활약이 목포 시내에 소문이 쫙 퍼졌어라.
조선소 직원 2	그래서 저희 회사를 좀 맡아 주셨으면 해서 이렇게 찾아왔어요.
조선소 직원 3	얼굴도 모르는 서울 사람에게 빼앗기는 것보다는 김 사장님이 맡아서 계속 운영을 해 주시는 게 낫겠다고, 직원들이 회의를 거쳐서 찾아온 것입니다.
김대중	제가 한번 잘해 보겠습니다.

S#76. 조선소

'대양조선공업' 간판이 보인다. 김대중이 사람들과 함께 웃고 있다. 직원 중에 한 명이 김대중 옆으로 다가온다.

직원 1   사장님, 이제 사업 분야도 넓어지고 했으니 이제 다른 쪽도 발을 넓혀 보시는 게 어떻겠습니까?

김대중   다른 쪽이라니요? 어떤 쪽 말입니까?

직원 1   정치지요. 건국준비위원회에서 김 사장님을 뵙고 싶다고 연락이 왔습니다.

김대중   정치라.

S#77. 신민당 당사

사람들이 모여서 김대중을 환영하고 있다. 김두봉과 최창익이 서 있었다.

김두봉   조선업과 해운업을 하시는 김대중 사장님이십니다.

최창익   말씀 많이 들었습니다. 최창익입니다. 잘 부탁드립니다.

김대중   대표님들, 말씀 놓으십시오. 김대중입니다. 잘 부탁드립니다.

S#78. 김대중의 집

김대중과 장인이 마주 앉아 있다.

장인	자네도 알다시피 나는 한국 민주당 목포지부 부지부장을 맡고 있다.
김대중	네, 장인어른.
장인	이번에 자네가 신민당에 가입했다는 이야기를 들었네.
김대중	네, 장인어른.
장인	공산주의자를 조심하게. 그들은 자신을 위해서 사람들을 이용하고 또 잔인하기가 그지없네.
김대중	네, 장인어른 명심하겠습니다.

S#79. 신민당 당사

당원들이 깃발을 흔들며 소리를 지르고 있다. 김대중은 고개를 가로 저으며 당사 밖으로 나온다.

S#80. 처가

산모의 비명 소리가 들리고, 김대중은 방 밖에서 긴장한 듯 서성이고 있다. 그때 갓난아이의 울음소리가 들렸다.
김대중은 문을 열까 말까 허둥대고 있었다.
늙은 산파가 문을 열고 나온다. 김대중에게 들어오라고 손짓을 한다.
장모가 아이를 안고 있다. 아이는 핏물을 뒤집어쓴 듯하다.

장모	딸이라네.
김대중	(차용애를 바라보며) 여보, 고생이 많았소. (아이를 안고 눈을 맞춘다.)

차용애는 지친 모습으로 아이를 안고 있는 김대중을 보며 흐뭇한 미소를 짓는다.

S#81. 처가(아침)

문 두드리는 소리가 들린다. 사람들이 밖에서 소리를 지른다.

우익 청년 1	김대중이 여기 있는 거 다 알고 있다. 문 열어.
집사	(김대중의 눈치를 보며 문을 열지 말지 고민 중이다.) 이걸 어쩌지. (빗자루를 집어 들었다.) 이놈들이 들어오기만 하면 그냥.
김대중	(집사를 말리며) 진정하시게. 별일 있겠나. 그냥 문을 여시게나.

집사가 문을 열자 사람들이 들어왔다.

우익 청년 1	당신이 김대중이구만, 같이 좀 가셔야겠소.
김대중	어제 딸이 태어나서 사람들이 많이 있소. 면구스러우니, 곧 내 뒤따라가리다. 먼저들 나가 계시오.

김대중은 옷을 입고 밖으로 나섰다. 우익 청년 둘이 김대중의 팔을 잡고 끌고 나간다.

S#82. 우익 본부

김대중을 끌고 들어가더니 나무 의자에 앉힌다.
우익청년단장이 김대중을 쏘아보고 있다.

우익 단장	파출소를 공격한 것이 자네인 것을 알고 있다. 누구와, 왜 했는지 자백해라.
김대중	무슨 말을 하는지 나는 전혀 모르겠소이다.
우익 단장	당신을 지목한 사람이 있는데 속이려 들지 말고 공범들을 자백해라.
김대중	한 적이 없는 일을 자백하라니, 내 정말 답답하여 미칠 지경이오. 누가 그런 밀고를 했는지 들어나 봅시다.
우익 단장	(주변을 둘러보며 소리친다.) 그냥 말로는 안 되겠다. 빨갱이 새끼들이 거짓부렁이가 심하니 몽둥이찜질이 약이다. 쳐라.

네 명이 몽둥이를 들고 들어와서 김대중에게 마구 휘두른다. 김대중이 팔로 얼굴을 막으면, 허리와 다리로 각목을 휘두른다. 딱 하는 소리가 난다. 김대중은 다리를 붙잡고 구른다.

김대중	어제는 딸이 태어난 날이요. 나는 하루 종일 지켜보

앉소. 처가 식구들도 있었고 산파도 있었단 말이오.
그들에게 물어보시오. 아이고, 나 죽네.

김대중은 계속해서 얻어맞는다.

S#83. 우익 본부

다음 날 김대중은 계속 얻어맞는다.

S#84. 우익 본부

김대중은 또 계속 얻어맞는다.

우익 단장　　　이거 완전히 독종이네. 야, 끌고 가서 경찰서에 넘겨라.

사람 둘이 붙어서 김대중을 끌고 간다.

S#85. 경찰서

장인이 헐레벌떡 뛰어온다. 김대중이 철창 안에 쭈그리고 앉아 있
다. 얼굴은 피투성이고 옷은 너덜너덜해져 있다.

장인	내 집에서, 내 눈앞에 앉아 있었는데, 무슨 짓들을 한 것이야, 이게. 어떻게 이럴 수 있소?
경찰	(슬금슬금 눈치를 본다.)
장인	아니, 내 사위가 경찰서에다 그런 못된 짓을 했다면 내가 모를 리가 없는 일이오. 나와 하루 종일 같이 있었는데도 사위가 그런 짓을 했다면, 나도 같이 경찰서에 불을 질렀다는 말이 될 터인데. 그렇다면 나도 잡아가시오. 내 사위를 내놓든지 나도 잡아넣든지.
경찰	(김대중을 보며) 이봐, 김대중이 앞으로 처신 잘해.

S#86. 목포항

김대중이 사업가와 악수를 한다. 작은 배를 보며 손짓을 한다.

S#87. 회사

간판을 거는 김대중. '목포해운공사' 글자가 보인다.

S#88. 항구

화물을 싣는 것을 보고 있는 김대중

S#89. 항구

작은 배 옆으로 큰 배가 한 척 더 보인다.

S#90. 항구

큰 배가 두 척 보인다.

S#91. 김대중 집

새로 지은 2층 집이 보인다. 차용애는 배가 불러 있다. 딸을 안고 있는 김대중

  김대중   (어린 딸을 보며) 소희야. 소희야.

S#92. 김대중의 집

산모가 비명을 지른다. 아이 울음소리가 난다.

  산파   아이가 아버지랑 꼭 닮았네.
  김대중   (아이를 안고 웃는다) 홍일아. 홍일아.

S#93. 김대중의 집

딸 소희가 아파서 이불에서 색색거린다. 김대중은 걱정 어린 눈으로 바라보며 눈물을 짓는다. 차용애는 아들을 안고 있다.

S#94. 김대중의 집

차용애가 비명을 지른다. 딸은 누워 있다. 김대중은 차마 손을 대지 못하고 부들부들 떨면서 울고 있다. 김대중은 아이를 끌어안는다. 통곡을 한다. 울음을 멈추고 부들부들 떤다. 다시 눈물이 조금씩 흐른다. 몸이 떨린다. 김대중은 아이를 안았다가 다시 이불 위에 눕혔다. 다시 끌어안는다.

S#95. 김대중의 집 밖

미군 군복을 입은 김문수가 미군 지프를 몰고 김대중 집 앞으로 온다. 김문수의 손에는 작은 나무 관이 들려져 있다.

S#96. 김대중의 집

차용애는 아들에게 젖을 먹이면서 울고 있다. 김대중은 딸을 바라보며 울고 있다.

김문수가 들어온다.

김문수　　(김대중을 보며) 대중이 자네는 집에 있게, 내가 묻
　　　　　　고 오겠네.

아이를 관에 넣어 들고 가는 김문수를 김대중은 아무 말도 하지 않
고 바라보고 있다. 김문수가 일어나자 김대중도 따라 일어났다. 아
이는 관안에 누워 있다.

김문수　　자네는 들어가 있게, 그만 이제 방으로 들어가게.
　　　　　　내가 잘 묻고 오겠네.

S#97. 김대중의 집 밖

김문수가 지프에 관을 올린다. 시동을 걸고 떠난다. 비포장도로
라 관이 들썩거렸고 소리가 난다. 김대중은 이를 바라보며 눈물을
흘린다.

S#98. 신문 호외

1948년 4월 3일, 제주도 4·3 사건, 제주 주민 봉기.

S#99. 목포 시내

선거 포스터가 벽에 붙어 있다. 5월 10일 선거가 실시된다는 깃발이 펄럭인다.

S#100. 신문

이승만 초대 대통령 선출. 1949년 6월 26일 김구 사망.

S#101. 목포항

김대중이 배에 물건을 싣는 모습을 보고 있다. 양곡 가마니에 '조선상선주식회사'라는 글이 보인다.
사람들과 악수를 한다.

S#102. 서울역

서울역 전경. 김대중이 걸어 나온다.

S#103. 술집

친구들과 이야기하는 김대중.

S#104. 서울 회사

문서를 작성하고 악수하는 김대중.

S#105. 술집

사람들과 식사하는 김대중.

S#106. 광화문 여관

여관 벽에는 달력이 걸려 있다. 일요일, 6월 25일이다.
문 두드리는 소리가 들린다.
해군 친구가 들어온다.

해군 친구	이보게, 대중이, 일요일인데 뭐 하는가? 같이 바람이나 쐬세.
김대중	아 이 친구 해군 장교가 됐다는 소리는 들었는데, 어찌 알고 왔는가?
해군 친구	김대중이 서울에 왔다는 소리가 쫙 퍼졌다네. 명동에나 가 같이 걸어 다니세.

S#107. 명동

명동 거리를 함께 걷는 김대중과 해군 친구.

S#108 종로 식당

종로 식당에서 밥을 먹는 김대중과 해군 친구.

S#109. 종로 거리

종로 거리를 함께 걷는 김대중과 해군 친구.
그때 군용 트럭이 거리를 지나면서 확성기로 방송을 한다.

확성기 소리   군인들은 즉시 부대로 귀환하라. 다시 말한다. 군인
들은 전원 원대 복귀하라.

김대중   (해군 친구를 보며) 이보게, 무슨 일이 터졌는가?

해군 친구   (김대중을 보며) 나도 잘 모르겠네. 그래도 나는 가
봐야겠다. 다음에 보세.

김대중   그래, 별일 없으면 좋겠네. 잘 들어가게.

서둘러 돌아가는 해군 친구를 보던 김대중은 천천히 걸어간다.

S#110. 광화문 여관

여관 안에 들어간 김대중.
사람들이 짐을 싸고, 어수선하다.

김대중	(투숙객 1을 붙잡고) 여보세요, 무슨 일이 있는 거요?
투숙객 1	나도 잘은 모르겠소. 뭔가 난리가 난 거 같은데 아는 사람들이 없소.
김대중	(고개를 두리번거리다가 뭔가 생각났다는 듯이) 그래, 박 사장 집에 라디오가 있었지.

S#111. 박 사장 집

김대중이 헐레벌떡 뛰어 들어오자 박 사장은 놀란 표정을 짓는다.

박사장	김 사장님, 어쩐 일이시오?
김대중	뭔가 난리가 난 거 같은데, 내 알 수 있는 방법이 없소. 사장님 댁에 라디오가 있었던 것 같은데? 혹시 아직 있소?
박사장	라디오야 있지요. 잠시 거기 앉아 기다리시오. 여보, 여기 사장님께 냉수 좀 떠 주시오.

박 사장이 라디오 앞으로 다가가 전원을 켠다. 큰 소리로 방송이 나온다.

라디오	북괴의 공산주의 무리가 전면적으로 전쟁을 일으켜 도발을 해 왔으니 전 장병은 속히 귀환하고, 시민들은 방송에 귀를 기울이기 바랍니다.

김대중과 박 사장, 그리고 그의 부인은 놀란 표정을 짓는다.

박사장   라디오를 자주 듣다 보면 북쪽이랑 남쪽이 자주 총을
           쏘고 티격태격하는 뉴스를 종종 듣곤 합니다. 큰 문제
           야 있을까요? 이번에는 조금 심각한 거 같기는 한데.

김대중   전쟁이 나면 우리 국군이 이기겠지요?

박사장   뭐, 다들 그렇게 생각하고 있고, 예전에는 많이 물
           리쳤고, 그렇겠지요.

김대중   큰일이 나긴 났군요. 사장님 덕분에 알았소. 일단
           나는 여관으로 돌아갈 터이니 내일이나 모레쯤 또
           만나서 이야기를 해 봅시다.

박사장   알았습니다. 사장님도 어서 돌아가시오.

S#112. 광화문 여관

여관은 어수선하다.
짐을 싸서 나가는 사람이 몇 명 있다.
그러나 나머지는 크게 동요하지 않고 있다.
여관에는 친구 네 사람과 처남 둘이 있다.

김대중   (친구 넷과 처남을 앉혀 놓고) 이거 내가 갖고 있는 현금
           의 전부일세, 자네랑 처남들이 나눠서 가지고 내려가게.

처남 1   형님은 어찌 하시려구요?

김대중   나는 조선상선에서 받은 돈의 액수가 커서 조선상선회

사 금고에 맡겨 두었네. 정 위급하면 거기에서 빼서 쓰
면 될 것이니 크게 걱정하지 말고 어서들 내려가게.

처남 2   저는 남겠습니다.

조장원   나도 남겠네.

S#113. 광화문 여관(다음 날)

김대중 신문을 집어 든다. 남쪽이 일방적으로 승리하고 있다고 적
혀 있다.

S#114. 광화문 거리

라디오 뉴스가 거리에서 흘러나온다.

라디오   우리 용감한 국군은 괴뢰군의 침략에 맞서 반격을
개시하여 지금 북으로, 북으로 진군하고 있습니다.
우리 국회의원들은 반드시 서울을 사수하여 서울 시
민들을 지키고 우리나라를 지키겠습니다.

김대중의 표정에는 여유가 생겼다.
거리에 짐을 싸 들고 내려가는 가족이 보인다.

S#115. 광화문 여관

여관 주인이 라디오를 들고 왔다. 소리를 키우기 시작한다. 라디오에서 이승만의 육성이 나오고 있었다.

이승만   (소리) 서울은 무슨 일이 있어도 반드시 사수할 것입니다. 그러니 국민 여러분은 모두 안심하시기 바랍니다.

김대중과 사람들은 표정이 밝아진다.

S#116. 광화문 여관 밖(밤)

비가 억수로 내리고 있다.

S#117. 광화문 여관(아침)

김대중은 자리에서 일어나 창문을 연다.
창밖으로 인민군 군대들이 행진하는 모습이 보인다.

S#118. 중앙청

태극기가 내려지고 인공기가 올라간다.

사람들 손에 인공기가 들려 있다.

S#119. 조선상선

김대중이 조선상선 안으로 들어가려고 하다 멈칫한다.
인민군들이 조선상선 앞에 진을 치고 있다.
김대중 자신의 옷에서 지갑을 꺼낸다. 돈이 없다.
김대중이 자신의 팔에 걸린 시계를 본다.
시계를 풀어서 주머니에 넣는다.

S#120. 명동 시내

김대중이 시계를 벗어서 노점 상인에게 준다. 양복도 벗는다. 돈을 받는다.

S#121. 중구 시내

김대중이 길을 걷는다.
사람들이 모여서 웅성거린다.
김대중이 지나가다가 궁금하여 사람들의 모습을 본다.
사람들이 원을 만들고 몇몇은 완장을 차고 있다.
사람 하나가 무릎을 꿇고 있다.

공산당 1이 앞에서 소리를 지른다.

공산당 1   동지들 잘 들으셨소? 이런 반동분자가 우리와 함께 있
            소. 이것을 어떻게 하면 좋겠소? 누가 말을 좀 해 보시
            오.
행인 1   쳐 죽여야 하오.
사람들   쳐 죽이시오, 죽이시오. (한 명이 돌을 던지자 다른
            사람들이 따라서 돌은 던진다.)
공산당 1   진정하시오, 동지들. 여러분의 뜻에 따라 이 반동분자
            는 즉결 처분하도록 하겠소. 이보 동무, 끌고 가시오.

완장을 찬 공산당 2, 3이 무릎을 꿇은 사람을 끌고 나간다. 무릎
꿇은 사람은 안 끌려가려고 발버둥을 친다.

김대중   (표정이 찡그려지며, 작은 소리로) 저게 무슨 짓인
            가.

멀리서 총소리가 들린다.

S#122. 광화문 여관

김대중, 처남 1, 조장원이 함께 앉아 있다.

김대중   이보게, 처남, 내가 오늘 인민재판이라는 것을 보았

네. 도저히 여기에 있을 수 없다는 결론이 나왔네.

처남 1　　형님, 어떻게 하시려구요.

김대중　　어차피 한강 다리가 끊겨서 서울에는 식량이 부족해
　　　　　질 걸세. 일반 시민들뿐만이 아니라, 인민군들이 잔
　　　　　뜩 있기 때문에 그들을 우선적으로 먹이려 할 거야.

조장원　　(고개를 끄덕이며) 여기 있다가는 굶어 죽겠군.

김대중　　어떻게 해서든 서울을 떠나야겠네. 어머니도 걱정
　　　　　이 되고, 아내는 만삭인데 놀라지는 않았을지 걱정
　　　　　도 되고.

처남 1　　형님, 강을 건너다 잘못되면 총에 맞아 죽는 수가
　　　　　있습니다.

김대중　　이렇게 죽으나 저렇게 죽으나 다를 게 없네. 어차피
　　　　　이대로 계속 가다가는 아예 탈출할 기회마저 잃는 수
　　　　　가 있어.

조장원　　그럼 어떻게 하면 좋겠나, 대중이.

김대중　　우선 가지고 있는 돈을 좀 모아 보세. 그리고 우리
　　　　　가 가진 것으로 부족할 수도 있으니 같이 배를 탈 사
　　　　　람을 찾아 보세나.

S#123. 광화문 여관

김대중이 사람들에게 말을 걸어 물어본다.

S#124. 현대상선

김대중이 한도원과 대화를 한다.

한도원   김 사장님. 사실 저도 강을 건널 생각을 하고 있었습니다. 내가 아는 사공 하나가 있습니다. 염창에서 마포나루로 소금을 나르는 사공인데 이 전쟁 통에도 소금을 나르고 있더라구요. 내가 한번 이야기를 해 보겠습니다.

김대중   도원 씨, 부탁합니다. 꼭 좀 내려갈 수 있게 해 봅시다.

S#125. 광화문 여관

김대중 처남 1, 조장원, 군산 남자가 서 있다.
한도원이 들어온다.

김대중   (한도원에게 군산 남자를 가리키며) 이분은 군산까지 함께 내려가실 분이네.

한도원   (고개로 까딱 인사한 후 김대중을 보며) 인민군이 마포나루를 지키고 있기 때문에 그곳에서는 배를 탈 수 없습니다. 그래서 서강역 근처로 배를 가지고 오기로 했습니다.

김대중   그럼 다 같이 나가세.

S#126. 마포나루 근처

　김대중, 한도원, 처남 1, 조장원, 군산 남자 이렇게 5명이 모래 사장을 걷는다. 나룻배가 노를 저어 오고 있었다. 마포나루에는 인민군 감시탑이 있다. 다섯 명은 주변을 두리번거리며 나룻배에 오른다. 나룻배가 강을 300미터 정도 건넜을 때 하늘에서 제트기 소리가 들린다. 인민군 감시탑이 폭파되며 불길이 치솟는다.

　사공과 5명은 고개를 숙이며 불이 나는 곳을 바라본다. 인민군들이 총을 쏴 댄다. 비행기는 쐐에액 하는 소리를 내며 날아간다. 5명은 비어 있는 소금 가마니 옆에 쭈그리고 앉는다. 사공은 계속 노를 젓는다. 툭 하고 배가 부딪친다.

사공　　　여보슈들, 내리시우.

5명이 배에서 뛰어내린다.
사공은 다시 노를 저어 간다.

S#127. 몽타주

길을 걷는 5명.
모기를 손으로 쫓는다.
저녁이 된다.
걷는다.
밤이 된다.

풀숲에서 잔다.

아침이 된다.

걷는다.

S#128. 참외밭

5명이 걷는다. (그들 시선에) 참외밭이 보인다.

서로 눈짓을 한 후 참외밭으로 걸어 들어간다.

5명이 참외를 따 먹는다.

멀리에서 참외밭 주인이 걸어온다.

김대중　　(참외를 먹다가 자리에서 일어나며 참외 주인에게 인사를 한다.) 우리가 여비를 좀 가진 것이 있으니 참외 값을 쳐 드리겠소. 주인장, 너무 노여워하지 마시오.

참외 주인　　(다섯 명을 한번 씩 훑어보더니) 됐소, 그냥 가시오.

S#129. 천안

5명이 걷고 있는데 행색이 지저분하다.

아이 엄마가 갓난아이를 업고 걷고 있다.

5명이 아이를 번갈아 가며 업고 걷는다. 아이 엄마도 부축한다.

S#130. 청주

김대중   대전은 큰 도시니까 어떻게 됐을지 아직 알 수가 없
         다. 그러니 대전은 피해 가자.

다른 이들이 고개를 끄덕인다.

조장원   그럼 당진이나 우리 고향인 보령 쪽으로 갑시다.

김대중이 고개를 끄덕인다.

S#131. 당진의 큰 집 앞

6명과 아이가 걷다 보니 큰 집이 보인다.

김대중   (문을 두드리며) 여보시오. 아무도 없소?
주인   (문을 열고 나오며 사람들을 바라본다.)
김대중   우리가 지금 목포로 걸어서 내려가고 있는데 하룻밤
         신세 질 수 있겠습니까?
주인   (고개를 끄덕이며, 들어오라는 손짓을 한다.)

S#132. 당진 큰 집 안

방에 이불이 깔려 있고,

주인이 저녁상을 들고 들어온다.

사람들이 맛있게 먹는다.

S#133. 당진 큰 집 안(아침)

자고 일어나니 아침상이 차려져 있다.

김대중은 감동하여 눈물이 촉촉하다.

호주머니에서 지갑을 꺼내려고 하자. 주인이 막는다.

주인   우, 우우우우, 우우

김대중   (고개를 끄덕이며 계속 인사를 한다.) 감사합니다.
          정말 감사합니다.

S#134. 홍성

산길을 힘들게 올라가는 사람들.

(그들 시선에) 길가에 집이 하나 있다.

집 앞을 지나가니 주인 할머니가 손가락으로 항아리를 가리킨다.

김대중이 가서 보니, 항아리에는 보리차가 채워져 있다.

김대중   (보리차를 맛있게 마시고 나서) 아주머니, 어찌하여
            보리차가 여기에 가득 채워져 있습니까?

주인 할머니   피난 가는 사람이 많은데 다들 여기를 지나며 물을 찾

더군요. 찬물을 그냥 먹이면 행여나 물갈이해서 탈이
라도 날 것 같아 미리 끓여 놓은 것이오. (다른 이들
이 물을 맛있게 먹는 모습을 측은하게 바라본다.)

S#135. 보령

조장원의 집 앞에 다가가니, 가족들이 뛰어나와서 반긴다. 김대중
과 일행은 밥을 먹고 쉰다. 조장원이 인사를 하고 떠난다.

S#136. 몽타주

피난민 행렬.
우는 아이들.
행렬에 폭탄이 터지고 총알이 쏟아진다.
길에 시체가 널려 있다.
무시하며 걷는 사람들.

S#137. 김제

김제의 넓은 평야가 보인다.
피난민 행렬이 보인다.
김대중과 처남 두 사람이 다리를 건너고 있다.

김대중은 밀짚모자를 쓰고 있다.

김대중이 걷다가 하늘의 조그마한 점을 가리킨다.

처남 1   형님, 저것은 전투기가 아닙니까? 어디를 공격하려
          는 걸까요?

김대중   일단 기다려 보세나.

전투기가 김대중 일행이 있는 다리 쪽으로 날아온다.

김대중은 웅크리고 빈다.

전투기는 소리를 내며 다리 건너편을 폭격한다.

불길이 솟아오른다.

김대중이 처남에게 손짓하고 난 후, 달리기 시작한다.

김대중을 보고 다른 피난민들이 따라서 뛰기 시작한다.

전투기가 선회하여 다시 돌아온다.

김대중이 다리 위를 달리다 밀짚모자가 바람에 날아간다.

김대중은 되돌아가 밀짚모자를 주워서 머리에 쓰고 다시 달린다.

김대중과 처남이 다리를 거의 벗어나자 전투기는 김대중과 처남이
쭈그리고 있던 자리를 폭격한다.

전투기는 하늘로 다시 날아간다.

김대중   (놀란 표정을 지으며 처남을 바라본다.)

처남   (놀란 표정으로 김대중을 바라본다.)

김대중   방금 전까지 있었던 그 자리에 폭탄이 떨어지다니.
          내가 저 자리에 있었으면 죽었을 텐데. 삶과 죽음이
          불과 몇 걸음 차이로구나.

김대중은 고개를 가로젓더니 다시 일어나서 처남을 일으켜 세우고 걷는다.

S#138. 목포

김대중과 처남이 목포 시내를 걷는다.
주변에 인민군들이 차를 타고 지나가는 모습이 보인다.

처남 1   형님, 어떻게 하지요?

김대중   다시 서울로 올라갈 수도 없고, 목포에 도착해도 내가 안전할 거라는 보장은 없고, 그냥 운명에 한번 맡겨 보세.

S#139. 목포 장터

사람들이 모여서, 장이 열렸다.

처남 1   저기 장이 열린 것 같습니다. 형님.

김대중   그래, 국밥이라도 먹을 수 있는지, 한번 가 보세나.

두 사람이 장터를 향해 걸어간다.
그때 전투기 소리가 들린다.
전투기가 장터의 사람들에게 기관총을 갈겨 댄다.

장터는 아수라장이 된다. 총에 맞고 쓰러진 사람들. 총을 피하려는 사람들. 물건을 챙기는 상인들. 도망가는 사람들을 따라서 총을 쏘는 전투기.

몇 차례 왔다 갔다 하며 총을 쏘는 전투기.

김대중은 전투기 총알을 피해서 이리저리 뛰어다닌다. 김대중의 옷은 사람들의 핏물로 붉은색이 된다. 사람들의 흰 무명옷이 전부 붉은색이 된다.

S#140. 목포 거리

처남 1과 김대중은 걷다가 서로 손을 흔들고 헤어진다.
서로 지친 듯이 걷는다.

S#141. 김대중의 집

김대중의 모친 장수금이 조그마한 의자에 앉아 있다. 수척해진 모습이다.

멀리서 김대중이 보이자, 의자에서 일어나 손을 뻗으며 천천히 걸어오기 시작한다.

장수금이 눈물을 흘린다.

김대중은 가만히 다가와 장수금을 안는다.

장수금　　대중아, 니가 살아 있었구나.

김대중	어머니, 돌아왔습니다.
장수금	(대성통곡하며) 대중아, 우리가 반동분자라며 집에 있는 가재도구를 싹 다 쓸어 갔지 뭐니. 집에 들어갈 수도 없게 되었단다. 그리고, 그리고…….
김대중	어머니, 천천히 말씀해 보세요.
장수금	(손으로 김대중을 끌고 걷는다) 니 동생 대의가 국군 군속이라고 잡혀갔단다.

장수금을 따라 걷다 보니 선장 박동련의 집이 나온다.

S#142. 박동련 집 앞

박동련의 집 안에서 차용애와 아이가 걸어 나온다.
아내의 표정에는 눈물이 보인다.

S#143. 박동련의 집 안

김대중은 씻고 나온다.
차용애는 다듬이질을 한다.
갓난아이가 옆에서 가만히 누워 있다.
김대중은 밥상에 앉아서 밥을 먹는다.

| 차용애 | (방망이를 내려놓고) 집도 빼앗기고 병원에도 갈 수 없 |

어서 일본군이 파 놓은 방공호에서 아이를 낳았어요.

김대중   (밥을 먹으며 눈물을 흘린다.)

차용애   박 선장님이 찾아오셔서서 저와 아이를 보살펴 주셨어요.

김대중   (차용애의 어깨를 가볍게 안고, 아이를 한번 바라본
             후 이부자리에 든다.)

S#144. 목포 시내

김대중은 주변을 두리번거리며 걸어 다닌다.
거리에는 완장을 차고 걸어 다니는 사람들이 보인다.
김대중은 얼굴을 가리고 피한다.
건너편에 있는 빨치산 1이 김대중을 향해 손가락질한다.
김대중은 생뚱한 표정을 짓는다.

빨치산 1   김 사장님 아니십니까? 같이 가실 데가 있으니 잠시
             만 시간을 좀 내 주십시오.

김대중은 끌려간다.

S#145. 목포경찰서

경찰서에 붉은 천으로 된 현수막이 걸려 있고,
인공기가 펄럭이고 있다.

인민군 장교복을 입은 김성수가 김대중 앞에 선다.
김대중은 의자에 앉아서 그를 올려다본다.

김성수   우리 동지들을 몇 명이나 밀고했는가?
김대중   나는 그런 일이 없소.

김성수가 김대중의 뺨을 후려갈긴다.

김성수   니가 애국자들을 밀고할까 봐 얼마나 신경을 쓴 줄
          아는가? 바른말을 안 하는 거 보니 정신을 차리지
          못했구먼. (고개를 돌려 부하에게 소리를 지른다.)
          이봐, 당장 가둬 버려.

S#146. 목포 경찰서 밖

김대중은 포승줄에 묶여 끌려간다.
트럭이 도착한다.
사람을 하나씩 올린다.
10명 조금 넘게 올라탄다.

S#147. 트럭 위

김대중이 주변을 둘러본다. 사람들이 부유해 보인다.

S#148. 목포형무소

전경이 보인다.

김대중과 사람들은 포승줄에 묶여서 끌려간다.

철창 안에 갇힌다.

빨치산 2가 철창마다 돌아다며 말을 건다.

빨치산 2   이봐 동지, 우리에게 협력할 생각이 있소? 재산이

나 이런 걸 지원할 생각이 있느냐는 말이오.

S#149. 형무소 감방 안

보리로 된 조그만 주먹밥과 해초된장국이 나온다. 황토색 덩어리

가 나온다. 김대중이 먹어 보니 흙이다. 그냥 뱉는다.

김대중은 배를 부여잡고 눕는다.

김대중   (누워서 배를 잡고) 예전 어시장에서 큰 돔을 끓여

먹던 매운탕 생각이 나네. 전복을 썰어서 먹은 적

도 있었지. 낙지는 다져다가 기름장에 찍어서 먹으

면 참 맛있는데. 아, 아무리 그래도 소고기보다 맛

있는 건 없지. (김대중은 상상하며 미소 짓는다. 허

기진 모습이다.)

S#150. 형무소 내부

달력, 1950년 9월 28일.
인민군이 철창문을 열고 소리친다.

인민군 1　　모두 나와. 날래날래 나오라우.

잡혀 있던 사람들이 이리 저리 몰려다니며 나온다.

S#151. 형무소 강당

사람들은 부스스한 모습을 하고 있다. 악취가 나는 듯하다.
사람들에게 쇠고랑이 채워진다. 2인 1조로 한쪽 팔에 쇠고랑을 채운다.
쇠고랑이 모자라자 철사로 팔을 엮는다.
김대중은 한왈수와 함께 쇠고랑이 채워진다.

김대중　　(같이 묶인 한왈수를 보며) 나는 김대중이요. 당신
　　　　　　은 누구요?

한왈수　　나는 한왈수요.

사람들이 계속 몰려온다.
처음 온 사람들은 문에서 멀리 밀려나고 새로 온 사람들이 문에 가깝게 배치된다.

먼저 온 사람들은 죄수복을 입고 새로 온 사람들은 평상복을 입고 있다.

| 김대중 | (한왈수를 보며) 사복을 입은 걸 보니 형무소가 아니라 경찰서에서 바로 잡혀 온 것인가 보오. |
| 한왈수 | (고개를 끄덕인다.) |

인민군들이 사람을 강당에서 끌어내기 시작한다.
사람들은 웅성거리며 끌려 나가지 않으려고 발버둥을 친다.
인민군 1이 소리친다.

| 인민군 1 | 누가 니들을 죽인다고 하더냐? |

사람들의 표정이 어두워지며, 살려고 발버둥을 친다.

| 사람들 | 살려 주시오. 살려 주시오. |

인민군들이 총부리를 가슴에 댄다. 개머리판으로 사람들을 때린다.

| 사람 1 | 내가 뭔 죄가 있다고 나를 죽이려 하시오. |
| 사람 2 | 나는 산사람 유가족인데 나를 왜 잡으려 하시오. 나는 죄가 없소이다. |

20명이 끌려간다.
나가면서 비명을 지른다.

몇몇은 묵묵히 따른다.

김대중은 긴장한 표정이다.

얼마 안 있어서 조용해진다.

강당 안에는 사람들의 호흡 소리만 들린다.

사람들이 공포로 인해 눈치를 본다. 눈에 살기가 돈다.

(시간 경과)

김대중　　　(주위를 둘러본다.) 인민군들이 철수한 것 같소.

지방 공산당원들이 보인다.

강당 안에는 80명이 남아 있다.

처형당한 사람은 100명이다.

공산당원들이 사람들을 하나씩 끌고 감방으로 돌려보낸다.

S#152. 감방 안

김대중과 몇 사람이 감방 안으로 들어왔다.

김대중의 배에서 꼬르륵 소리가 들린다.

사람들이 밥을 내놓으라고 소리를 친다.

공산당원들이 밥을 넣어 준다. (밥의 양이 늘었다.)

김대중은 정신없이 밥을 먹는다.

김대중이 밥을 넣어 주는 구멍으로 밖을 내다본다.

간수가 하나 지나간다.

김대중	(밥 구멍으로 손을 뻗어 간수의 바짓가랑이를 붙잡으며) 여보시오, 도대체 우리는 사는 거요, 죽는 거요?
간수	(쓰러져서. 바짓가랑이를 잡힌 채로) 남쪽 사람이 어떻게 남쪽 사람을 죽입니까?
김대중	그럼 북에서 온 군대는 철수한 거요?
간수	아니, 그런 것은 아니지만.
김대중	(뭔가를 알아차렸다는 표정이다.)

복도에서 사람이 하나 지나가며 소리를 친다.

복도 행인 1	임출이, 임출이
김대중	(낮은 소리로) 임출이면 목포상고 선배가 아닌가? 임출이를 찾는 걸 보니 여기에 같이 잡혀 왔나 보구만.
김대중	(큰 소리로) 여보게, 어이, 나 여기 있네.
복도 행인 1	(감방 문 앞으로 가까이 다가온다)
김대중	여기에 임출이 선배가 앓아누워 있으니 어서 문을 여시오. 빨리 좀, 빨리 좀 여시오.

자물통을 부수는 소리가 들린다.
감방 안에 있던 사람들이 김대중과 함께 안쪽에서 철문을 발로 찼다.
사람들이 뛰쳐나왔다.

김대중	(뛰쳐나와서, 감방들을 돌아다니며) 인민군이 도망쳤으니 감방 문을 부수고 나오시오. 나는 밖에서 쇠

통을 깨겠소. 모두 용기를 냅시다.

자물통이 부서지는 소리, 감방 문을 발로 차는 소리가 들린다.

S#153. 목포형무소 밖(밤)

보름달이 떠 있다.
형무소에서 사람들이 도망쳐 나온다.
김대중이 달을 쳐다본다. 달빛이 김대중을 비춘다. 김대중이 자신
의 옷을 본다. 죄수복이 보인다.
다른 사람들도 자신의 죄수복을 바라본다.

S#154. 형무소 옷 보관소

사람들이 죄수복을 벗고 아무 옷이나 대충 걸치고 있다.

김대의	(투정을 부리며) 이 옷은 내 것이 아닌데. 이게 아닌데. 어디 있지?
김대중	(깜짝 놀라며, 김대의 옆으로 다가온다) 이놈, 지금이 어느 때인데 네 옷을 찾고 있느냐. 아무거나 주워 입어라.
김대의	(깜짝 놀라며, 김대중을 쳐다본다) 형님.
김대중	어서 가자. 언제 어떻게 될지 알 수 없다.

S#155. 목포 시내 밤

김대중이 두리번거리며 거리를 걷는다.
한참 걷다 보니 차용애가 아이를 업고 울면서 걷고 있다.
김대중이 가만히 차용애에게 다가간다.

김대중	(낮은 목소리로) 여보.
차용애	(몸을 김대중에게 돌리며) 여보. 사람들이 모두 죽었을 거라고 했어요. 형무소에 붙잡혀 간 사람들은 다 죽었다고, 사람들이…….
김대중	내가 여기 살아 있지 않소. 여보. 어서 들어갑시다.

S#156. 김대중의 집

김대의와 김대중이 마주 앉아 있다.

김대의	형님, 좌익 게릴라들이 형무소를 탈출한 사람을 사냥하고 있답니다. 형님, 이제 어디로 가면 될까요? 어디든 안전하지 않은 것 같습니다.
김대중	(잠시 생각하다가) 부두 쪽으로 가자. 미군들이 폭격을 자주 해 대니까 인민군은 부두 쪽엔 별로 없을 거야.

S#157. 부둣가의 집

집 천장에 올라가는 김대중과 김대의.
옆에는 요강이 있다. 요강이 가득 찼다.
집 밖이 어수선했다. 잠시 후 천장을 두드리는 소리가 난다.
김대중과 김대의는 두려운 표정을 짓는다.

남자 목소리　(큰 소리로) 김 사장, 어서 나오시게, 해병대가 들
　　　　　　　어왔어. 국군 해병대가 들어왔어. 이제 밖으로 나
　　　　　　　오시게.

김대중이 김대의의 손을 잡고 천장에서 내려왔다.
둘은 웃으며 끌어안았다.

김대중　　또 살았구나.

S#158. 목포항

사람들이 북적인다.
국군이 보인다.
항구에는 배가 한 척이 있다.
김대중은 배에 사람들이 짐을 싣는 것을 보고 있다.

S#159. 회사

김대중이 앉아 있으니, 사람들이 들어 왔다.
김대중이 인사하고 악수한다.

S#160. 목포신문사

김대중이 신문이 인쇄되는 것을 보고 있다.

S#161. 몽타주

1 · 4 후퇴.
공산군이 몰려오는 모습.
중공군이 몰려 내려오는 모습.

S#162. 부산항

김대중이 물건 싣는 모습을 보고 있다.
배 5척이 보인다.
항구 표지에 '흥국해운주식회사' 글자가 보인다.
김정례가 다가온다.

김정례	김 사장님, 오늘 여성청년단 회식이 있는데 같이 가시지 않겠어요?
김대중	네, 그러죠.

S#163. 부산 식당

식당 안에는 여자들이 가득하다.

남자가 몇 명 보인다.

김대중이 웃으며 손짓하고 이야기하자 안에 있는 여자들이 전부 크게 웃는다.

김대중이 자리에 앉아서 물을 마신다.

김정례	(김대중에게 손짓을 하며) 김 사장님, 이리 잠시만 오시겠어요?

김정례의 옆에는 검은색으로 염색한 군복을 입고 있는 이희호가 앉아 있다.

김정례	(김대중을 가리키며) 여기는 해운업을 하시는 김대중 사장님이시구요.
김대중	(이희호를 보며, 고개를 숙여 인사를 한다.)
이희호	(살짝 미소를 지으며 인사를 한다.)
김정례	(이희호를 가리키며) 여기는 앞으로 여성청년단을 이끌어 갈 분이세요. 이희호 씨.

김대중과 이희호는 웃으며 대화를 한다.

　　　이희호　　　저는 나라의 사정이 좋아지면 외국으로 유학을 가
　　　　　　　　　겠어요.
　　　김대중　　　(감동받은 표정이다.)

S#164. 몽타주(목포 시내)

1954년 달력.
김대중은 선거운동원 차림으로 사람들에게 전단지를 나눠 주며 인
사를 한다. 두른 띠에는 무소속 김대중이란 글자가 보인다.
김대중은 당선자가 환호를 하는 모습을 보고 고개를 숙인다.

S#165. 몽타주(김대중의 집)

이삿짐을 싸는 김대중,
부인도 짐을 싼다.

S#166. 몽타주(이삿짐 트럭)

트럭이 올라간다.

S#167. 몽타주(서울)

이삿짐을 푸는 김대중과 부인.

S#168. 서울 집(방)

김대중이 글을 쓰고 있다.

S#169 .미장원

차용애가 미용실에서 일을 하고 있다. 남영동이라는 글자가 보인다.

S#170. 몽타주(노동문제연구소)

김대중이 건물로 들어간다. '한국노동문제연구소'라고 적힌 현판이 보인다.

S#171. 몽타주(신문)

『동아일보』『사상계』『신세계』 잡지에 김대중이라는 이름이 보인다.

S#172. 웅변학원

'동양웅변전문학원' 현판이 보인다.
김대중이 사람들을 앞에 앉혀 놓고 손짓을 하며 웅변을 한다.
학생이 웅변을 하자 김대중이 손짓을 하며 가르친다.
두 젊은 남자가 김대중을 존경하는 눈빛으로 쳐다본다.

S#173. 명동성당

김대중이 천주교 세례를 받는다.
옆에 안경을 낀 장면이 대부로 서 있다.

S#174. 민주당 당사

김대중이 사람들과 악수를 하고, 박수를 받는다.

장면   (악수를 하며) 민주당 입당을 축하하네.
김대중   감사합니다.

S#175. 민주당 당사

장면과 김대중이 앉아 있다.

장면	(김대중을 바라보며) 대중 군도 이제 출마를 해야
	하지 않겠나?
김대중	그렇지 않아도 출마를 생각하고 있습니다.
장면	그러면 어느 지역에 나갈 생각인가?
김대중	원래대로라면 고향인 목포에서 출마하고 싶지만,
	이미 정중섭 의원이 자리를 잡고 있어서, 다른 곳을
	생각하고 있습니다.
장면	다른 곳이라면 어디 말인가?
김대중	휴전선 근처의 강원도 인제에서 출마하도록 하겠습니다.
장면	(고개를 끄덕인다.)

S#176. 김대중의 집

김대중이 고개를 숙이고 앉아 있다.
자리에서 일어나서 쌀독을 보니 쌀이 없다.
누워서 하늘을 쳐다본다.
김대중을 부르는 소리가 들린다.
문을 여니 자유당 사람 1이 들어온다.

자유당 사람 1	김 선생님, 이제 선거가 끝나고 나서 생활이 힘드시
	다는 이야기를 들었습니다. 김 선생님같이 능력 있
	는 분이 왜 이렇게 능력을 썩히고 계십니까. 우리와
	함께 재능을 사용해 보시죠. 생활에 조금 보탬이 되
	도록 해 보겠습니다.

김대중   말씀은 감사합니다만, 저는 자유당에 입당할 의사
          가 전혀 없습니다. 감사합니다만 돌아가 주십시오.

S#177. 김대중의 집

차용애가 가슴을 부여잡고 있다.

차용애   (가슴을 부여잡으며) 홍일이 아버지 가슴이, 가슴이
          아파요. (약을 입에 털어 넣는다.)

잠시 후, 차용애가 정신을 잃는다. 김대중 뛰쳐나간다.

S#178. 거리

김대중이 정신없이 뛰어간다.

S#179. 병원

김대중이 병원 의사의 팔을 잡고 일으킨다.

S#180. 김대중의 집

김대중과 의사가 집에 들어 왔다.

차용애는 바닥에 누워 있다.

김대중은 무릎을 털썩 꿇는다.

차용애의 옆에 아들 둘이 앉아 있다.

S#181. 장례식장

장례식을 하는 김대중.

아들 둘이 상복을 입고 있다.

차용애 모습이 스쳐 지나간다.

미용실을 하는 모습.

김대중이 아니면 죽겠다고 부모에게 말하던 모습.

방공호에서 아이를 낳는 모습. 김대중을 응원하던 모습.

S#182. 남산

김대중이 아들 홍일, 홍업의 손을 잡고 남산으로 올라간다.

팔각정 위에선 서울 시내가 보인다.

김대중　　애들아, 어머니가 세상에 없다고 좌절해서는 안 된
　　　　　　다. 잘 커야 한다. 그것이 어머니가 바라는 것이다.

어머니는 정말 좋은 분이셨단다. 너희도 이미 알 것
이다. 그런 어머니를 잊어서는 안 된다. 어머니는
저세상에서 너희들을 지켜보고 계신다.

아이들　　(아무 말 없이 김대중의 이야기를 듣고 있다.)

김대중　　(눈물을 흘린다.)

S#183. 몽타주(투표소)

1960년 3월 15일.
투표소 앞을 젊은 남자들이 둘러싸고 있다.
젊은 남자들에게 매를 맞고 쫓겨나는 사람들.

S#184. 마산

사람들이 들고일어난다. 거리로 뛰쳐나온다.

S#185. 민주당 당사

사람들이 모인다.

사람 1　　공정 선거 실시하라.

사람 2　　부정 선거, 다시 하라

경찰이 오고, 소방차가 물을 뿌린다.

학생들이 돌멩이를 던진다.

총성이 들린다.

사람들이 비명을 지르고 도망간다.

경찰이 시위대를 추격한다.

S#186. 거리

민주당 의원들이 거리에서 시위를 한다. 김대중의 목에는 확성기가 걸려 있다.

S#187. 시청 앞(거리)

수만 명의 사람들이 모여 있고, 김대중이 확성기를 들고 소리를 질렀다.

김대중　　(확성기로) 부정 선거 다시 하라. 이승만 정권 물러
　　　　　　가라.

S#188. 고려대 앞

학생들이 시위를 하고 있다. 괴한들이 달려들어 학생들을 폭행한다.

S#189. 거리

달력 4월 19일.

신문에 고려대생 피습 기사가 나온다.

학생들이 달려 나온다.

소방차를 뺏어 탄다.

경찰이 발포한다.

학생들이 쓰러진다.

사람들이 흩어진다.

학생들이 피를 흘리자, 주변 사람들이 다시 모인다.

학생들   이승만은 물러가라.

서울신문 사옥이 불탄다. 거리에 불붙은 건물들이 늘었다. 시위대가 늘었다.

시위대   이기붕의 집이다, 부숴라.

사람들이 이기붕의 집을 부순다.

S#190. 거리

시위대   이승만 대통령이 하야했습니다.

군중들이 만세를 부른다.
라디오에서 이승만 하야 성명이 나온다.

이승만   나는 해방 후 본국에 돌아와 우리 여러 애국 애족하
　　　　　　는 동포들과 더불어 잘 지내 왔으니 이제는 세상을
　　　　　　떠나도 여한이 없습니다. 나는 무엇이든지 국민이
　　　　　　원하는 것이 있다면 민의를 따라서 하고자 할 것이
　　　　　　며 또 그렇게 하기를 원했던 것입니다. 국민이 원한
　　　　　　다면 대통령직을 사임하겠습니다.

S#191. 신문

윤보선 3대 대통령 선출, 장면 총리 임명(신문 기사)

S#192. 총리실

장면과 김대중이 마주 앉아서

장면   대중 군이 대변인을 해 줬으면 하는데, 어떤가?
김대중   저는 의원도 아니고 원 외의 저에게 대변인을 맡기
　　　　　　셔도 괜찮겠습니까?
장면   조재천 의원이 법무부 장관으로 올라가면서 대중 군
　　　　　　을 추천했네. 현석호 의원이랑 몇몇 의원들도 대중

군이 대변인을 하는 게 좋다는 의견인데 어떤가?

김대중　(감동받은 표정으로) 정이 그러시다면, 제가 최선을 다해 노력하겠습니다.

S#193. 김대중의 사무실

김대중이 의자에 앉아 있고, 당원 1이 들어온다.

당원 1　김 대변인, 소식 들었어?

김대중　무슨 소식 말인가?

당원 1　자네가 출마했던 인제의 당선자가 3·15 부정 선거에 관련된 것이 밝혀져서 의원직을 박탈당했다네. 5월 13일에 보궐선거를 치를 예정인데 자네가 출마할 거지?

김대중　(가만히 생각하다가) 출마해야겠지.

S#194. 인제

선거운동을 하는 김대중. 승리의 환호를 하는 김대중

S#195. 김대중의 사무실

김대중이 당선증을 받고 웃고 있다.

벽의 달력은 5월 14일.
책상 위의 차용애 사진을 보며 눈물을 흘린다.

S#196. 인제(거리)

김대중이 사람들과 인사를 하며 고개를 숙인다.
주민들과 함께 웃는다.

S#197. 몽타주(한강 다리)

군인들이 다리를 건너오고 있다.

S#198. 중앙청, 육군본부, 방송국을 점령한 군인들

S#199. 박정희(육성)

박정희   부패하고 무능한 현 정권과 기성 정치인들에게 더
이상 국가와 민족의 운명을 맡겨 둘 수 없다. 방공
을 국시의 제일의로 삼아, 여태껏 형식적이며 구호
에 그친 반공 체제를 재정비 강화한다.

S#200. 김대중의 사무실

김대의가 들어온다.

김대의 형님, 서울에서 쿠데타가 일어났다고 합니다. 어떻게 되는 겁니까, 이제?

김대중 그리 심각한 일은 아닐 거다. 어찌 되었던 서울에 가 봐야겠다.

S#201. 서울 거리

육군사관학교 생도들이 혁명을 지지하는 행진을 한다.
혁명군 부대가 뒤를 따른다.

김대중 끝났구나, 이제

S#202. 이원순 자택

이희호와 김대중이 자택 마당에서 결혼식을 올린다.
하객은 100명이다.

S#203. 김대중의 집

김대중이 중앙정보부원에게 끌려간다.

김대중	왜 이러시오.
중앙정보부원	조용히 따라오시오.
김대중	무슨 죄를 지었다고 이러시오.
중앙정보부원	반혁명 죄요.

S#204. 교도소

김대중이 수감복을 입고 있다.

S#205. 교도소 밖

김대중이 밖으로 걸어 나온다.

S#206. 김대중의 집

이삿짐을 싸는 김대중.

S#207. 동교동 집

김대중이 동교동 집으로 이사 왔다.

S#208. 신문

박정희 대통령 당선.

S#209. 목포

목포에서 유세하는 김대중.

S#210. 병원

아이를 출산하는 이희호.

S#211. 목포

선거에서 승리한 김대중.
환호하는 사람들.

S#212. 병원

아이를 안는 김대중.

S#213. 신문

박정희 3선 개헌 선언.

S#214. 신문

민주당 대통령 후보에 김대중 선출.

S#215. 민주당 당사

김대중이 사람들 앞에서 연설을 한다.

김대중   바로 이 순간부터 새로운 시대가 도래했습니다. 나는 이 같은 새로운 시대의 선두에 서서 국민의 자유와 행복을 위해 싸워 반드시 박정희 정권의 장기 집권을 막아 내는 동시에 국민이 건국 이래 염원해 온 민주적인 정권 교체를 실현시키겠습니다.

S#216. 김대중의 집

마당에서 폭탄이 터진다.

S#217. 신문

김대중 유세. 장충단공원에 100만 명 청중이 모임.

S#218. 신문

박정희 대통령 당선.

S#219. 동교동

장수금이 누워 있고 김대중이 손을 잡고 울고 있다.

S#220. 장례식

장수금의 장례식이 열린다. 김대중은 울고 있다.

S#221. TV

박정희 대통령이 TV에서 중대 발표를 한다.

박정희   친애하는 국민 여러분, 나는 우리 조국의 평화와 통일, 그리고 번영을 희구하는 국민 모두의 절실한 염원을 받들어, 우리 민족사의 진운을 영예롭게 개척해 나가기 위한 나의 중대한 결심을 국민 여러분 앞에 밝히는 바입니다.

S#222. 신문

비상계엄령 선포.

S#223. 민주당 당사

김대중   박정희 대통령의 이번 조치는 통일을 말하면서, 자신의 독재적인 영구 집권을 목표로 하는 놀랄 만한 반민주적 것이다. 이는 완전한 헌법 위반 행위임과 동시에 민주 역량의 성장을 통해 북한과 대결하려는 입장에서 하루 속히 조국 통일을 성취시키려는 국민의 염원을 무참하게 짓밟은 것과 다름없다. 나는 박 대통령의 행위가 세계의 여론으로부터 준엄한 비판

을 받는 동시에 민주적 자유를 열망하면서 이승만 독
재 정권을 타도한 위대한 한국민의 손에 의해 반드시
실패하리라는 것을 확신하는 바이다.

S#224. 동교동 자택

수사관들이 김대중의 집에 들어가서 뒤진다. 측근들을 끌고 간다.

S#225. 군부대

김대중의 측근을 고문한다.

S#226. 민주당 당사

김대중 옆에서 당원 2가 따라가며 말한다.

당원 2　　선생님, 한국은 위험합니다. 일본으로 피하셔야겠습니다.

S#227. 도쿄, 그랜드팔레스호텔

경호원 김근부와 함께 호텔 입구로 들어가는 김대중.

함께 엘리베이터를 타고 22층으로 올라간다.

김대중	(김근부를 보며) 김 군, 여기는 있을 곳이 마땅치 않으니 1층 로비에서 기다리게.
김근부	(고개를 끄덕이고, 엘리베이터를 타고 내려간다.)

김대중은 2211호 문 앞에서 문을 두드린다.

양일동	(문을 열고나오며) 아이고, 김 의원님 오셨습니까? 어서 들어오시지요.
김대중	잘 계셨습니까. 양 총재님.

S#228. 2211호

양일동	요즘 시국이 어렵게 돌아갑니다. 그런데 이제 한국에 돌아오시는 게 어떻겠습니까?
김대중	저도 들어가고 싶습니다. 하지만 국내에서 모두 여당의 편에서 야당질을 하는데 내가 들어가서 무엇을 할 수 있겠습니까?
양일동	그래도.
김대중	그렇지 않아도 형편이 어려워서 그런데, 망명 자금이나 조금 대 주시오.
양일동	(아무 말이 없다.)

노크 소리가 들리고, 김경인이 들어온다. 세 사람이 점심을 먹는다. 김경인과 김대중이 방 밖으로 함께 나온다. 덩치 좋은 6명이 달려와 김대중의 멱살을 잡았다.

김경인   이놈들, 무슨 짓이냐. 누구냐, 네놈들은?

덩치 하나가 김대중의 입을 틀어막는다. 그리고 옆방으로 끌고 들어간다. 김대중을 침대 위에 던진다. 그리고 손수건을 김대중의 코에 댄다.

괴한 1   조용히 해. 그러지 않으면 죽여 버리겠다.
김대중   (긴장한 표정을 짓는다.)

괴한 2, 3이 김대중의 양팔을 붙잡고 방 밖으로 나간다.
엘리베이터를 탄다.
엘리베이터가 18층에서 멈춘다.
남자 둘이 들어온다.

김대중   (일본어로) 살인자다. 구해 달라. 살인자다. 구해 달라.

괴한 2, 3이 김대중을 끌고 7층에서 내린다.
그리고 주먹으로 때리고 발로 찬다.
다시 엘리베이터를 타고 지하로 내려온다.
지하에서 대기하는 차에 김대중을 태운다.

S#229. 고속도로

김대중을 태운 차가 고속도로를 지나간다.

S#230. 시내

김대중을 태운 차가 시내로 들어와, 빌딩 안으로 들어간다.

S#231. 빌딩

김대중을 끌어 내리고, 엘리베이터에 태운다.

S#232. 다다미방

김대중의 옷을 벗기고 허름한 옷으로 갈아입힌다.
끈으로 몸을 묶는다.

S#233. 선착장

김대중을 끌고 가다가, 모터보트에 태운다.

S#234. 모터보트

보트 위에서 김대중의 얼굴에 보자기를 씌운다.
시간 경과 후 큰 배로 김대중을 옮긴다.

S#235. 큰 배

배 위로 김대중을 올리자마자, 여럿이서 때린다.

김대중　　　(소리치며) 그만하시오. 때리지 마시오. 나는 어차피
　　　　　　　죽을 사람인데 죽을 사람을 때려서 무엇 하겠소.

괴한들이 폭행을 멈춘다.

김대중　　　(엎드려서, 바닥을 손으로 짚고, 진동을 느낀다.)

괴한이 김대중의 손과 발을 묶고 나뭇가지를 입에 물게 한다.
손목에 납덩어리를 매단다.

괴한 4　　　이 정도면 바다에 던져도 풀리지 않겠지
괴한 5　　　이불로 싸서 던지면 떠오르지 않는다는구먼. 솜이 물
　　　　　　　을 먹어서.

배가 속도를 낸다. 시간이 경과되자 배가 속도를 줄이고 조용해진다.

경상도 사투리 남자 (경상도 사투리로) 김대중 선생님 아니십
니까?

김대중은 소리 나는 방향으로 고개를 끄덕였다.

경상도 사투리 남자 선생은 이제 살았소. (김대중 입에서 나무를
뺀다. 그리고 담배를 꺼내 김대중 입에 물려
주고 불을 붙인다.)

김대중 (벌벌 떨며 담배를 받아 피운다.)

괴한이 김대중을 배에서 끌어 내린다. 널판자가 깔린 차에 김대
중을 태운다.

앰뷸런스로 갈아 태운다. 김대중을 앰뷸런스에서 끌어 내려 건물
로 데려간다.

구국동맹 행동 대원 1이 김대중 앞으로 다가온다.

행동 대원 1 김대중 선생. 우리 얘기 좀 합시다. 왜 선생은 해외
에서 국가에 반대하는 투쟁을 벌이는 겁니까?

김대중 내가 박정희 정권을 반대하는 것은 사실이지만. 민
주주의와 반공을 반대한 일은 없소. 나는 대한민국
에 대해 반대한 적이 단 한 번도 없소. 내가 반대하
는 것은 독재이지 국가가 아니요.

행동 대원 1 국가가 정권이고, 정권이 국가이지, 뭐가 다르다는
말이오.

김대중 (아무 말도 하지 않는다.)

행동 대원 1	선생, 협상을 합시다.
김대중	말해 보시오.
행동 대원 1	지금부터 선생을 댁 근처에 풀어 드릴 생각입니다. 상부의 명령이오. 집에 돌아가도 괜찮지만 차에서 내리면 거기에서 소변을 봐 주십시오. 그 사이에 붕대를 풀어도 안 되고, 소리를 내도 안 됩니다. 소변을 본 뒤에는 집으로 가도 좋습니다. 어떻습니까?
김대중	(고개를 끄덕거린다.)

행동 대원은 김대중을 차에 싣는다.

S#236. 동교동 주유소

차가 멈춘다. 김대중을 차에서 내리게 한다.
김대중은 소변을 본다.
붕대를 푼다.
주유소가 보인다.
김대중은 천천히 걷는다.

S#237. 동교동 집

동교동 집이 보인다. 초인종을 누른다.

S#238. 신문

박정희 유신 헌법 찬반 투표 제안.

S#239. 방송

1975년 2월 12일 국민투표 시행.

S#240. 방송

박정희 대통령 긴급조치 9호 선포

S#241. 거리

경찰들이 장발 청년을 단속하고, 스커트를 단속한다.

S#242. 명동성당

김대중과 재야인사들이 촛불을 들고 행진을 한다.

시위자 1　　민주주의 만세

경찰들이 달려와 사람들을 잡아간다.

S#243. 서대문구치소

김대중이 수감복을 입고 앉아 있다.

S#244. 재판정

김대중이 앉아 있다. 판사가 판결을 내린다.

판사　　　피고 김대중 징역 5년에 처한다.

S#245. 진주교도소

진주교도소 전경 보인다.

S#246. 진주교도소 독방

김대중이 앉아 있다.
옆에는 책이 놓여 있다.

S#247. 진주교도소 면회실

김대중과 이희호가 면회를 한다.
이희호가 털옷과 털장갑을 꺼내서 보여 준다.

S#248. 진주교도소

교도관이 김대중을 잡고 수송차에 싣는다.

S#249. 서울대병원

서울대병원 전경이 보인다.

S#250. 서울대병원 201호실

201호실 문을 열고 들어가 보면, 김대중이 창백하게 누워 있다.

S#251. 신문

1978년 12월 27일 제 9대 박정희 대통령 취임 뉴스.

S#252. 동교동 자택

집으로 돌아오는 김대중.

S#253. 방송 뉴스

1979년 10월16일 부산에서 시위.

S#254. 신문

10월 18일 비상계엄령 선포.

S#255. 마산

사람들이 시위를 하고 있다.

S#256. 방송

1979년 10월 26일 박정희 대통령 사망.

S#257. 방송

박정희 대통령 장례식.

S#258. 방송

최규하 대통령 취임.

S#259. 신문

긴급조치 9호 해제.

S#260. 방송

전두환 합동수사본부장이 방송에서 말을 하고 있다.

S#261. 동교동

응접실에 앉아 있는 김대중.
김옥두가 문을 열고 달려 들어온다.

김옥두	천지가 개벽되었으니 피하라는 제보가 들어왔습니다. 선생님. 신군부가 쿠테타를 일으켰습니다. 피하셔야겠습니다.
김대중	올 것이 왔구나.

밖에서 소란스러운 소리가 난다.
군인들이 M16 소총을 들고 들어온다.

경호원	(군인들을 말리며) 이거 뭐야, 이거.
군인 1	(개머리판으로 경호원 머리를 후려치며) 이 새끼들 까불면 다 죽여 버리겠어.

방 안에 40명의 군인이 신발을 신고 들어온다.
장교가 김대중 앞에 나선다.

장교	합수부에서 나왔습니다. 잠깐 가셔야겠습니다.
김대중	어디요?
장교	계엄사 말입니다.

S#262. 남산 중앙정보부 지하실

지하실에서 비명 소리가 계속해서 들린다.

S#263. 자료 필름

광주 사태, 공수부대의 진압 장면.

S#264. 합동수사부

군인 장교가 기자들 앞에서 발표를 한다.

장교　　10·26 사태의 발생을 정권 획득의 호기로 인식한
　　　　　김대중은, 정상적인 정당 활동과 합법적인 계기를
　　　　　통해서는 정권 획득이 생각대로 되지 않는다고 판
　　　　　단하고, 정부에 대한 국민의 불신 풍조를 심화시켜,
　　　　　선동을 통해 변칙적인 혁명 사태를 일으켰다. 한 번
　　　　　에 정권을 손안에 넣을 수 있는 계기를 조성하는 것
　　　　　에 목표를 두고, 추종 세력과 사조직을 이 목표 달
　　　　　성에 총 투입하는 전술에 몰두한 것이다. 대중 선
　　　　　동 정부 전복의 구체적인 실천을 위해서 복직 교수
　　　　　와 복학생을 사조직에 편입시키고, 학원 소요 사건
　　　　　을 민중 봉기로 유도 발전시키도록 기도했다.

S#265. 재판정

김대중이 재판장 앞에 섰다.

재판관   피고 김대중을 내란음모죄로 사형에 처한다.

S#266. 성남육군교도소

독방에서 김대중은 철학책을 읽고 있다. 편지를 쓴다.

김대중   (내레이션) 나는 앞으로 되도록 언동을 신중히 하고
         정치에 절대로 참여하지 않을 것을 약속한다. 그리
         고 우리 조국의 민주주의 발전과 국가의 안전 보장
         을 위해 적극적으로 협력할 각오이다.

S#267. 법원

재판관   김대중을 무기징역으로 감형한다.

S#268. 신문

1981년 3월 3일. 12대 대통령 취임, 전두환.

S#269. 청주교도소

청주교도소 전경.

머리를 박박 깎은 김대중이 독방에 앉아서 책을 읽는다. 책이 옆에 쌓여 있다.

그중에 논어, 맹자, 러시아 문학, 앨빈 토플러의 제3의 물결이 있다.

S#270. 청주교도소 면회소

이희호와 면회를 하는 김대중.

S#271. 청주교도소 화단

화단의 꽃에 물을 주는 김대중.

S#272. 서울대병원

서울대병원 전경.

S#273. 서울대병원 면회실

이희호가 김대중에게 면회를 왔다.

이희호	전두환 대통령을 만났어요.
김대중	뭐 특별한 이야기라도 했어요?
이희호	아니요, 특별한 건 없었어요.

S#274. 신문

1982년 3월 1일, 특별사면으로 김대중 징역 20년으로 감형.

S#275. 서울대병원 병실

김대중과 이희호가 앉아 있는데, 문이 열리고 안기부 직원이 들어온다.

안기부 직원	선생님 몸도 불편하신데 미국에서 치료를 받으시지 않겠습니까?
김대중	정 뜻이 그러하다면 나를 풀어 주고 국내에서 치료 받게 해 주시오.

안기부 직원이 방에서 나가자, 이희호가 김대중에게 다가온다.

이희호	여기 있으면 아무것도 못 하잖아요. 해외에서 국제 여론을 환기할 분은 당신뿐이라고 모두들 얘기한답니다. 그리고 더욱 중요한 문제는 우리가 미국으로

떠나야 구속되었던 분들도 나올 수 있답니다.

S#276. 문화공보부 강당

문화공보부 장관이 기자회견을 가지고 있다.

문화공보부 장관　　김대중은 가족의 요청에 의해 인도적인 배
　　　　　　　　　　　려로 병원으로 옮겼으며 곧 가족과 함께 도
　　　　　　　　　　　미할 것이다. 정부가 김대중 본인과 가족의
　　　　　　　　　　　희망을 참작해 미국에서의 신병 치료를 포
　　　　　　　　　　　함, 관대한 조치를 취하는 것은 구시대의 잔
　　　　　　　　　　　재를 청산하고 국민 화합을 이룩하려는 제
　　　　　　　　　　　5공화국의 의지와 전두환 대통령의 각별한
　　　　　　　　　　　인도적 배려로 결정된 것이다.

S#277. 거리

앰뷸런스가 거리를 달린다.

S#278. 김포공항

미국 노스웨스트 항공기 앞에서 구급차가 섰다.

김대중과 가족이 서 있다. 문화공보부 장관이 옆의 차에서 내려 김대중 앞으로 다가온다.

문화공보부 장관 　　(주머니에서 종이를 꺼내 읽으며) 형 집행
　　　　　　　　　　　정지로 석방한다.

문화공보부 직원 　　(여권과 비행기표를 김대중에게 전달한다.)

S#279. 몽타주(미국)

워싱턴 공항에 도착하는 김대중.
대학교 강연을 하는 김대중.
기자회견을 하는 김대중.
이희호의 손을 잡고 산책하는 김대중.

S#280. 미국 자택

김대중 　　　　　　(이희호를 보며) 한국으로 돌아가야겠어.

S#281. 공항

비행기가 활주로 위로 날아간다.

S#282. 홀리데이인호텔

일장기가 보인다. 홀리데이인 호텔 전경. 기자들 앞에 서 있는 김대중.

김대중　민주주의만이 구국의 길입니다. 내일 나의 운명이 어떻게 되든 나의 귀국은 필요합니다. 커다란 의미가 있습니다. 나는 특별한 사건을 일으킬 생각도 없지만, 그렇다고 비겁한 짓도 하지 않을 것입니다.

S#283. 김포공항

김대중이 이희호와 함께 걷는다.
사복 경찰들이 김대중과 이희호를 둘러싼다.

김대중　필리핀의 아키노는 비행기에서 내릴 때 정부 기관 요원의 안내를 받고 따라가다 살해당했습니다. 나는 절대 특별 안내는 받지 않겠습니다. 일반인들과 함께 출입 심사 창구로 가겠습니다. 내가 다른 곳으로 끌려가지 않게 도와주십시오.

S#284. 김포공항 입구

김대중이 사복 경찰에 둘러싸여 버스에 올라탄다.

S#285. 동교동 자택

김대중이 들어간다.

S#286. 동교동 자택(외부)

경찰들이 김대중 자택을 둘러싸고 있다.

S#287. 신문

민정당 대통령 후보 노태우 선출.

S#288. 성공회 강당

김대중이 사람들 앞에서 연설을 한다.

S#289. 거리

차량이 스피커를 달고 지나간다.
거리의 차들이 경적을 울린다.

S#290. 거리

사람들이 넥타이를 매고 거리를 나온다.
호헌 철폐, 독재 타도, 구호를 외친다.

S#291. 방송

시위대 30만 명이 시위를 하는 뉴스가 나온다.

S#292. 방송

노태우가 방송에 나와서 6·29 선언을 한다.

S#293 광주 5·18 묘지

김대중이 5·18 묘지에서 유족들과 함께 눈물을 흘린다.

S#294. 세종문화회관(별관)

민주당 창당 및 대통령 후보 추대 전당대회 플래카드가 걸려 있다.
김대중이 사람들 앞에서 연설을 한다.

김대중　나는 비록 야당의 단일 후보는 아니지만 이 나라 재
　　　　야 민주 세력이 지지하는 유일한 후보입니다. 이번
　　　　12월 선거의 의의는 완전한 군정 종식과 진정한 민
　　　　간 정부의 회복에 있으며, 이 기회에 일부 정치 군
　　　　인의 정치 개입이라는 악습을 영원히 단절시켜 천
　　　　년 이상 유지해 온 문민정치의 전통을 재확립토록
　　　　하겠습니다.

S#295. 방송

대한항공기가 폭파된 뉴스가 나온다.

S#296. 방송

테러리스트 김현희가 붙잡힌 장면이 나온다.

S#297. 방송

대통령 선거가 실시되는 장면이 나온다.

S#298. 신문

노태우 대통령 828만 표 대통령 당선

S#299. 방송

국회의원 선거 방송

S#300. 방송

김대중이 국회에 들어가는 모습이 나온다.

S#301. 방송

서울올림픽이 열리는 장면

S#302. 동교동

김대중이 이희호와 자식들, 손자들과 함께 밥을 먹으며 즐거워한다.

S#303. 방송

노태우, 김영삼, 김종필이 기자회견을 한다.

노태우 민주정의당과 통일민주당, 그리고 신민주공화당은
여야의 다른 위치에서 그동안 이 나라를 위해 나름
대로 최선의 노력을 기울여 왔습니다. 그러나 오늘
우리의 현실은 보다 더 굳건한 정치 주도 세력과 국
민적 역량의 결집을 요구하고 있습니다. 우리 사회
의 모든 민족, 민주 세력은 이제 뭉쳐야 합니다. 이
같은 시대적 요청에 부응하기 위해 우리는 중도 민
주 세력의 대단합으로 큰 국민 정당을 탄생시켜 정
치적 안정 위에서 새로운 정치 질서를 확립해 나가
기로 했습니다.

S#304. 방송

정주영이 통일 국민당을 만드는 뉴스.

S#305. 방송

유세하는 김대중.

S#306. 방송

김영삼 대통령 당선.

S#307. 동교동 자택

김대중이 이희호와 함께 앉아 있다.

김대중   (이희호를 보며) 다시 대통령이 되지 못했소. 지난 40년이 아득하다는 느낌이오. 그 세월 동안 민주주의를 위해서는 죽음도 마다하지 않았는데, 민주주의와 정의와 통일을 위해 나는 모든 것을 바쳤소. 나의 이런 노력은 다른 사람은 몰라도 당신은 잘 알 것이오. 그런데 다시 국민의 마음을 얻지 못했소. 내가 할 일은 여기까지인 것 같소. 마음을 결연하게 정리하려고 하는데 당신도 동의해 줬으면 좋겠소.

이희호   (고개를 끄덕이며 듣고 있다.)

김대중   (일어나서, 이희호의 손을 잡고 포옹을 한다.) 여보, 우리 사형 선고받았을 때를 생각하면 이 정도는 웃을 일 아니오.

이희호   (눈에서 눈물이 흐른다.)

S#308. 민주당 당사

김대중 기자회견을 한다.

김대중   이제 저는 저에 대한 모든 평가를 역사에 맡기고 조용한 시민 생활로 돌아가겠습니다. 국민 여러분과 당원 동지 여러분의 행운을 빕니다.

S#309. 케임브리지 대학

영국 케임브리지 대학 전경. 이희호와 함께 걸어간다.

S#310. 김포공항

이희호와 사람들 앞에서 걷는 김대중.

S#311. 방송

이경규와 함께 방송에 나온다.

S#312. 방송

IMF 관련 뉴스가 나온다.

S#313. TV 토론 방송

TV 토론 중에 김대중이 나와서 연설한다.

김대중　IMF 관리 체제를 조속히 극복하기 위해서는 관치 경제를 뿌리 뽑아야 합니다. 우리가 불가피하게 IMF의 요구를 수용했지만 이를 적극 받아들이고 경제 체질 강화의 기회로 삼으면 전화위복의 결과를 가져올 수 있고 장래 도약에 큰 도움이 될 것입니다. 우리 국민에게는 강한 애국심과 나라를 살리겠다는 굳은 경의가 있으니 반드시 성공할 것입니다.

S#314. 거리

TV를 보고 있는 시민들

S#315. TV 토론

김대중　불행히도 저는 세 번이나 대통령에 도전했지만 실패했습니다. 국민들이 저를 이때에 쓰시려고 뽑아 주지 않은 것 같습니다. 저는 위기의 강을 건너는 다리가 되겠습니다. 모든 분이 제 등을 타고 위기의 강을 건너십시오. 저는 다음에는 더 이상 기회가 없습니다.

두 분은 다음에 기회가 있습니다. 저에게 꼭 한 번 기회를 주십시오.

S#316. 명동

명동에서 유세하는 김대중

김대중   저에게는 대통령이 되기 위해 40년 동안 갈고 닦은 지혜와 경륜이 있습니다. 저는 감옥에서도, 미국에 있을 때도, 대통령이 될 준비를 했습니다. 전 세계에서 대통령이 될 준비를 저만큼 한 사람도 아마 없을 것입니다. 저에게 한 번 꼭 기회를 주십시오. 잘할 수 있습니다.

S#317. 방송

투표 집계하는 방송.

S#318. 겨울 산

겨울 눈 속에 있는 붉은 열매, 인동초다.

S#319. 거리

사람들 함성이 멀리서 들린다.

사람들	김대중, 김대중, 김대중, 김대중,
아나운서	제15대 대통령 김대중.

〈끝〉

엄마의 등대

시놉시스

고등학생인 미혜(金美惠)와 회사원인 태규(朴泰圭)는 게임 사이트를 통해서 만나게 된다. 미혜가 대학에 입학하자 두 사람의 연애는 본격적으로 시작된다. 대학을 졸업한 그녀는 초등학교 교사가 되었고 태규는 자영업을 하게 된다. 교제한 지 몇 년이 지난 후 두 사람은 열대의 섬에 있는 작은 교회에서 결혼식을 한다. 두 사람은 재미있는 결혼 생활을 한다. 결혼 3년이 되던 해 미혜는 임신을 한다. 29세 때다.

그러나 어느 날, 가슴에 통증을 느끼던 그녀는 병원에서 유방암이라는 진단을 받게 된다. 여기까지가 이 이야기의 시초가 되는 셈이다.

임신 중에 유방암에 걸린 예가 극히 드문 관계로 어떤 식으로 치료를 해야 할지 의사들은 고심이다. 항암제가 태아에 영향을 미칠 수 있기 때문이다.

산모냐 아이냐를 두고 선택해야 하는 시점에서 산모인 미혜는 아이를 선택하였고 남편인 태규는 산모를 선택하였지만, 결국 병원에선 미혜의 결정에 따르게 된다.

아이를 낳기로 작정한 부부는 성마리아국제병원에서 양기수 선생과 강영란 선생을 만나게 된다. 아이를 위해서 치료 방법을 찾던 중에 타카솔과 허셉틴이라는 약품 사용에 관해서 새로운 시도를 하게 된다. 임산부 중에서 암에 걸린 케이스 자체가 희박하기 때문에 병원에서도 관심을 가지게 되고, 미국 텍사스에 있는 MD앤더슨 암센터의 의사들과도 협력하여 치료하게 된다. 미국에서는 허셉틴을 사용하고도 출산한 예가 있다는 사실을 전달한다.

허셉틴의 영향으로 암 덩어리가 줄어들고 건강이 계속 나아지던 미혜에게 부작용이 발생했는데 그것은 양수가 줄어드는 현상이었다. 허셉틴이 태아의 간에 영향을 미친다고 하자 미혜는 하루에 2리터 이상씩 물을 마시며 양수량을 늘려 보려고 노력하지만 결국 양수량은 위험 수위까지 가게 된다.

이에 미혜는 고민하게 되고 정신착란까지 일으킨다. 출근하던 학교는 이미 휴직을 했지만, 느닷없이 출근을 한다고도 하고, 공연히 병에 걸린 것이 어머니의 탓인 것처럼 마구 짜증을 부린다. 거기다 태규에게도 짜증을 부리자 태규 역시 짜증이 난다. 그러나 그런 생각은 잠시 동안이다. 태규는 곧 미혜가 중환자라는 것을 떠올리고 이해심을 가진다. 미혜의 잘못이 아니라 자기의 이기심에 기인한 것이라고 결론짓는다. 주치의에게 허셉틴의 투약을 중지해 달라고 요청하나 처음에는 받아들여지지 않는다. 결국 양수량이 줄어들어 위험 수위까지 다다르자 허셉틴의 투약을 중지한다.

허셉틴을 중지하자 양수량이 늘고 태중의 아이도 건강해진다. 그러나 태규의 부모는 미혜가 나중에 사망하고 젊은 태규가 혼자 아이를 키울 것이 걱정되어서 미혜가 아기를 포기해 주기를 바란다. 그로 인하여 미혜의 가족과 태규의 부모는 사이가 나빠지게 된다.

제왕절개를 통해 무사히 사내아이인 우성이를 출산한 미혜. 그러나 수술 중에 미혜의 난소에 암이 전이되었음을 발견하고 제거하게 된다. 난소 제거로 인해 미혜는 다시는 임신을 할 수 없게 되었다.

출산 후에 미혜는 암 치료에 전념을 하지만 항암제의 영향으로 구토를 하는 등 치료에 어려움을 겪게 되고, 육아와 심리적 안정을 위해서 태규와 함께 친정집으로 이사를 하게 된다. 그리고 성마리아병원에서 받던 치료를 중단하고 식이요법과 체조, 효소 등을 이용한 자연 치유 암 치료를 하게 된다. 항암제를 중단하고 식이요법을 사용하던 미혜는 점점 상태가 나빠지고 결국 우측 반신이 마비가 되는 일이 발생한다. 검사 결과 암이 뇌로 전이되었던 것이다. 자연 치유 암 치료를 중단하고 뇌외과 전문 병원에서 감마나이프라는 뇌 전문 치료를 하게 되고 반신마비였던 미혜는 점차 회복되어 간다.

클리닉 C4에서 포기하지 않는 암 치료법, 토모테라피기법을 사용한다. 토모테라피는 방사선치료의 일종이다. 치료 중에 미혜는 자기의 생명이 얼마 남지 않았음을 느낀다.

암은 뇌에서 임파관으로 전이되어 악성임파관증이 되고, 폐에도 전이가 된다.

미혜는 학교의 아이들을 생각하기도 하고, 먹고 싶은 것을 말하기도 하고, 산소호흡기를 떼어 내고 남편인 태규와 싸움을 하는 등, 삶에 대한 무의미와 원망을 드러낸다. 가슴에 물이 찬다며 고통을 호소하는 미혜, 배에 통증이 생기고 황달 증상이 생긴다.

미혜에게는 원하는 게 두 가지 있다. 하나는 아들인 우성이와 함께 결혼식을 올린 섬으로 여행을 가는 것이다. 그리고 또 다른 하나는 우성이의 결혼식을 보는 것이다. 그러나 결혼식을 보는 것은 불가능하다고 생각하고, 그냥 접어 둔다.

암세포가 폐에 깊숙이 전이되고, 미혜는 항암 지료를 포기한다.

미혜가 세상을 떠나던 날, 미혜는 태규에게 다시 태어나도 우성이의 엄마이고 싶고 태규와 결혼을 하고 싶다고 말한다. 태규는 미혜의 손가락에 반지를 끼워 주며 청혼을 한다. 그리고 미혜는 세상을 떠난다.

미혜가 떠나고 며칠이 지나서 태규는 우성이를 안고 그 섬으로 간다. 두 사람이 결혼식을 했던 그 장소이다.

S#0-1. 타이틀 백(1)

시대 배경 2001년 1월.

게임 사이트가 컴퓨터 화면에 비치고, 채팅창에 미혜와 태규가 대화한다.

미혜   (저는 고3이에요.)

S#0-2. 달력(2001년 3월)

핸드폰 문자 화면

미혜   (대학에 합격했어요. 우리 만날래요?)

S#0-3. 도심의 보행로(밤)

두 사람이 다정스럽게 나란히 걷는다.

태규   뭐 먹고 싶어?
미혜   응, 그렇지만 오빠 먹고 싶은 걸로 해.
태규   어디로 갈까?
미혜   오빠 가고 싶은 데로.

S#0-4. 포장마차 안

태규	나중에 뭐가 되고 싶어?
미혜	선생님.
태규	왜?
미혜	중학교 때 담임 선생님을 보고 나도 저렇게 멋있는 선생님이 되고 싶다고 생각했거든.
태규	정말 되고 싶은 거야? 왠지 진짜 하고 싶어 보이지는 않는데.
미혜	(발끈하며) 오빠가 뭘 안다고 그래? 그렇게 빈정거리는 거 실례인 거 알아?
태규	(손을 내저으며) 미안, 그런 것인 줄 몰랐어. 그럼 지금 그게 제일 이루고 싶은 꿈이야?
미혜	응. 그리고 (어조를 바꿔서, 진지하게) 아기가 있었으면 좋겠어.
태규	아기? 이제 대학생인데 벌써 아기야?
미혜	그동안 엄청 많이 생각해 놨는데, 지금은 안 가르쳐 줄 거야,
태규	(미소를 짓는다.)

S#1. 섬(바다가 보이는 모래사장), 타이틀 백(2)

갈매기가 울며 날고, 바람에 휘날리는 나무들,
웨딩드레스를 입은 미혜가 백사장에 오른손 검지로 뭔가를 쓴다.

| 중년 여자 | (먼 소리) 미혜야! 미혜야! |
| 미혜 | (고개를 쳐들며) 네. 지금 가요. |

일어나 뛰어가면 바람에 날리는 웨딩드레스가 꿈꾸듯 나부낀다.
모래 위의 글자가 남는다. 2007. 8. 5.

S#2. 해변의 교회 전경

해변 전경이 비추고, 하얀색의 작은 교회 앞에 사람들이 몰려 있다.
결혼식이 진행된다.
간이 의자에 양가 가족들이 앉아 있고, 일부는 서성거린다.

S#3. 동 교회 마당

목사가 신랑 신부 앞에서 자못 엄숙하다.

| 목사 | 이로써 두 사람이 부부가 되었음을 선언합니다. |

S#4. 동 교회 마당

신랑 신부를 중심으로 가족사진을 찍는다.
신부 어머니가 손수건으로 눈을 훔친 후 포즈를 취한다.

S#5. 동 교회 마당

목사님과 기념사진을 찍는 신랑 신부.

S#6. 동 교회 마당

신부가 부케를 던진다.
부케를 받는 사람이 별로 없다.
허공에 뜨는 부케 위로,
타이틀 뜬다.

S#7. 태규네 집

밝은 뉴에이지 피아노 음악 깔리고,
스탭, 캐스트 올라가면서
거실 벽에 사진들이 즐비하게 붙어 있다.
  데이트하던 사진, 결혼식 사진 , 가족사진, 럭키와 태규, 미혜
와 태규, 교사를 하던 미혜 사진, 일을 하는 태규 사진, 임신을 확
인한 날짜가 적혀 있는 사진, 초음파 사진, 배가 살짝 부른 미혜 사
진, 미혜 배에 귀를 대고 있는 태규. 이런 사진들을 차례로 비추면
서 진행.

S#8. 태규 집 안 거실

맥주를 마시고 있는 태규.

전화벨이 울린다.

태규	여보세요? 어 미혜, 장인 장모님은 건강하시지?
미혜	여보, 그런데 여기 병원에 인사하러 온 김에 신경 쓰였던 왼쪽 가슴 검사를 받아 보려고.
태규	어 그래? 그럼 그렇게 해.
미혜	그래서 말인데, 자기가 바쁘지 않으면 검사 결과를 같이 들어 줬으면 좋겠는데.
태규	그래? 그럼, 그렇게 하지.
미혜	(목소리가 밝아지며) 그럼, 목요일에 내려와요. 8월 5일.
태규	알았어. 8월 5일, 목요일.

S#9. 열차 안

태규가 의자에 앉아 창밖을 바라본다.

S#10. 기차역

기차 문이 열리고 태규가 나온다. 개찰구 쪽으로 걸어간다.

S#11. 기차역 앞

태규가 역 앞으로 나오고,

그 앞에 승용차가 서 있다.

운전석에는 장모가, 조수석에는 미혜가 강아지 럭키를 안고 앉아 있다.

태규　　　장모님, 안녕하셨어요? (태규가 뒷좌석에 앉는다.)

S#12. 차 안

럭키가 태규의 무릎 위로 뛰어 올라와 얼굴을 핥아 댄다.

미혜　　　이것저것 검사받았는데, 뭔가 안 좋은 예감이 들어.

태규　　　왜 그렇게 생각하는데?

미혜　　　산부인과에서 검사받았는데, 외과로 가라는 거야.
　　　　　진짜 나쁘면 암일 수도 있대.

태규　　　그런 말도 안 되는 소리가 어디 있어. 그것보다 배
　　　　　는 좀 어때?

미혜　　　아기는 괜찮지만…… 혹시 암이면 어떻게 하지?

태규　　　아직 그렇다는 것도 아니고, 지금부터 그런 걱정 할
　　　　　필요 없잖아.

S#13. 장모 집 거실

미혜	어저께 오후엔 엄마랑 교회에 가서 기도를 드렸어.
태규	잘했어. 교회나 절이나, 기도가 중요하지.
미혜	마음이 조금 가벼워진 것 같아.
태규	그럼 오전엔 병원에 간 거야?
미혜	응, 검사받으러.

S#14. 차 안

운전석에 처제, 조수석에 장모, 뒷좌석에 미혜와 태규가 타고 있다.

S#15. 성애종합병원 앞

차가 병원 앞에 멈춰 선다.

S#16. 병원 로비

사람들이 붐빈다.

S#17. 엘리베이터

일행, 엘리베이터에 탄다.

S#18. 외과 앞

처제가 접수를 한다.

처제   (접수를 마치고) 저는 차에 가 있을게요.

태규   그래, 처제 수고했어.

미혜, 장모, 태규가 긴 의자에 앉아서 대기한다.
모두가 불안한 빛이 역력하다.
외과 문 앞에는 '담당의 사노식'이라고 적힌 팻말이 붙어 있다.

간호사   김미혜 님.

태규가 미혜를 부축해 일으키고, 문을 열고 진료실 안으로 들어간다.

S#19. 진료실 안

책상 위에는 컴퓨터와 진료 차트 놓여 있다.

사노식   어서 오세요.

태규는 고개를 한번 갸우뚱하더니 긴장된 표정이 서서히 풀어진다.
듬직한 의사를 보고 안도의 숨을 내쉰다.

사노식   (앞에 의자를 가리키며) 여기 앉으세요.

의사 바로 옆에 태규가 앉고, 그 뒤로 장모, 장모 뒤로 미혜가 앉는다.
간호사는 미혜 옆에 서 있다.

사노식　　(복사지에 메모를 하며 덤덤하게) 본인은 검사를 받
　　　　　　으셔서 잘 아시겠지만, 보호자 분은 잘 모르실 수도
　　　　　　있을 거 같아서 간단하게 설명드릴게요. 미혜 씨는
　　　　　　초음파검사와 MRI, 그리고 환부 조직을 채취해서
　　　　　　조직검사를 받으셨어요.

태규는 팔짱을 끼고 손가락을 까딱거린다. 고개를 돌려 미혜를 바
라본다.
미혜는 어금니를 꽉 깨문 채 긴장되어 있다.

사노식　　검사 결과인데요, 이거 (주위 사람들을 한번 둘러 본
　　　　　　후) 암이에요. 유방암.
태규　　　(잠깐 어이없어하다가, 넋 나간 사람처럼) 암이라구
　　　　　　요? 암?

태규는 전신의 기운이 빠져나감을 느낀다. 몸이 기우뚱하자 의식적
으로 몸을 추스른다.

쿵, 하는 소리가 난다. 태규가 빠르게 고개를 돌린다.
(그 시선으로) 미혜가 의자에서 떨어져서 쓰러져 있다.
미혜의 얼굴은 질려 있고, 눈은 반쯤 떠져 있다.
태규는 움직이지 않는다.
옆에 서 있던 간호사가 미혜를 안아 올린다.

간호사	(손가락으로 미혜의 눈꺼풀을 벌려 본 후, 의사를 쳐다보며) 기절했습니다.
사노식	(밖을 향해) 미스 최! 미스 최!

간호사 한 명이 문을 열고 들어와, 진료실 안의 상황을 감지한 후 나간다.

잠시 후, 이동식 침대를 밀고 들어온다.

간호사 네 명이 들어와서 미혜를 들어 올려 이동식 침대에 눕힌다.

그제야 장모가 정신을 가다듬고, 비틀거리며 침대로 다가서면 태규가 장모를 부축하며 침대를 부여잡고 미혜를 들여다본다.

미혜의 티셔츠와 바지 사이로 볼록 나온 배가 보인다. 침대가 밖으로 이동한다.

태규	(의사를 보며) 어쩌다 이렇게까지 됐습니까?

의사는 모니터를 태규 쪽으로 돌리고, 마우스를 클릭한다. 모니터에는 미혜의 가슴 사진과 엑스레이 사진이 보인다.

사노식	암이 벌써 10cm 이상의 덩어리로 커져서 왼쪽 유방 전체에 퍼져 있습니다. (모니터의 가슴 사진을 가리키며) 여기 보시면, 아주 딱딱한 덩어리가 유방 전체를 압박해서 피부까지 빨갛게 되어 있습니다. 이대로 방치해 두면 암 자체가 피부를 뚫고 밖으로 나올 수 있습니다. 부어 있다기보다는 터지기 일보 직전인 상태죠.

장모	20대에 유방암이라니, 기가 막히네요.
사노식	간 전체를 차지하는 다발성 전이가 있습니다. (엑스레이를 가리키며) 그리고 이 부분은 확실하지는 않지만 뼈에도 전이되었을 가능성도 있습니다.

태규의 심장 소리가 점점 커지며, 의사의 말소리가 서서히 줄어든다. 간호사가 문을 열고 들어온다.

간호사	(장모를 보며) 미혜 씨가 어머님을 찾고 있어요. 같이 있어 달라고 하네요.
장모	(일어나서 간호사를 따라 나간다)
사노식	암의 진행 속도에 따라 스테이지 1에서 4까지, 단계가 있습니다. 미혜 씨 같은 경우에는 원격 전이라고 해서 유방에서 멀찌기 떨어진 장기에도 전이가 돼 있기 때문에 스테이지 4단계라고 볼 수 있습니다.
태규	그렇다면 말기 암이군요
사노식	(고개를 살짝 끄덕거린다.)
태규	미혜는 아직 29살인데, (의사를 바라보며) 선생님?
사노식	왜 그러십니까?
태규	앞으로 얼마 더 살 수 있습니까?
사노식	흠……. 평균적으로 말씀드리면 1년에서, 길어야 2년 정도입니다.
태규	앞으로 어떤 치료를 받게 되나요?
사노식	치료는 산모를 우선으로 하거나, 아기를 우선으로 하거나에 따라 달라집니다. 산모를 우선으로 하게 되면

출산을 포기하고 처음부터 강한 항암제를 투여하게
됩니다. 배 속의 아기를 우선으로 해서 치료하게 되
면, 출산할 때까지 아기에게 영향이 적은 항암제를
투여하고, 무사히 출산을 하고 난 후에는 강한 항암
제로 바꾸는 치료법이 진행됩니다.

태규   그럼, 산모와 아이 중에 어느 쪽을 선택해야 하는가
가 우선 문제가 되겠네요?

사노식   (가만히 고개를 끄덕인다.)

태규   선생님이라면, 어느 쪽을 택하시겠습니까?

사노식   (담담한 어조로) 환자 본인의 생각이 가장 중요하겠
지요. 그것을 존중해 줘야 한다고 생각합니다.

태규   아니, 선생님이시라면 어떻게 하시겠냐는 겁니다.

사노식   저라면 (잠깐 생각하다가) 아이를 택하겠습니다. 산
모는 어차피 소생이 불가능한 상태이기 때문입니다.

태규   (고개를 숙이며) 아…….

사노식   뭐가 옳고 그른지는 아무도 모릅니다. 다만 지금은
반드시 둘 중에 하나를 선택해야 한다는 것이지요.
그게 지금 두 분이 맞닥뜨린 현실인 거 같습니다.
(자리에서 일어나며) 임신 중에 유방암이 발견될 확
률은 만 명 중에 한 명 정도로, 매우 드뭅니다. 그
리고 이번 환자분처럼 스테이지 4까지 진행된 상태
로 발견되는 환자는 거의 예가 없습니다. 이 정도가
되면 받아 주는 병원도 별로 없을 겁니다.

태규   그러면 어떻게 합니까?

사노식   여기보다는 조금 더 큰 병원에서 치료를 받아 보시

는 게 좋을 것 같습니다. 서울에 성마리아국제병원
이라고 있습니다.

태규   믿을 만한 병원인가요?

사노식 전문가들이 많이 있고 임상 경험도 풍부합니다. 무
엇보다 환자를 편안하게 대해 줄 겁니다. 제가 소개
서를 써 드리지요.

태규   (고개를 깊게 숙이며) 감사합니다, 선생님.

태규는 일어나서 문밖으로 나간다.

S#20. 병실

미혜는 기진한 상태로 침대에 누워 있고,
넋이 나간 듯한 장모가 딸의 손을 잡고 있다.

태규   (미혜 귀에다 대고 조용히) 우리 집에 가자.

미혜   (낮은 소리) 저기······. 의사 선생님이 뭐라고 했어?
나 죽는 거야?

태규   (슬픈 미소를 지은 채, 창밖을 바라보며) 우리 일어나자.

S#21. 차 안

처제가 운전하고 있고,
뒷좌석에 앉은 시점에서 보이는 사이드미러에 조수석에 앉은 장

모 얼굴이 비친다.

그 얼굴은 울음을 참으려 하지만, 눈물이 마구 쏟아진다.

태규도 오른손으로 얼굴을 감싸고 있다.

감싼 손가락 사이로 눈물과 콧물이 범벅이 되어 흘러내린다.

미혜	엄마. 왜 울어?
장모	(참다가 울음이 크게 터져 나온다.)
미혜	엄마. 울면 안 돼.
장모	누가 울고 있다고 그래.
미혜	그렇지. 울면 안 되지?
처제	(표정이 조금씩 어두워진다.)

차가 신호에 걸리자 차 안은 적막이 흐른다. 잠시 멈춰 있다가 신호가 바뀌고 차가 움직인다.

S#22. 처갓집 앞

장인이 집 앞에 서 있다.

차가 그 앞으로 멈춰 선다.

차에서 미혜와 장모가 내리자,

장인이 장모 앞으로 다가선다.

장인	무슨 일이야?
장모	방에 들어가서 얘기해요. (처제를 보며) 너도 들어와.

장모가 장인을 이끌고 집으로 들어간다.

미혜와 태규도 따라 들어간다.

S#23. 처갓집 내부 계단

계단을 밟으며 이 층으로 올라가는 미혜와 태규.

S#24. 미혜 방

오래된 책상과 침대가 있고 브라운관 TV도 놓여 있다.

책상 위에는 오래된 데스크탑 PC가 있다.

벽에는 결혼식 때 찍은 사진으로, 부케를 쳐든 미혜를 뒤에서 태규가 껴안고 있다.

사진은 세로 150cm, 가로 100cm, 패널로 되어 붙어 있다.

그 옆에는 미혜의 어린 시절 사진이 있다.

태규가 방바닥에 앉으려고 하는데, 미혜가 태규의 가슴에 얼굴을 묻는다.

> **태규**　　　(미혜를 꼭 안아 주며) 미안해.

태규가 고개를 쳐드니, 행복한 신랑 신부의 사진 패널이 눈에 들어온다.

| 태규 | 침대에 잠깐 앉아 보자. |

침대에 앉은 미혜의 손을 잡고 태규가 옆에 앉았다.

| 태규 | 앞으로, 의사 선생님에게 이야기를 들을 때는 꼭 둘이서 같이 가기로 해. 어쩌다가 둘 중에 한 명이 없을 때, 정말 괴롭고 슬픈 설명을 들었다고 하더라도 숨기는 일은 없도록 해. 나도 약속할 테니까. 미혜도 약속해 줘. |
| 미혜 | 나도 그렇게 하고 싶어. 꼭 약속할게. (미혜가 오른손 약지를 내밀고 태규와 손가락 고리를 걸고 엄지로 도장을 찍는다.) |

S#25. 거실

태규가 핸드폰을 들고 전화번호를 누른다. 옆에 장모와 처제, 장인, 미혜가 앉아 있다.

안내원	(전화기에서 나는 소리로) 성마리아국제병원입니다.
태규	저는 박태규라고 합니다. 성애병원의 사노식 선생님의 소개로 전화드립니다.
안내원	(소리) 잠시만요. 환자 분 성함이 김미혜 씨죠?"
태규	네, 맞습니다.
안내원	(소리) 성애병원으로부터 연락이 왔습니다. 내일

바로 진찰을 받으실 수 있습니다. 오전 11시 30분 괜찮으세요?

태규	네, 그 시간에 방문하도록 하겠습니다.
안내원	(소리) 우선 유선외과에서 진료받으시고 그다음에 산부인과로 예약 잡아 놓겠습니다. 감사합니다.
태규	네, 감사합니다. 수고하세요. (전화기를 끈 후, 장모를 쳐다보며) 내일 진료 예약이 돼 있네요. 바로 올라가야겠어요.
장모	그래. 나도 휴가 낼 테니 같이 가도록 하세
처제	저도 휴가를 내야겠어요.
태규	그러면 KTX를 예매하겠습니다.

처제와 장모는 전화를 걸고 있고
장인은 짐을 챙기려고 가방을 꺼낸다.
미혜도 자리에서 일어나서 가방을 꺼내서 짐을 넣는다.

미혜	(짐을 싸다가 밝은 표정과 어조로) 네 명이서 같이 가는 거니까 기차에서 카드놀이라도 하자.

장인, 장모, 처제, 태규의 표정이 굳어진다.

태규	(장모를 쳐다보며) 집에 트럼프가 있을까요?
장모	(안방으로 들어가며) 있었던 거 같기도 하고.
처제	예전에 있었는데 몇 장 없어져서 버렸어요, 엄마.
태규	그래? 없으면 할 수 없지 뭐.

미혜	가는 길에 편의점에서 사도 되잖아.
태규	그렇게 하고 싶어? 있잖아, 그런 기분으로는…… 그치?
미혜	모처럼 네 명이서 기차 타고 서울에 가는 거잖아. 재미없어~.

S#26. 기차 안

태규가 좌석 옆에 버튼을 눌러서 두 좌석을 마주 보게 바꿔 놓는다. 자리에 앉자 기차가 출발한다.

미혜	(장모와 처제를 번갈아 보며) 그러고 보니, 둘 다 서울 집에 가는 거 처음이지?
장모	그래, 그러고 보니 그렇네. 너도 안 갔었니?
처제	응 나도 처음 가는 거야.

(시간 경과)

기차 바퀴가 레일 위를 지나가는 소리만 들린다.

미혜	(오른손을 태규에게 내밀며) 괜찮지?
태규	(미혜의 눈을 보며 미혜가 내민 손을 살며시 잡는다)

미혜는 태규의 손을 더 세게 쥔다. 그리고 태규의 품에 고개를 묻는다.

S#27. 서울역

황홀한 구름이 하늘에 가득한 석양이다.
일행, 출구를 나선다.

S#28. 태규의 집

짐을 들고 들어가는 네 사람

S#29. 태규 집 거실

장모와 처제의 이불을 펴는 태규.

태규	어머니, 안녕히 주무세요.
장모	그래.
태규	처제도 잘 자.
처제	네, 형부도 잘 주무세요.

S#30. 태규의 침실

조그만 스탠드 전등에서 서글픈 듯 은은한 빛이 비친다.
미혜와 태규가 침대에 눕는다.

미혜의 등 뒤로 손을 돌려 살포시 안는 태규.

미혜	불 안 꺼?
태규	오늘부터는 자기 전에 많은 이야기를 하기로 하자.
미혜	사람이 죽으면 어떻게 될까?
태규	괴로움도 슬픔도 없는 세상에 가는 거지. 그리고 언젠가는 환생할 거구.
미혜	나, 이런 이야기 전에도 들은 적이 있어. (잠시 생각하다가) 착한 사람은 죽어서 천국에 가면 얼마쯤 있다가 하나님이 다시 사람으로 태어나게 해 준대.
태규	(짐짓 맞장구를 쳐 준다)오, 그렇구나.
미혜	나 착한 사람 맞지?
태규	물론 미혜는 아주 착한 사람이지.
미혜	(자기 배를 쓰다듬으며) 그런데 나 애기 두고 죽고 싶지 않다.
태규	이런 바보. 미혜가 죽는다고 누가 그래? 내일 성마리아 병원에 가 보면 다른 진단 결과가 나올지도 모르잖아.
미혜	그럴까?
태규	그럼. 우리 처음 만났을 때 기억 나?
미혜	까먹었을 리가 없잖아. 신촌에서 만나서 그다음에 홍대에도 갔었잖아.
태규	그때 자기는 고3이었지. 아 처음 만난 건 대학교 합격 발표가 난 다음이었구나.
미혜	처음 봤을 때 어떤 느낌이었어?
태규	음……. 상당히 조심스러운 사람이구나, 하는 느낌

이 들었지. 뭘 할까, 물어봐도 항상 오빠 하고 싶은 대로 해, 이랬으니까. 별로 재미도 없고, 그래서 오래 사귀지도 못할 것 같았지.

미혜 하긴. 그때 지루한 게 싫어서 게임하다가 만난 거니까, 그럴 만도 하네. 그런데 왜 계속 만났어?

태규 세 번째 만났을 때였나. 서로 가족 이야기를 했을 때야. 집에 대한 불만을 막 털어 내다가 갑자기 미혜가 이러는 거야. 난 이런 가정을 꾸렸으면 해. 이러면서 이상적인 가정 이야기를 진지하게 하기 시작했었지. 고등학교를 갓 졸업한 애가, 그리고 평소에는 다 오빠 하고 싶은 대로 해, 이러면서 말도 별로 안 하던 애가 가정 이야기를 진지하고 신나게 했었지. 내가 그 얘기에 공감한 거야. 그래서, (미혜를 보면)

미혜 (잠이 들어 있다)

태규 자냐? 그래, 그럼 잘 자. (이불을 잘 덮어 준다.)

S#31. 거실(밤)

장모와 처제가 누워 있는 거실로 미혜가 가슴을 움켜쥐고 걸어 나온다. 미혜의 기척에 잠에서 깨어 일어나는 장모.

미혜 엄마, 가슴이 아파서 잠을 잘 수가 없어. 허리도 아프고. (엄마 옆에 앉으며) 파란 수건을 좀 말아 줄래?

장모	그래, 이쪽 소파로 누워. (가방에서 파란색 수건을 꺼낸다.)
미혜	(천천히 눕는다.)
장모	(그 수건을 미혜 가슴에 덮어 준다.)
미혜	(찡그렸던 표정이 풀어지며 서서히 잠에 빠져든다.)

시간이 경과된 한밤중이다.
불현듯 동시에 잠에서 깬 세 사람.

미혜	(흐느끼며) 엄마, 어째서 내가 암에 걸린 거야? 왜? 왜냐구? 나 아무 나쁜 짓도 안 했어.
장모	(눈물을 흘린다. 미혜 손을 부드럽게 잡아 준다.)
미혜	나 아직 엄마랑 오빠랑 다 같이 있고 싶어. 나 살고 싶어!
장모	(미혜의 볼에 흐르는 눈물을 훔쳐 주며) 걱정 말아. 괜찮다, 괜찮아,

옆에서 보고 있던 처제도 같이 눈물 흘린다.

미혜	그러고 보니 우리 셋이서 잔 적 없지 않아? 아버지는 어릴 때부터 어른 다루듯이 하셨고
장모	그래도 넌 여행도 많이 다녔잖아.
미혜	그랬지, 여행도 많이 다니고, 꿈이었던 학교 선생님도 됐고, 결혼도 했고, 임신도 했어. 지금까지 여자로서 누릴 수 있는 행복을 다 누린 것 같았는데, 그

래도 아직 아기는 낳지 못했잖아. 그러니까 아기를
낳고 싶어.

장모   (미혜의 머리를 부드럽게 쓸어 넘긴다.)

S#32. 침실

화장대 앞에서 노트에 일기를 적는 미혜.

미혜   (소리) 8월 5일 목요일, 살아 있다는 증거로 일기
       를 쓴다. 사실, 아직 죽음이라는 것을 받아들일 수
       가 없다. 하지만 죽음과 직면하고 있는 나보다는 남
       게 될 가족들이 걱정된다. 오늘 오빠와 나의 사랑을
       다시 확인할 수 있었던 것 같다. 계속 함께 있고 싶
       다. 엄마, 동생, 아빠의 사랑도 느낄 수 있었다. 모
       두랑 같이 있고 싶다. 계속 함께 있고 싶다. 운다고
       병이 낫는 것도 아니다. 하지만 눈물이 난다. 하지
       만, 조금이라도 오래 살 수 있도록 열심히 치료받을
       거다. 나의 지금의 제일 큰 행복은, 내가 사랑하는
       사람들과 함께 있는 것이다. 살아갈 거야!

S#33. 성마리아국제병원 전경

규모가 크다.

S#34. 성마리아국제병원 입구

미혜, 태규, 장모가 병원엘 들어가려고 한다.

미혜   (건물을 쳐다보며) 뭔가 엄청난 분위기의 병원이네.

S#35. 성마리아국제병원 내부

클래식 음악이 흐르고,
병원 로비, 바닥, 천장, 전시된 그림들…….
모든 것들이 마치 관광호텔 같다.

S#36. 동 병원 유선외과

대기실의 의자에는 40대 이상의 여자들이 앉아 있다.
남편과 함께 앉아 있는 환자도 있다.
잡지를 읽는 환자도 있고,
간호사와 마주 서서 말을 하는 태규.

간호사   담당 의사인 양기수 선생님의 진찰은 오후 마지막
              시간이기 때문에, 그 전에 문진을 받으셔야 합니다.
              저쪽 방으로 들어오세요. (한편을 손가락질.)

미혜, 태규, 장모가 간호사가 가리킨 방으로 들어가고,
간호사가 차트를 들고 따라 들어간다.

간호사	임신 후에 어떤 특별한 증상이 있었나요?
미혜	입덧을 조금 한 것 말고는 크게 없었어요.
간호사	성애병원에서는 어떤 이야기를 들었는지 설명해 주시겠어요?
미혜	(손짓을 하며 여러 설명을 한다.)
태규	(간호사와 미혜를 번갈아 바라보며) 간호사님, 만약, 위험한 상황이나 괴로운 내용이라도, 반드시 미혜 본인과 저, 둘이 함께 있을 때 말해 주셨으면 해요. 본인 이외에 보호자만이라는 것은 하지 않으셨으면 좋겠어요.
간호사	(고개를 살짝 끄덕이며) 네, 선생님께 그렇게 말씀드리겠습니다. 주치의 선생님 진찰 전에 초진 담당 선생님과 상담이 예약되어 있습니다. 지금 8번 방으로 가시면 됩니다. 나가서 왼쪽입니다.

S#37. 동 병원 8번 방

책상, 컴퓨터, 침대, 침대 옆에는 커튼, 커다란 의료 장비가 놓여 있는 진료실 전경.
의료 장비 옆에는 의자가 있다.
강영란 선생이 차트를 보고 앉아 있다.
문을 열고 들어서는 미혜, 태규, 장모.

강영란	(보며 의자를 권한다.) 어서 오세요. 이쪽 의자에 앉으시면 됩니다.

미혜	(의자에 앉으며) 안녕하세요, 처음 뵙겠습니다. 김미혜입니다.
강영란	네 저는 강영란이라고 합니다. 이 의자, 엉덩이가 아프거나 그러지 않아요? 괜찮아요? 그럼 먼저 기계로 확인을 해야 하니까. 침대에 누워 주실래요? 침대가 불편하면 말씀해 주세요.
미혜	(자리에서 일어나서 침대를 향해 걷는다.)
강영란	(미혜가 누운 침대의 커튼을 닫는다. 그리고 침대 옆에 있는 의자에 초음파 기계를 침대 가까이 이동시킨다. 전원을 키고, 본체의 기계를 꺼낸다. 초음파 기계에 투명한 젤을 바른다.) 살짝, 차가울 거예요.

모니터 화면에 영상이 나온다.
모니터에 큰 덩어리가 보인다.
의사가 초음파 기계를 움직일 때마다 조금씩 모양이 바뀐다.

S#38. 채혈실

미혜는 피를 뽑는다.

S#39. MRI 촬영실

미혜는 MRI 촬영을 한다.

S#40. 심전도검사실

미혜는 심전도 검사를 받는다.

S#41. 검사실 입구

미혜, 태규, 장모가 대기실 의자에 앉아 있는데,
처제가 걸어 들어온다.

처제	언니, 이 병원 진짜 크다. 바다도 가깝고, 교회도
	두 개나 있대. (장소 선정에 따라 표현 바뀜.)
미혜	기분 전환으로, 한 바퀴 돌아 볼까?

S#42. 지하 1층 매점

S#43. 1층 레스토랑, ATM

편의점, 커피숍, 꽃집도 보인다.

S#44. 정면에 십자가

십자가 앞에서 잠시 서 있는 미혜와 태규.

S#45. 산부인과

에스컬레이터를 타고 올라오는 미혜와 태규, 장모, 처제.
대기실에는 행복한 표정의 산모들, 남편들이 있다.

S#46. 산부인과 진찰실

진료실 방에 들어간 미혜와 태규.
여의사 두 명이 의자에 앉아 있다.
침대에 눕는 미혜.

김영란   그럼, 아기의 상태를 좀 볼까요?

미혜   (티셔츠를 올리고 바지를 하복부까지 내린다.)

여의사   (초음파 기계를 가져와 젤을 바르고 배를 문지른다.)

모니터에 집중하는 미혜.
모니터에 물체가 보이기 시작한다.

여의사   여기가 얼굴이네요

김영란   머리 크기는 4에서 5센티 정도, 주기에 맞게 성장
하고 있네요.

미혜   (울 것 같은 목소리로) 조금은 마음이 놓이네요.

여의사   (배의 젤을 휴지로 닦아 준다.)

미혜   (티셔츠를 내리고 천천히 일어나서 의자에 앉는다.)

김영란	(미혜를 바라보며) 치료에 관해선데요, 성애병원에서는 뭐라고 했어요?
태규	아내 치료를 우선으로 하느냐, 아니면 아이를 우선으로 하느냐에 따라 치료 방법이 달라진다 하더군요.
김영란	아내 분은, 어떻게 하고 싶으세요?
미혜	가능하다면, 아이를 우선으로 하고 싶어요.
태규	저는 아내의 치료를 우선으로 생각하고 싶어요……. 어떻게 할지는, 아내와 잘 상의해서 정하겠어요. 그런데 만약 아이를 포기했을 경우, 그것으로 인해 암 진행이 늦춰진다거나 하는 경우는 없나요?
김영란	중절로 인해, 암이 개선되는 일은 없어요.
태규	그럼, 이 문제를 언제까지 결정해야 합니까?
김영란	(모니터를 보며) 오늘 이 시점에서, 18주와 5일이지만, 만약 포기한다는 판단을 내렸을 경우는, 22주째를 지나면 중절이 불가능해요. 그러니, 적어도 21주가 되기 전까지는 결정을 내리셔야 합니다.
태규	그렇다면 2주 안에 결론을 내려야 하는 거군요.
여의사	검사 결과를 보지 않으면 모르는 점도 있습니다만, 아내 분은 자신의 치료에 대해서 어떻게 생각하세요?
미혜	빨리 항암제를 맞고는 싶지만, 하지만 그걸 맞으면 아이에게 해가 된다니까.
여의사	유선외과 선생님 의견도 있으니 뭐라고 말씀드리기는 쉽지 않지만 일반적인 이야기를 한다면, 항암제를 맞았다고, 반드시 아이에게 영향이 있다는 건 아니에요. 주기로 생각하면, 태아기에 작용해서 장기

	의 형성에 영향을 주어 기형이 되게 하는 최기형성
	의 경우라고 해도 기형아가 태어날 경우는 없어요.
김영란	심장과 손발, 눈과 코 등 주요 기관은 임신 4주째부
	터 12주 사이에 대부분 완성되기 때문에 약물로 인
	한 영향을 받는 걱정은 없습니다. 하지만 사용하는
	약에 따라 뇌나 정신적 발달, 생식 기능 등에 영향을
	줄 수는 있어요. 지금 시점에서는 어떤 항암제를 맞
	을지, 어떤 치료를 할지는 모르지만 참고하시는 게
	좋을 듯합니다.
태규	말씀, 감사합니다.
스피커	(소리) 김미혜 씨 1번 방으로 들어가세요.

S#47. 주치의 진찰실

책상에는 양기수가 앉아 있다.
문을 열고 미혜, 태규, 장모 , 처제가 들어온다.

양기수	안녕하세요, 양기수입니다. 오래 기다리게 해서 죄
	송합니다. 짐은 그 바구니에 넣으시고 미혜 씨는 여
	기 앉아 주세요. 가족 분들은 그쪽 의자에 앉아 주
	시구요.

지시대로 미혜는 의사 앞에 앉고,
태규, 장모, 처제는 뒤에 있는 의자에 앉는다.

양기수	(미혜를 보며) 성애병원에서 소개받고, 오늘도 비슷한 검사를 받았지요? 피곤하시지요? 지금 입덧은 하시나요?
미혜	(고개 끄덕이며) 네.
양기수	어떤 식으로 입덧을 하시나요?
미혜	냄새에 민감해진 거 같아요. 아침에 밥 차릴 때 밥통에서 수증기가 뿜어져 나오면 속이 울렁거려요. 심할 때는 옆집의 밥 짓는 냄새까지도 영향을 줄 때가 있구요. 된장찌개나 섬유유연제 냄새도 그렇구요.
양기수	가슴이 아프거나 그렇지 않나요?
미혜	어젯밤에도 아파서 잠을 못 잤어요.
양기수	언제부터 그런 증상이 있었나요?
미혜	한 달쯤 된 것 같아요.
양기수	그렇군요 (표정이 바뀌며) 지금 해 드릴 말은 반갑지 않으실 거예요.
미혜	(긴장된 표정.)
양기수	혈액검사 결과인데요, 칼슘 수치가 높게 나왔어요. 뼈에 전이가 된 경우, 뼈의 성분이 파괴되어 혈중에 대량의 칼슘이 녹아 들어가서, 그게 수치가 되어 나타나는 경우가 있습니다. 초기 증세로는 구토나 변비가 보이기 시작하고, 심해지면 의식 장애나 뇌 기능 장애, 신부전이 되기도 합니다. 구역실이 있다고 하셨죠?
미혜	네.
양기수	임신 중이라 입덧에서 오는 구역질인지, 아니면 뼈 전이로 인한 것인지 확실치 않네요. 그리고 종양 마

커가 좀 높아요. 종양 마커라는 것은, 몸 안에 암이 있는지 없는지를 기준으로 하는 검사 수치를 말하는데요. 암세포 표면에는 정상적 세포에는 없는 독특한 물질이 있고, 그것이 벗겨져서 혈중으로 흘러 들어가는데요. 암 종류에 따라서 물질이 다르기에 기준으로 하는 수치도 달라집니다. 지금 상태로 보면 한 달 후에 살아 있을 거라는 말을 못 드리겠습니다.

미혜　(깊은 한숨을 쉰다.) 수술은 할 수 없는 거예요?

양기수　지금 상황에서는 해도 소용이 없어요.

미혜　방사능은요?

양기수　그것도 해결책이 될 수 없습니다. 암세포가 이미 몸 전체에 퍼져 있는 상태예요. 그래서 유방암 세포만 수술이나 방사선으로 제거해도 의미가 없습니다.

미혜　그럼 앞으로 어떤 치료를 하게 되나요?

양기수　화학요법이라고, 복용하는 약을 중심으로 하는 치료가 될 거 같습니다.

미혜　만약, 약이 몸에 맞으면 1년이나 2년도 살 수 있어요?

양기수　그러면 3년이든 4년이든이지요.

미혜　알겠습니다.

양기수　나쁜 얘기를 조금 많이 했는데 그건 최악의 상황에서의 이야기니까 이제부터 치료를 잘 해 나가도록 합시다.

미혜　(고개를 크게 끄덕인다.)

S#48. 로비

1층 로비에 걸려 있는 시계는 6시를 가리킨다.
석양이 비친다.
태규는 로비 구석에서 전화 통화를 하고 있다.

태규	아버지, 내일 밤에 미혜 일로 드릴 말씀이 있으니까 엄마한테 말씀 좀 해 주세요. 누나도 좀 와 달라고 전해 주시구요.
아버지	(소리) 미혜한테 무슨 일 생긴 거냐?
태규	내일 가서 말씀드릴게요, 끊어요.

미혜   (소리) 오늘 주치의 선생님이 한 달 후에 살아 있을 거라는 말을 할 수가 없다고 하셨다. 그만큼 사태는 심각하다. 1년이나 2년 후에도 약이 맞으면 더 살 수 있냐고 물어보자, 3년이든 4년이든, 이라고 대답해 주셨다. 어제에 비해 살 기력이 확 났다. 산부인과에서도 유방암인 임산부 출산에 관해 선생님한테서 긍정적인 이야기를 들을 수 있었다. 나는 어느 정도 살 수 있는지 모른다. 하지만, 아기의 희망이 조금이라도 느껴져 행복했다. 아기를 위해서 힘내자고 생각했고 어제부터 오빠랑 자기 전에 많은 얘기를 했다. 행복했던 기억이 많이 떠오른다. 행복한 시간. 이 행복을 하루라도 더 계속할 수 있게 힘낼 거다.

S#49. 태규 · 미혜 집

식탁 위에서 태규와 미혜, 장모가 식사를 하고 있다.
식탁 위에는 카레가 보인다.

미혜	오빠 일은 어떻게 할 거야?
태규	되도록 빨리 돌아올 수 있게 조절해 볼게.
미혜	그렇게 할 수 있어?
태규	직장 사람들에게 사정을 얘기하고, 이해를 바랄 수 밖에 없을 거야
미혜	(미소 지으며) 그럼 그렇게 해 줘.

S#50. 공원

공원에서 축제가 열리고 있다.
밴드의 연주 소리가 흐른다.
무대에서 공연하는 사람들, 구경하는 아이들. 술 마시는 아저씨.
미혜와 태규, 장모가 공원을 걸어간다.

꼬마 여자	엄마 빙수 사 주세요.
행인 여자	그래 다른 맛 두 개 사서 반씩 나눠 먹자.

미혜와 태규 장모는 이 광경을 지켜본다.

태규	그럼, 나는 슬슬 가 볼게. 장모님 저 집에 좀 다녀올
	게요.
미혜	알았어……. 잘 말씀드려 줘.

S#51. 태규 아버지 집 앞(밤)

날은 어두워져 있다. 태규의 등이 젖어 있다.
태규가 집의 벨을 누른다.

S#52. 태규 아버지 집 안

태규	어머니, 저 왔어요.
어머니	안색이 안 좋네. 야채를 먹어야지. 고기 말고 야채
	를 많이 먹어.
태규	아, 알았어요. 어머니, 아버지는 어디 계세요?
어머니	거실로 가 봐. 기다리고 계신다. 아유 저 땀 봐.
태규	아버지 저 왔어요. 어머니도 좀 앉으세요.

거실에서 TV를 보던 태규 아버지와 누나.
아버지는 태규가 들어오는 것을 확인하고 TV를 끈다.

| 아버지 | 그래 천천히 말해 봐라. 무슨 일이냐. |
| 태규 | 다른 게 아니라 미혜 몸에 대한 건데요 미혜의 친정 |

근처에 있는 병원에서 검사해 보니까 유방암이래요.

태규의 아버지와 어머니, 누나는 실망한 표정을 짓는다.

| 태규 | (눈을 잠시 감았다 뜬 뒤) 암은 진행도에 따라 스테이지 1에서부터 4까지 있는데 미혜는 스테이지 4의, 말기 암이래요. 이미 간에 전이됐고 뼈에도 전이된 것 같대요. 이제 생명이 1년에서 2년 정도 남았다고 의사가 말했어요. |

태규의 아버지와 어머니, 누나의 표정이 점점 더 심각해진다.

태규	앞으로의 치료하고 아기에 관한 건데요. 미혜를 택하느냐 아기를 택하느냐를 선택해야 한대요. 산부인과 선생님은 항암제를 사용해도 기형아가 될 확률이 낮다고 말해요. 그래서 아기를 살리고도 암을 치료할 방법을 사용할 수도 있을 것 같아요.
어머니	그래도 다행이구나.
태규	그러니까 1주일 안에 그 선택을 해야 된대요. 시간이 좀 더 지나면 낙태 수술도 할 수 없다는 거예요.
아버지	미혜의 치료를 우선으로 생각해야 되는 거 아니냐?
어머니	(말없이 고개를 끄덕인다.)
누나	미혜는 뭐라고 하는데?
태규	낳고 싶대.
누나	아기는 건강해?

태규	아무 문제없대.
누나	산모가 그렇게 말하고 있으니까 본인이 원하는 대로 해 줘도 괜찮지 않아?
태규	내일 다시 병원에 갈 예정이니까 선생님이랑 얘기해 볼게
어머니	(약간 울먹거리며) 사돈 어르신은 괜찮으셔? 전화 해 볼까?
태규	지금은 그냥 아무 말 안 하는 게 좋을 거 같아요.
어머니	그래? 정말? 뭔가 말씀드려야 할 텐데.
태규	제가 말씀 잘 전해 드릴게요. 저는 이만 가 볼게요.

S#53. 성마리아병원 전경(오전)

S#54. 양기수 진료실

양기수와 미혜가 마주 보고 앉아 있다.
태규는 뒤에 앉아 있다.

양기수	주말에 집에 가셔서 아픈 건 좀 어떠셨어요? 임산부 용 진통제를 처방해 드렸었는데, 통증이 있었나요?
미혜	허리가 아픈 건 많이 가셨는데 가슴은 그때그때 다 른 거 같아요. 약 효과가 있을 때는 아프지 않다가 약 기운이 떨어지면 아프기 시작하거든요.
양기수	아침에 다른 선생님들하고 의논을 해 봤어요, 검사

를 좀 더 해 보면서 치료를 어떻게 할지 방침이 결
정될 때까지는 입원하는 게 낫지 않을까 싶은데, 어
때요?

미혜   (말을 하지 못한다.)

양기수   갑자기 입원이라는 말에 놀라셨겠지만 통증도 있고
          하니까 입원해 있는 게 안심될 거 같습니다.

태규   그럼 입원 수속을 하겠습니다, (미혜를 보며) 괜찮
          아. 일단 며칠 입원 해 보자.

양기수   그럼 남편 분이 입원 수속을 밟으시는 동안에 맘모
          톰을 하겠습니다. 들어 보신 적이 있으시겠지만 간
          단하게 설명을 드릴게요. 맘모톰은 유방 내의 암 조
          직을 직접 꺼내 어떤 성질인지 확실하게 진단하는
          검사를 말합니다. 어떤 성질인지에 따라서 투여하
          는 항암제가 달라질 수 있겠죠.

태규   꽤 중요한 검사군요.

양기수   맞습니다. 중요한 검사입니다. 방법은 우선 마취를
          하고 직경이 한 4미리 정도 되는 바늘을 넣습니다.

태규   유방에다 넣는 건가요?

양기수   그렇습니다. 그 바늘 앞부분에 흡입 장치가 있어서
          암 조직을 빨아내는 겁니다. 특수한 장비라서 수술
          실에서 진행됩니다. 자 수술실로 이동하실까요?

태규   (미혜를 보며) 다녀와

미혜   네.

S#55. 수술실

맘모톰 검사 장면.

S#56. 수술실 앞

수술실 앞 의자에 태규가 앉아 있다.
미혜가 수술실에서 천천히 걸어 나온다.

태규	수고했어.
미혜	조금 아프더라. 오늘 샤워하면 안 된대.
태규	샤워는 내일 해도 되니까
미혜	(소리) 다음은 또 어디야?

S#57. 산부인과 병동

미혜는 배를 들어 올리고 초음파 검사를 받고 있다.
김영란이 초음파 검사를 한다.

김영란	(부드러운 표정으로) 남자아이인지 여자아이인지, 먼저 병원에서 들었나요?
미혜	남자아이라고 하더군요.
김영란	아 그랬군요. 오늘은 코랑 눈이 또렷하게 보이네요.

지금 체중은 한 284그램으로, 사과 한 개 정도의
무게죠. 사진을 출력해서 드릴게요.

프린터로 2장을 출력해서 받은 미혜는 모자 수첩 케이스에 사진
을 집어넣는다.

김영란   결정은 아직이세요?
미혜   긍정적인 이야기를 듣고 마음이 조금은 편해졌어
         요. 아기는 낳고 싶은데 솔직히 어떻게 하면 좋을지
         모르겠어요.
김영란   남편 분은 어떻게 생각하시나요?
태규   저는……. 그래도 산모 치료를 우선으로 했으면 합니다.

김영란이 팸플렛 3장을 꺼낸다. 산부 입원 안내, 안전한 분만을
위해, 임산부 검진 엄마 교실 안내.

김영란   임산부들 모두에게 드리는 거니까 시간 나실 때 보세요.
미혜   (말없이 받는다.) 엄마 교실…….
김영란   엄마 교실은 같은 임신 주기의 임산부들과 함께 임
         신 중의 주의사항이나 건강 출산에 관한 교육을 받
         는 강습회예요.
미혜   저는 그동안 몸이 좋지 않아서 딱 한 번밖에 참가하
         지 못했어요. 회복하면 친해진 엄마들하고 같이 공
         감하고 그러고 싶었는데……. 몸이 이렇게…….
태규   갑자기 입원하게 됐으니까 병실에서 읽을게요.

S#58. 입원 병동 복도

태규가 미혜의 손을 잡고 복도를 걸어간다.

미혜   아마 산부인과 선생님들은 아기를 낳을 수 있다고
            격려해 주시는 거 같아. 그렇지 않으면 사진도 출력
            안 해 줄 거고 팸플릿도 주지 않을 거야.

태규   그래, 그런 것 같아.

S#59. 입원 병실 앞

간호사가 안내를 하고 미혜와 태규, 장모가 따라간다.

간호사   미혜 씨의 방은 여기입니다.

미혜   아파트 같고 깨끗하네요. (농담 식으로) 오빠도 여
            기서 같이 살면 되겠다.

간호사   (진지하게) 보호자 중에 같이 주무시고 아침에 바로
            일하러 가시는 분들도 계세요. 그런 분들을 위한 침
            대도 빌리실 수 있으니까 거기서 편히 주무실 수 있
            습니다.

태규   그래, 그럼 되겠다.

S#60. 병실

미혜, 태규와 장모가 병실에 앉아서 TV를 보고 있다.
노크 소리가 들린다.
양기수 선생이 간호사 두 명과 함께 들어온다.

양기수	안녕하세요? 입원해 보니 어떠세요?
미혜	화장실 가는 게 좀 힘들어요. 거기다 주사를 맞고, 화장실 간 시간이랑 배설한 양까지 기록해야 하니까요.
양기수	하루에 2리터의 생리식염수를 주사해서 몸에 축적된 칼슘을 빼내는 거니까 칼슘의 수치가 떨어질 때까지 참아야 해요.
태규	(미혜 손을 꼭 쥐며) 힘들지만 견뎌 내야지.
양기수	오늘 맘모톰 검사는 빠르면 내일 결과가 나올 겁니다. 그 결과를 보고 항암제 선택을 고려하게 됩니다. 태아에게 영향을 주지 않는 약을 골라야 하니까 신중한 일이지요.
어머니	선생님이 애를 많이 쓰시는구나.
양기수	그리고 혈액검사 결과를 보니까 지난주보다 간 기능이 조금 떨어졌네요. 더 나빠지기 전에 빨리 항암제로 치료를 하는 게 좋을 것 같습니다. 입원을 권유한 것도 간 상태 때문이기도 합니다. 기능 수치가 한계치를 넘어 섰어요.
태규	유방이 아니라 엉뚱한 간이 속을 썩이는군요.
양기수	그렇습니다. 다발성 전이가 원인인 것 같은데, 간부전

으로 발전할 위험이 있어 빨리 손을 써야 합니다. 거기
다 태아를 고려해서 항암제 선택은 매우 어렵습니다.

미혜와 태규의 표정이 어두워진다.

미혜   (크게 한숨을 쉬더니 눈물을 흘린다.)
태규   지난 사례로 봐서, 앞으로 어떤 식으로 치료하게 됩니까?
양기수   미혜 씨 같은 사례는 없었습니다. 그러니까 치료를
           한 사례가 없지요.
미혜   (오열한다.)

오열하는 미혜를 태규가 등을 쓰다듬어 준다.

미혜   (수건으로 눈물을 닦고) 이런 말은 하고 싶지 않지
           만, 아기를 포기한다면, 금방 효과가 있는 약을 쓸
           수가 있을까요?
양기수   할 수 있지요.
미혜   (수건으로 얼굴을 감싸고 운다.)
양기수   남편 분은 어떻게 생각하세요?
태규   아기에 대한 건 빨리 결정해야 될 것 같아요. 그렇
           게 해서 치료에 전념하는 게 현명하다고 생각하는
           데, 언제까지 결정하면 될까요?
양기수   내일 검사 결과가 나오니까 그걸 보고 어떤 약을 사용
           하면 좋을지 여러 선생님들과 의견을 나눠 볼 생각입니
           다. 그리고 목요일에 산부인과 선생님의 의견을 추가해

서 듣고 최종으로 치료 방법을 정리해 보려 합니다.

태규   그럼 12일 목요일까지가 되겠네요?

양기수   그렇지요. 오늘이 8월 9일, 월요일이니까, 목요일
　　　　까지 좋은 결정을 하셔서 말씀해 주세요.

양기수는 간호사 두 명과 함께 병실을 나간다.
태규는 미혜의 어깨를 쓰다듬는다.

미혜   (소리) 8월 9일 월요일. 예상은 하고 있었지만, 선
　　　　생님이 아기를 포기하는 게 더 낫겠다는 말을 하셨
　　　　다. 사람들이 건네는 위로의 말과 그 눈빛이 나를
　　　　더 불안하게 한다. 아기를 포기한다고 하면 효과가
　　　　좋은 약을 사용할 수 있냐고 물었다. 선생님은 그럴
　　　　수 있다고 말했다. 난 그 순간 죄책감이 들었다. 살
　　　　고 싶다는 생각을 하는 미혜와 엄마로서의 미혜, 그
　　　　둘이 내 몸 안에서 싸우는 것 같아 괴롭다. 한 인간
　　　　으로 내 생명을 살리고 싶다는 생각이기도 하고 다
　　　　른 한편으로는, 엄마로서 아이를 살리고 싶다는 생
　　　　각이다. 오빠의 아이를 낳고 싶다. 외롭고 슬프다.

S#61. 초등학교 전경

비가 내린다.
사람 하나 없는 텅 빈 운동장에 굵은 빗줄기가 쏟아진다.

310

S#62. 교무실

수염이 더부룩이 자란 태규가 의자에 앉아 있다.
청바지에 티셔츠, 샌들을 신고 있는 간편한 차림이다.
교장이 다가온다.

교장   미안합니다. 많이 기다리셨죠? 이쪽으로 오세요,

S#63 교장실

방에는 역대 교장들의 사진이 걸려 있다.
교장, 태규, 두 사람은 소파에 앉는다.

태규   저는 김미혜의 남편입니다. 옷차림이 이래서 죄송합니다.
         갑자기 입원하게 되어서 집에 들를 시간이 없었습니다.
교장   괜찮습니다.
태규   7월 말에 입원했을 때 종업식도 참석 못 하고 아이들
         이 바로 방학을 맞아서 미혜가 많이 미안해했습니다.
         그 당시에는 몸 상태가 조금 좋아져서 친정집에서 출
         산 준비를 하고 있었어요. 병원에서 여러 가지 검사
         를 한 결과,
교장   네.
태규   유방암이라는 것이 판명되었습니다.
교장   (놀란 표정으로) 네? 아 네…… . 그렇게 됐을 줄이

야…….

태규   그리고 이건 미혜가 쓴 편지입니다. 하나는 교장 선생님과 교직원 분들에게, 다른 하나는 평소에 친하게 지내는 선생님들에게, 그리고 마지막으로 학부형들에게 보내는 내용입니다.

교장   그렇군요. 제가 전달하겠습니다.

태규   어젯밤에 힘내서 쓴 편지입니다. 동정받고 싶지 않아서인지 암이라는 내용은 적혀 있지 않더군요. 학부형들께서도 걱정하시고 놀라실까 봐 임신 중에 오는 가벼운 증상이라고 썼습니다. 갑자기 쉬게 된 것에 대한 사과와 아이는 건강하다는 내용입니다. 사실 오늘 교장 선생님을 뵙게 된 것은 다름이 아니라 현재 미혜가 겪고 있는 현실에 대해서 설명을 드리려는 것입니다. 그리고 미혜 같은 경우 그러니까 시한부 판정을 받은 분들 중에 복귀할 수 없다고 바로 퇴직을 신청하는 분들이 계실 거라 생각합니다. 그러나 저와 미혜는 확신을 가지고 있습니다. 다시 나아서 가까운 시간 안에는 복귀가 어렵겠지만 그리 멀지 않은 미래에는 꼭 학교로 돌아갈 수 있다는 것을 말입니다. 그리고 사람은 돌아갈 곳이 있으면 강해질 수 있다고 생각합니다. 복귀가 가능하다면 미혜가 치료받는 데도 큰 힘이 될 거라고 생각합니다. 그래서 병으로 인한 휴가를 얻을 수 있을까, 교장 선생님께 부탁드리려고 왔습니다.

교장   알겠습니다. 미혜 선생님께서 학교로 꼭 돌아오시길 기다리겠습니다. 바로 휴직 절차를 밟도록 하지요.

태규   감사합니다. 선생님.

교장   오신 김에 미혜 선생님이 담임인 교실에 가 보시겠습니까?

S#64. 1학년 2반 교실

교장과 태규가 교실 앞에 서 있다.
시간표, 표어, 학생 작품 등의 게시물이 깔끔하게 정리되어 붙어 있다.

교장   종업식을 마친 후라 책상하고 의자가 조금 어지럽혀져 있을 겁니다.

태규   교실이 마치 미혜를 보는 것 같네요.

S#65. 초등학교 정문 앞

태규가 초등학교 문을 나와서 언덕길을 걸어 내려간다.
태규는 눈물을 흘린다.

S#66. 병실

미혜와 태규가 병실에 앉아 있다.

미혜	학교 다녀온 건 어땠어?
태규	많이 놀라시더군. 뭐든지 협력해 주신대. 그리고 미혜를 보고 싶어 하셨어.
미혜	편지는?
태규	드렸어. 아이들하고 보호자들한테는 걱정하지 않도록 설명해 주신대.
미혜	(우울한 표정을 지으며) 그래…… .
태규	무슨 일 있어?
미혜	아니야. 아침부터 벌써 20번이나 화장실에 갔다 왔어. 하루에 2리터의 링거를 맞고, 오늘은 아침부터 2리터의 미네랄워터도 추가돼서 몸에 축적된 칼슘을 배출하고 있어. 30분에 한 번씩 화장실에 가서 모두 4리터 정도의 수분을 뺐어. 근데 하나도 힘들지 않아.

물을 마시기 위해 페트병을 잡는 미혜.
반바지를 입은 미혜의 허벅지와 발가락이 팽팽하게 부어 있다.
그때 주치의 양기수, 간호사 셋이 들어온다.

양기수	오늘 하루를 지내면서 어땠어요?
미혜	아침부터 여러 선생님이 오셨어요. 열 분 정도.
양기수	치료를 해 가기 위해서는 미혜 씨의 생명이 최우선인 상황이지만 배 속의 아기도 중요합니다. 가능하다면 둘 다 유지하고 치료하고 싶습니다.
태규	감사합니다.

| 양기수 | 어제 한 맘모톰 결과가 방금 나왔습니다. |

미혜와 태규는 손을 잡는다.
미혜는 침을 삼킨다.

양기수	만약에 임신 중이 아니었으면 타키솔이라는 약과 허셉틴이라는 약을 쓸 수 있는데요. 아, 유방에 사용할 수 있는 약은 3가지로 구분이 됩니다. 하나는 항암제로 세포분열의 여러 단계 안에서 암세포를 사멸시키는 강력한 효과가 있는 반면에 정상 세포도 공격을 해 버려서 백혈구가 감소되고 구역질, 식욕부진, 탈모 등의 부작용을 일으킬 수 있습니다. 타키솔은 이런 항암제로 구분이 됩니다.
태규	무서운 약이군요.
양기수	그리고 분자 표적 약이라고, 이것은 암세포만 공격하는 약입니다. 정상 세포는 공격하지 않기 때문에 비교적 부작용이 적습니다. 허셉틴은 이 분자 표적 약에 포함됩니다.
미혜	그 약이 좋겠네요.
양기수	그렇지요. 그리고 호르몬 요법으로, 호르몬을 조절하는 약을 투여해서 암세포의 발육과 증식을 막습니다. 이것도 암세포만을 타겟으로 한 약이지만 부작용으로 갱년기 장애와 같은 증상이 나타납니다.
태규	쉬운 약이 없군요.
양기수	모두가 독한 약이지요. 미혜 씨의 경우는, 허셉틴으로

먼저 암의 증식을 막고, 암의 기세가 약해지면 타키솔로 친다, 이런 이미지로 2개의 약을 생각했습니다.

태규 그럼 임신 중인 지금은 어떻게 되는 건가요?

양기수 허셉틴이라는 약은 임신 중 아기에게 중대한 부작용을 끼칠 가능성이 있습니다. 그러니까 임신 상태를 계속 유지하실 경우에는 타키솔만을 투여하고 경과를 봐야 합니다.

미혜 부작용은 구체적으로 어떤 건가요?

양기수 하나는 양수가 좀 줄어든다는 리스크가 있습니다. 양수는 임신 후기가 되면 아이가 배설한 오줌이 주성분이 되지요. 허셉틴은 모체에 들어가면 태반을 지나 아이의 간에 영향을 미칩니다. 그러면 그것으로 인해 오줌이 나오기 어려워지고 결과적으로 양수가 감소되는 심각한 상황을 만들게 됩니다.

태규 정말 심각한 약이네요.

양기수 그 외에도 뇌나 정신적인 면의 발달과 생식기에도 영향을 줄 수 있습니다. 반면에 타키솔은 임신 중에 사용한 적이 있고 위험이 비교적 적은 것으로 알려져 있습니다.

미혜 (가만히 듣고 있다.)

양기수 목요일에는 여러 선생님들과 회의를 할 예정입니다. 그 결과에 따라서 빠르면 목요일부터 본격적으로 치료를 할 예정입니다.

태규 저희가 할 일은, 미혜와 상의해서 결정하겠습니다.

양기수 그렇게 하시죠. 저희는 이만 가 보겠습니다.

양기수와 간호사는 병실을 나간다.

태규	(미혜를 보며) 미혜야 어떻게 할까?
미혜	(머리를 숙이며 묵묵부답이다.)
태규	선생님도 말씀하셨지만 나도 역시…… 어렵다고 생각해.
미혜	(역시 말이 없다.)
태규	미혜의 간도 상태가 위험하고, 아이도 만약에 간에 장애가 생기면 불쌍하잖아.
미혜	왜 불쌍한데?
태규	부모의 사정으로 투약을 하게 되면, 그 결과 장애아가 되니까, 아기가 무슨 죄가 있어?
미혜	오빠는 장애를 가진 아기를 낳으면 불행이라고 생각해?
태규	(아무 말 하지 않는다.)
미혜	나는 전혀 그렇게 생각하지 않아. 아이는 아이야. 다들 예뻐
태규	미혜야 나는 미혜랑 결혼한 거지 배 속의 아이와 결혼한 게 아니야. 그러니까 이번에는 자기의 몸을 우선으로 해 줘.

S#67 병실(아침)

병실에 손수레가 굴러오는 소리가 들린다.
커튼이 젖혀지고 간호사가 들어온다.

간호사   그냥 주무셔도 괜찮아요.

간호사가 미혜의 팔에서 채혈을 한다.

S#68. 길가 햄버거 가게

태규가 햄버거를 산다.

S#69. 병실

미혜가 침대 위에서 병원 밥을 먹고 있고,
그 곁에서 태규는 햄버거를 먹는다.

S#70. 샤워실

미혜가 샤워실로 들어간다. 태규는 샤워실 문 앞에 서 있는다.

S#71. 지하철 개찰구

태규가 지하철을 탄다.

S#72. 지하철 안

졸고 있는 직장인, 휴대폰을 만지작거리는 여인들이 있다.
태규도 전화기를 만지고 있다.

S#73. 태규 회사

태규가 직장에서 일을 한다.

S#74. 병원

태규가 병원으로 들어간다.

S#75. 병실

미혜와 앉아 있는 태규. 간호사가 들어온다.

간호사　　　(태규를 보며) 선생님이 잠깐 뵙자고 하십니다.

S#76. 양기수 진료실

양기수　　　엄마와 아빠가 아기에 대해서 어떻게 생각하고 있는지 여쭤보려고 오시라고 했습니다. 두 분이 같이 계시면 서로를 염려하거나 영향을 끼칠 수 있으니까 따로따로 확인하려구요.

태규　저는 미혜의 생명을 우선으로 하고 싶습니다. 그러니까 이번에는 안됐지만 아기는 포기하고 환자에게 집중적인 치료를 해 주십시오. 아이는 나중에 또 가져도 되지 않습니까?

양기수　(당황하며) 네, 그렇죠.

S#77 병실

미혜　선생님이랑 얘기 했어?

태규　아기에 대해서 물어보시더라. 미혜도 그랬지?

미혜　응. 산부인과 선생님이 이따가 아기를 봐 주신대.

태규　또 봐 주시는구나. 좋겠네.

S#78. 산부인과 진료실

초음파로 검사를 한다.
화면에는 선명하게 아이가 나온다.

김영란　체중은 341그램이예요 이틀 전에 비해서 57그램 늘었네요.

| 미혜 | 요즘 배 속에서 움직이는 게 느껴져요. 아 여기까지 와서. |
| 태규 | 잠깐 밖에서 전화 좀 하고 올게. 금방 돌아올 거야. |

S#79. 놀이터(밤)

아무도 없는 놀이터.
태규가 그네 앞으로 걸어가 그네에 앉는다.

| 태규 | (소리) 오늘까지 결정해야 하는데. 만약 오늘 아기를 포기한다면 아까 보았던 것이 아이의 마지막 모습이 될 거야. 정말로 이렇게 결단을 내려도 되는 걸까? 아빠이기 이전에 인간으로써 옳은 길인가? 평생 이 결과를 지고 살아갈 수 있을까? (건너편에 있는 시소를 바라보며) 낳느냐 포기하느냐. 한쪽이 뜨고 한쪽이 사라지는 것이 마치 저 앞에 보이는 시소 같구나. |

S#80. 병실

태규가 문을 열고 들어온다.
미혜의 눈은 충혈되어 있다.

| 미혜 | 엄마랑 싸웠어. |

태규	뭐?
미혜	전화로
태규	왜 싸웠는데?
미혜	잠깐이었는데 병실에 혼자 있는 게 답답했어. 집에 막 들어간 엄마에게 전화해서 막 따졌지. 왜 암에 걸리는 이렇게 허약한 아이로 낳았냐고,
태규	제정신이 아니군.
미혜	두어 달 전부터 가슴이 팽팽하고 이상하다고 했는데 왜 들어주지 않았냐고, 그래 맞아, 임산부가 가슴이 팽팽해지는 것은 당연히 일어나는 생리현상이니까 엄마에게 책임이 없는 것도 이해하고 있어. 하지만, 하지만…….
태규	내일 장모님이 오시면 사과하는 게 좋을 거 같아.
미혜	알고 있어 (모자 수첩 케이스에 손을 뻗는다) 아기가 날마다 크고 있구나.
태규	그러네, 그리고 움직이는 것도 느낄 수 있게 됐다며?
미혜	요 며칠부터야 (초음파 사진을 꺼낸다.) 처음에는 쌍둥이 일지도 모른다고 했었지?
태규	그러고 보니, 그러네.
미혜	거기서부터 조금씩 커지고, 지금은 이렇게 얼굴도……. 알아볼 수…… 있게……. (눈물을 흘린다)
태규	(미혜 곁으로 다가가 등을 쓰다듬어 준다)
미혜	오빠는……. 어떤 선택을 하는 게 좋다고 생각해?
태규	나는 아기를 어떻게든 낳았으면 해.
미혜	응

태규	그리고 미혜랑 같이 키우고 싶어. 아빠로서 남편으로서 솔직히 그렇게 생각해. 그런데 한 명의 인간으로 생각해서 그건 할 수 없는 선택인 거야. 목요일 밤에 난 미혜의 얼굴을 보고 지금 눈앞에 있는 사람을 구해야 한다고 생각했어. 그리고 어제도 말했듯이 나는 미혜를 좋아해서 결혼한 거야. 그러니까 난 미혜를 선택하고 미혜도 자기 몸을 우선으로 해 줬으면 좋겠어. 미혜는 어떻게 하고 싶어?
미혜	살고 싶어.
태규	그게 맞는 거야. 다들 그렇게 생각해.
미혜	빨리 약을 쓰고 싶어.
태규	그래. 치료하고 빨리 나아야지.
미혜	다 같이 또 밥 먹고 싶어.
태규	먹을 수 있어.
미혜	우리 럭키도 보고 싶어.
태규	퇴원하면 금방 만날 수 있어.
미혜	학교도 가야지.
태규	아이들도 기다리고 있을 거야.
미혜	나는…….
태규	내일 양기수 선생님이 오실 건데. 미혜가 직접 말하기 어려우니까 내가 말할게. 이번에는 아기를 포기한다고.
미혜	(말을 하지 않는다.)
태규	괜찮아?
미혜	(살짝 고개를 끄덕인다.)

태규	지금까지 배를 만져 본 적이 없었으니까 조금 만져 보고 싶은데, 괜찮아?
미혜	응

태규는 창문의 커텐을 내리고 침대 옆의 의자에 앉는다.
조명을 줄인다.
미혜는 침대의 각도를 30도 정도로 조절하고 눕는다.
티셔츠를 걷어 허리까지 올리고 바지를 살짝 내린다.
조명이 비친 범위 안에 아이가 있는 형태가 살짝 보인다.

태규	그럼 조금만 만질게. (오른손으로 천천히 배를 만진다.) 아가야 미안해. 아가야 이번에는 널 지켜주지 못했어. 정말로 미안해.
미혜	(오른손으로 태규의 손을 스쳐서 배를 만지며) 아가야 지금까지 고마웠어.

라이트의 빛이 두 사람의 손을 비춘다.

미혜	(소리) 미혜의 일기. 8월 11일 수요일, 아이를 초음파로 보면 날마다 크고 있는 게 보인다. 움직이는 것도 느껴진다. 그래서 마음이 더 아파. 아가야, 미안해……. 밤에 집에다 전화하니까 우리 엄마도 울고 있었다. 나도 속상해진다. 울지 마. 속상하게 만들어서 미안해. 매일 많은 이야기를 듣고 마음이 꺾인다. 엄마가 내일 올지 불안해진다.

미혜	아 가슴이 답답해 숨이 막혀. 아 간호사님. 아 버튼 을 눌러야 돼.

미혜가 버튼을 누르자 간호사가 들어온다.

간호사	수치상으로는 문제가 없어 보입니다. 심리적인 것 같아요.
미혜	네…….

조명이 줄어들고,
미혜는 베개에 얼굴을 댄다.
눈물이 살짝 흐른다.

S#81. 성마리아병원 회의실

주치의 양기수, 유방외과 부장, 다른 의사 두 명이 테이블 앞에 앉아 있다.
스카이프를 이용해서 통화를 한다.

S#82. MD앤더슨병원

미국 의사 두 명이 스카이프를 통해서 성마리아병원 의사와 대화 를 하고 있다.

S#83 병실 아침

알람이 울린다. 시계는 7시다.
창으로 햇빛이 들어온다.

| 태규 | 미혜야, 그때 잤어? |
| 미혜 | 이쪽 보고 자니까 금방 편해져서, 그대로 잤어. |

노크 소리가 들리고,
양기수 선생이 들어온다.

양기수	안녕히 주무셨어요? 어젯밤에 조금 아팠다고 들었는데 무슨 일 있었어요?
미혜	자다 보니까 숨이 막혀서.
양기수	그렇군요, 그다음에는 잘 수 있었어요?
미혜	조금씩 나아져서 잘 수 있었어요.
양기수	그래서, 임신에 대한 건데요…….
미혜	네…….
양기수	미국 어느 선생님한테 미혜 씨에 대해서 상담을 했는데 어쩌면 미혜 씨와 아기 둘 다 치료를 할 수 있을 것 같아요. 그래서 어제와 같은 면담을 한 번 더 따로 했으면 합니다. 이번이 최종 의사 확인이 될 것입니다. 잠시 후에 옆방으로 오시지요.

양기수는 밖으로 나간다.

| 미혜 | (태규를 보며) 그럼 난 기다리고 있을 테니까 먼저 해. |
| 태규 | 그래 다녀올게. |

S#84. 병원 상담실

양기수와 태규가 앉아 있다.

양기수	임신에 대해 어떻게 생각하세요?
태규	전에 말씀드린 것처럼 하나를 선택해야 할 때는 미혜를 선택할 거예요. 하지만 둘 다 가능한 상황이라면 당연히 임신도 계속했으면 해요.
양기수	(고개를 끄덕거리며, 메모를 한다.)
태규	아까 선생님께서는 양자택일이 아니라 미혜도 아기도 가능하다고 하셨는데 허셉틴의 영향은 괜찮은 건가요?
양기수	먼저 말씀드렸다시피 양수가 감소할 가능성도 뇌나 생식기능에 문제가 생길 위험성도 있다는 것입니다. 하지만 무슨 일이 일어나면 이쪽에서 전면적으로 서포트할 겁니다.
태규	서포트하신다고는 하지만 리스크가 줄어든 건 아니군요
양기수	네. 하지만 저희도 의사로서 각오를 하고 있습니다.
태규	미혜는 아기에 대해 뭐라고 했나요?
양기수	자기가 살아왔다는 증거를 남기고 싶다고 했습니다.
태규	살아왔다는 증거……. 앞으로 많은 어려운 일이 있겠지만 아기는 미혜에게 하나뿐인 희망이에요. 되

도록 임신을 계속하게 해 주세요. 부탁드립니다.

양기수 아기가 태어난 후의 일은 생각하고 계십니까?

태규 미혜는 투병 때문에 힘들어지겠지만 제가 노력하겠습니다. 아기도 잘 키울게요.

양기수 만약……. 만일입니다만 미혜 씨가 돌아가시면요?

태규 생각하고 싶진 않지만 제가 혼자 키우겠습니다.

양기수 아까 말씀드렸지만 아이도 무슨 장애가 생길지 확신할 수 없습니다.

태규 그건……. 받아들이겠습니다.

양기수 (두 장의 A4 용지를 건네준다.) 허셉틴과 타키솔을 투여하는 데 필요한 동의서입니다.

S#85. 병실

손수레를 끌고 간호사가 들어온다.

투명한 액체가 들어있는 250CC의 팩을 들어 올린다.

간호사 분자 표적 약 허셉틴입니다. 이것을 90분 동안 천천히 투약할 것입니다.

S#86. 병실(밤)

쿵, 빵, 하는 폭죽 터지는 소리가 들린다.

태규가 병실로 들어왔지만 미혜는 보이지 않는다.

S#87. 병원 로비

병원 로비에는 15명 정도의 환자와 가족이 창문으로 밖을 보고 있다. 미혜의 모습이 보인다.

미혜   늦었잖아. 앞의 빌딩 때문에 반 정도밖에 안 보여.

큰 폭죽이 터진다.

미혜   설마 여기에서 볼 줄이야.

태규   불꽃 축제가 있는 줄은 몰랐네,

미혜   이번 주는 정말 롤러코스터 같았으니까. 이제는 좀 편하게 잘 수 있어.

태규   (미혜의 손을 잡아 주며) 그래.

미혜   오늘은 토요일이구나. 애기가 태어나고 퇴원하면 다시 오빠랑 영화 보러 갈 수 있을까?"

태규   있지. 나으면 빨리 보러 가지.

미혜   마지막에 본 영화가 뭐였더라?

태규   이상한 나라의 앨리스였나?

미혜   토요일 밤마다 고기 먹고 밤새 영화 보고 그랬었는데.

태규   그랬지. 팝콘이랑 콜라를 들고 같이 영화를 보면 아무 영화나 봐도 좋았지. 둘이 있는 느낌이 좋았으니까.

미혜	다시 올 수 있을까, 그런 시간이?
태규	(미혜의 손을 잡으며 불꽃을 쳐다본다)
미혜	그러고 보니 오빠 아버님하고 어머님께는 잘 말씀드렸어?
태규	괜찮아. 잘 말씀드렸지.

태규는 핸드폰을 꺼내 문자를 보낸다.

'아기를 포기하지 않기로 했습니다.'

S#88. 병실

시계가 밤 12시를 가리킨다.

태규가 조용히 문을 열고 밖으로 나간다.

S#89. 병원 로비(밤)

태규가 로비 의자에 앉아서 전화를 건다.

태규	밤늦게 죄송해요.
아버지	(소리) 아니 괜찮다. 그런데 지금 상황이 어떠냐?
태규	벌써 치료는 시작했어요. 항암제도 투여하고.
아버지	(소리) 미혜 상태는 어때?
태규	처음에는 열이 났는데 지금은 괜찮아요.

아버지	(소리) 그래서 아이는 어떻게 하려고?
태규	전에는 포기하려고 했었는데 담당 선생님과 상의한 결과 낳기로 했어요.
아버지	(소리) 언제 그랬는데?
태규	지난주 목요일이에요.
아버지	(소리) 어떻게 그런 결론이 난 거냐?
태규	미혜가 원해요. 아버지 그걸 존중해야죠.
아버지	(소리) 너도 찬성한 거냐?
태규	물론이지요.
아버지	(소리) 약이 아기한테 영향을 줄 수도 있다면서?
태규	그럴 수도 있는데 그렇다고 꼭 그러는 것도 아니고……. 그리고 미국에서 미혜랑 비슷한 치료를 하고도 건강한 아이를 낳은 사람이 있대요.
아버지	(소리) 몇 명이나 있는데?
태규	자세히는 모르지만
아버지	(소리) 그럼 그걸 자세히 물어봐.
태규	물어볼 건데. 그걸 지금 물어봐서 뭘 어쩌겠다는 거예요?

두 사람 다 언성이 높아진다.
태규가 의자에서 일어난다.

아버지	(소리) 그 약이 어떤 영향을 미쳤는지, 미국의 아이는 어떤 경과를 거쳐서 어떻게 태어났는지, 객관적으로 데이터를 보여 주지 않는 이상 납득할 수 없다.

태규	타키솔이랑 허셉틴 치료를 시작한 지 벌써 6일이 지
	났어요. 지금 알려 드린 건 제 잘못이지만 이제 와
	서 그런 데이터를 가지고 온다고 해도 물릴 수도 없
	어요. 그리고 불리한 데이터라고 해도 포기할 생각
	이 없구요.
아버지	(말없이 듣고 있다.)
태규	저기 있잖아요. 미혜가 낳고 싶다고 하니까 그걸 지
	지해 주는 것도 가족의 역할이잖아요?
아버지	(소리) 미혜한테 무슨 일이라도 생기면 남은 가족은
	얼마나 힘들겠니? 특히 네가 말이다.
태규	저는 어떻게 되든 좋아요. 내 자식이 더 중요하니까요!
아버지	(소리) 아니, 그렇게는 안 돼. 나한테는 니가 자식이
	잖아!
태규	이런, 제 걱정해 주는 건 고마운데요, 우리 둘이서
	결정한 거니까요.
아버지	(소리) 나는 미혜 치료하는데 전념할 수 없는 게 걱
	정인 거야.
태규	아기는 미혜에게는 희망이에요.
아버지	(소리) 아기에게 후유증이 남으면 어떻게 할 거냐?
태규	받아들일 거예요.
아버지	(소리) 부모를 원망할 텐데.
태규	무슨 일이 일어나도 제가 받아들일 거예요. 그래서
	낳을 거예요!
아버지	(소리) 키우는 가족이 얼마나 힘든데!
태규	만약에 그렇게 되더라도……. 가족에게는 도움을

청하지 않겠어요.

태규는 전화를 끊어 버린다.
로비 의자에 털썩 앉는다.

　　태규　　　（투덜거린다） 병이랑 싸워야 되는데 가족이랑 싸우
　　　　　　　고 있다니, 제기랄!

태규는 자판기에서 주스 캔을 꺼내서 마신다.

S#90. 병실

화학요법을 받는 미혜. 시간이 흐른다.

S#91. 병실

간호사가 들어온다.

　　간호사　　　간 수치가 거의 정상에 가까워졌어요.

S#92. 유방외과 진료실

의사가 미혜의 가슴을 만진다.

의사	붓기가 빠진 거 같은데, 통증은 좀 어때요?
미혜	많이 좋아졌어요.

S#93. 병실

담당 의사 양기수 들어온다.

양기수	모레쯤에 퇴원을 해도 될 거 같아요.
태규	감사합니다, 선생님.
양기수	계속해서 지켜봐야 하니까요. 스케줄 잡으시고 산부인과 선생님하고 최종 결정을 할게요.

S#94. 병원 전경(아침)

S#95 병실(아침)

짐을 싸고 있는 미혜와 태규.
병실의 전화가 울린다.
태규가 받는다.

태규	네, 네, 알겠습니다.
미혜	누구?

태규	산부인과에서 연락 왔어, 초음파검사 하자고.

S#96. 산부인과

초음파검사를 받는 미혜.

미혜	오늘은 아까부터 움직임이 커요.
김영란	아마도 차는 것 같은데요.
미혜	(약간 당황한 듯, 하지만 곧 밝게 웃는다.)
김영란	양수는 4.6센티. 처음 검사했을 때와 차이가 없으니까 허셉틴을 두 번 투여했는데도 큰 변화는 없네요. 임신 20주니까 아이와 자궁벽 사이에 양수가 가장 많이 차 있는 양수 포켓을 기준으로 재고 있어요. 정상이 2센티에서 8센티니까 이상이 없네요. 체중도 문제없구요. 자, 이 사진을 가지고 가세요.
미혜	눈을 뜬 것 같아요. (미혜는 사진을 받아서 모자 수첩 케이스에 넣는다.) 이렇게 사진을 찍히고 행복한 건가?
김영란	허셉틴을 사용하면 양수가 감소되는 케이스가 있다고 말씀드렸는데요. 지금은 괜찮은데, 혹시라도 양수가 줄어들면 어떻게 하는지 설명을 드릴게요.
미혜	(앉아서 진지하게 듣는다.)
김영란	양수가 감소된 경우에는 생리식염수나 인공 양수를 주입하는 방법이 있어요. 하지만 효과가 있는지 없는지에 대한 확신은 없어요. 그것으로 인해서 합병

증을 일으킬 가능성도 종종 발견되고 있어요. 다른 하나의 대처법은 원인인 허셉틴의 투여를 중지하는 것이죠. 이것은 산모의 치료와 직결되어 있으니까 상당히 신중하게 판단해야 됩니다. 어머니가 건강하지 않으면 아이를 출산할 수 없기 때문이죠. 세 번째 방법은 양수가 감소하거나 없어진 시점에서 제왕절개 수술을 하는 것입니다. 현재 미혜 씨의 경우는 체력적인 문제나 치료법을 봐서 자연분만보다는 제왕절개를 할 가능성이 높아요. 단, 30주 이상으로 34주까지는 엄마 배 속에 있는 게 좋아요.

태규   왜 34주죠?

김영란   아기는 자궁에서 나오는 순간에 밖에 있는 공기를 마시면서 살아가야 합니다. 그러기 위해서는 심폐기능이 필요하구요, 34주가 되면 심폐기능이 거의 완성된다고 봅니다. 반대로 30주 미만이면 생존을 했다고 해도 커다란 합병증의 위험성이 있습니다.

태규   잠깐……. 지금 몇 주가 됐죠?

미혜   20주잖아.

태규   그럼 언제까지 하면?

김영란   (컴퓨터 화면을 본다.) 3개월 후인 11월 21일이 34주네요.

태규   3개월이요.

미혜   해 볼게요.

김영란   만약 그 전에 미혜 씨의 상태가 안 좋아졌을 경우에는 어떻게 해야 하는지 생각해 두시는 게 좋을 거 같아요. 아마 아기는 제왕절개 후 바로 신생아의 집중 치료실에 들어가게 될 거라고 생각해요.

태규 네? 왜요?

김영란 몇 주 빠른 출산이 예상되고요. 검사는 물론, 폐의 상태가 걱정이고, 인큐베이터 안에 산소를 넣으면서 경과를 지켜봐야 할 가능성이 있습니다. 그리고 그 기간이 얼마나 될지는 아직 예상할 수 없네요. 잘못하면 아기보다 산모가 먼저 퇴원하게 될 수도 있어요.

S#97. 병실

짐을 싸는 미혜와 태규.

태규 나는 선생님이랑 얘기 좀 하고 올 테니까, 잠깐만 기다려.

S#98. 양기수 진료실

노크를 하고, 들어가는 태규.

태규 죄송합니다만, 꼭 여쭤보고 싶은 게 있어서요.

양기수 말씀하세요.

태규	미국에서 허셉틴을 사용해서 출산을 한 예가 있다고 들었는데요. 자세한 내용을 들을 수 있을까요?"

의사가 컴퓨터의 모니터를 태규 방향으로 돌린다.
모니터에는 그래프가 있다.
의사는 그래프를 손으로 가리킨다.
제목은 '임신 중에 허셉틴을 투여한 사례.

양기수	8명의 환자에게 약을 투여했어요. 여기 보시면 투여한 시기와 임신 중의 증상. 출생 주 수, 아기의 예후가 정리되어 있습니다. 요약해 보면 아무 문제 없이 태어난 아기가 4명, 나머지 4명의 아기에게는 호흡부전이나 폐질환으로 생후 몇 시간에서 몇 개월 이내에 사망한 결과가 있습니다.
태규	아 그렇군요. 저희 아버지가 궁금해하셔서요.
양기수	아기가 양수를 마시는 건 영양 섭취를 위한 것도 있지만, 양수를 마시면 폐가 부풀어서 조금씩 심폐 기능을 높여 가는 거예요. 그래서 양수가 없으면 폐가 커지지 않아서 태어나도 폐가 성장하지 않는 거예요.
태규	그게 또 문제군요.
양기수	그렇지요. 그런데 아기가 태어나면 기르는 데는 괜찮은가요?
태규	산모가 치료를 받아야 하니까, 그 문제는 감안하고 각오하고 있습니다.
양기수	다른 가족 분들은요?

| 태규 | 장모님이 매일은 아니지만 일주일에 3일 정도는 와 주시니까 큰 문제는 없을 거 같아요. 그럼 이만 가 보겠습니다. |
| 양기수 | 무슨 일이 생기면 연락 주세요. |

S#99. 병실

미혜	(불만인 표정으로) 선생님한테 물어보고 온 거야?
태규	응.
미혜	물어봐서 뭐하려고?
태규	음 뭐 그냥 일단은.
미혜	그래도 일단은 퇴원하니까 오늘은 집에서 고기라도 먹자.
태규	그러지.

| 미혜 | (소리) 무엇보다 치료가 시작된 게 기쁘다. 힘내자! 가슴의 통증도 없고 조금씩 누워 잘 수도 있다. 산부인과 선생님이 배 속에 있는 아기의 심장 소리를 들려주셨다. 두근두근 두근두근, 이렇게 뛰고 있었어. 내년의 불꽃 축제는 아기랑 같이 보고 싶네. 밤이 되면 불안한 마음 때문에 오빠한테 신경질을 내게 된다. 퇴원은 기쁜데 집에 있는 게 괜찮을까? 푹 자고 내일을 대비하자. |

S#100. 태규의 집

미혜는 침대 위에 앉아서 티셔츠를 위로 올리고 바디 크림을 배에 바른다.

미혜   (혼잣소리) 엄마예요, 들려요?

미혜, 배를 왼쪽 검지로 콕콕 찔러 본다.

미혜   (혼잣소리) 엄마예요. 오늘도 잘 지냈어요?

태규   시간이 늦었잖아, 오늘은 벌써 잠들었을 거야.

미혜   밤낮은 애기한테 상관없대. 30분 간격으로 자다 깨다 그러고, 임신 20주를 넘으면 애기는 청각이 발달해서 엄마의 심장 소리, 음식을 소화시키는 소리, 그리고 바깥세상의 소리, 다 들리기 시작한다더군. 그래서 난 크림을 바르면서 말을 할 거야,

태규   좋을 대로 하셔.

미혜   (혼잣소리) 어때요, 깨 있어요? 계속 조용했으니 이제 슬슬 움직일 때가 된 것 같은데. 어, 움직인다.

미혜가 태규의 손을 잡아 자기 배에다 올린다.

미혜   어때, 느껴져?

태규   우와, 진짜로 움직인다.

미혜   아마 지금부터 더 움직일 거야. 요즘엔 자려고 누우

면 발로 차서 잠을 못 잔다니까.

태규는 거실로 나온다.
거실에서 열린 문 사이로 침실을 바라본다.
미혜는 배를 어루만지고 있다.
침실에는 침대와 50센티 정도의 유리 테이블이 있고,
조명과 자명종, 바디 크림이 있다.
그 옆에 스카치테이프가 있다.

S#101. 태규 집(밤)

태규	슬슬 잘까?
미혜	잠시만.

미혜는 스카치테이프를 10센티 정도 자르고, 테이프를 뒤집어서
끝과 끝을 연결해 고리 모양을 만들었다. 베갯머리로 다가가 테이프
로 찍어 댄다.

미혜	요즘 많이 빠지기 시작해서. (한숨을 크게 쉰다.)

미혜는 계속해서 머리카락들을 테이프로 찍어 댄다.

미혜	끝났다.

미혜는 말하고 나서 줄무늬가 있는 모자를 썼다.

머리부터 귀까지 깊이 쓴다.

S#102. 지하철역(오전)

미혜와 태규가 지하철 개찰구로 들어간다.
미혜는 밀짚모자를 쓰고 마스크로 얼굴을 가렸다.

　　미혜　　　　(개찰구를 통과한 미혜) 아직 잔액이 남아 있어.

S#103. 지하철 안

　지하철에 두 자리가 나란히 나서 두 사람은 그곳에 앉는다. 건너
편의 할머니가 미혜를 바라본다.

　　미혜　　　　(태규를 팔꿈치로 치며 속삭인다.) 아까부터 계속

　　　　　　　　보고 계셔.

　　태규　　　　연예인인줄 알고 계시는 게 아닐까?

　　미혜　　　　설마. (살짝 웃는다.)

S#104. 성마리아병원 암센터

1층에 있는 암센터.

로비에는 20석 정도의 자리가 있다.

순서대로 사람 이름이 불리고 한 명씩 들어간다.

미혜의 이름이 호명되면, 미혜가 자리에 일어나서 간호사의 안내
를 받아 들어간다.

S#105. 검사실

눕는 편안한 의자가 있고, 칸마다 커튼이 쳐 있다.

미혜   (마음에 든다.)

미혜는 의자에 앉아서 등받이 각도를 조절한다.

앞에는 14인치 TV가 놓여 있다.

간호사가 들어온다.

간호사   순서를 간략하게 설명드릴게요. 우선 피를 뽑은 후에
            백혈구 수치를 검사합니다. 혈액검사가 나올 때까지
            생리식염수로 링거를 맞으며 대기하세요. 검사 결과
            는 1시간 정도 후에 나오구요. 그러니까 한 시간 정
            도 후에 양기수 선생님의 진료실로 보호자 분과 함께
            가시면 됩니다. 그때까지 링거가 남아 있을 거니까,
            앞에 있는 링거 스탠드를 이용하시면 됩니다.

S#106. 복도

마스크를 쓴, 배가 나온 미혜가 링거 스탠드를 끌고 태규와 걸어간다.
사람들이 쳐다본다.

S#107. 양기수 선생 진료실

미혜와 태규가 진료실로 들어온다.

> **양기수** 검사 결과를 봤는데요. 투약하는 데 별 문제가 없을
> 것 같습니다. 초음파로 확인을 해 보지요.

미혜가 옷을 벗고 눕는다.
초음파 기계로 가슴을 체크하는 양기수.

> **양기수** 크기가 작아지고 있어요.

미혜와 태규의 표정이 밝아진다.

S#108. 산부인과 진료실

> **김영란** 양수 양도 문제가 없습니다.

S#109. 암센터 온콜로지센터

침대에 누워 있는 미혜.
허셉틴과 타키솔을 투약한다.

태규　　　나는 회사에 다녀올게.

S#110. 동 온콜로지센터(저녁)

태규가 커튼을 열고 들어온다.
미혜는 자고 있다.
간호사가 불러서 잠에서 깨는 미혜.

미혜　　　(소리) 혈액검사 결과도 좋고 약도 효과를 보이고
　　　　　　있다고 한다. 애기도 많이 컸다. 이렇게 좋은 일만
　　　　　　생겨서인지 앞일이 불안하다. 또 한없이 깊은 나락
　　　　　　으로 떨어질까 봐 걱정이다. 인터넷 검색은 이제 그
　　　　　　만해야겠다. 선생님이 하는 말만 믿고 힘내야지.

S#111. 태규 집(아침)

먹고 난 식기를 세척기에 넣는 태규.
전용 세제를 티스푼으로 두 개 덜어 넣는다.

식기세척기 문을 닫고 버튼을 누른다.

식기세척기가 요란한 소리를 내며 돌아간다.

태규는 소파에 앉아 TV를 튼다.

뉴스 채널이 나오면 멈추고 뉴스를 본다.

뉴스를 보다가 태규는 고개를 들어 두리번거린다.

태규는 일어나서 화장실 앞으로 간다.

그리고 화장실 문을 두드린다.

반응이 없자. 작은방으로 걸어가는 태규. (긴장한 표정이다.)

침실 앞으로 가면, 침실에서 불빛이 새어 나온다.

| 태규 | 미혜야, 몸이 안 좋아? 다시 자니? |

태규 침실로 들어간다. 미혜는 침대에 걸터앉아 옷을 갈아입고 있다.

태규	미혜야, 뭐 하고 있는 거야?
미혜	슬슬 학교로 가야지.
태규	학교? 농담은 그만하고 거실에서 TV를 보자.

미혜는 아무 말 없이 바지를 집어 든다.

| 태규 | 미혜야, 왜 그래? |

미혜는 홀린 것 같은 눈빛을 하고 있다.

| 미혜 | 일하러 가야지. 학교로 가야 해. |

바지를 입으려는 미혜의 어깨를 두 손으로 막는 태규

> 태규   미혜야, 학교는 당분간 쉬기로 했잖아.

미혜는 고개를 흔든다. 그리고 다시 일어나려는 미혜를 태규가 막
아서 침대에 앉힌다.

> 태규   (목소리가 커지며) 지금은 쉬는 게 일이야.
>
> 미혜   새 학기니까 애들 자리를 바꿔 줘야지.
>
> 태규   새로 오신 선생님이 계시니까 안 해도 돼.
>
> 미혜   새로 오신 선생님?
>
> 태규   그래, 미혜를 대신해서 새로운 선생님이 계셔. 그러
>   니까 걱정하지 않아도 돼.
>
> 미혜   (큰 소리) 상관하지 마!
>
> 태규   아기는 어떻게 해?
>
> 미혜   아기?
>
> 태규   그래, 아기 말이야. 낳을 거라고 마음먹었지?
>
> 미혜   하지만. 그래도 가야지 학교로. (일어나서 바지 쪽으
>   로 걸어간다.)
>
> 태규   이제 곧, 곧 아기가 태어난다고!
>
> 미혜   하지만 아이들이, 모두 나를 기다린단 말이야, 아이
>   들이.

미혜는 눈물을 흘리더니 침대에 털썩 앉는다.
그리고 침대로 쓰러진다. 곧 잠이 든다.

S#112. 태규 집(저녁)

소파에 앉아서 TV를 보는 태규.
옆에서 미혜가 책을 읽고 있다.
책 표지에 『암 환자를 위한 식이요법』이라고 적혀 있다.

미혜   들어 봐, 이 책은 식이요법으로, 실제로 암을 극복
       한 환자의 체험기랑 구체적인 레시피가 적혀 있어.

태규   그래?

미혜   우선 소고기나 돼지고기 같은 동물성 단백질은 절대
       로 안 되고, 해산물도 참치 같은 기름기 많은 것은
       멀리하라고 되어 있어. 콩기름이나 마가린, 치즈,
       백설탕이 들어 있는 것도 피하고, 주식은 일반 쌀 말
       고 현미나 전립분, 전립분은 밀기울까지 함께 빻은
       밀가루래. 이런 빵을 먹으라고 되어 있고, 가급적이
       면 무염으로 한다. 즉 소금을 치지 않는 거지. 그 대
       신에 적극적으로 섭취해야 하는 것이 채소와 과일이
       야. 전반적으로 콩류나 버섯류, 요거트, 식초나 레
       몬 같은 식물성을 먹으래.

태규   우리가 여태까지 먹던 건 고기랑 인스턴트식품인데
       많이 다르네. 갑자기 될까?

미혜   해 보자. 애기를 위해서라도 오래 살아야지! 어때?

태규   나는…….

미혜   안 할 거야?

태규   해야지…….

S#113. 태규 작은방

태규가 컴퓨터로 타자를 치고 있다.

프린트로 뽑는다.

먹어도 되는 식재료와 먹으면 안 되는 식재료에 대해 정리한 표다.

    태규   이렇게 보니까 안 되는 게 많네.

S#114. 마트

마트에서 카트를 끌고 함께 장을 보는 태규와 미혜

    태규   (식품을 하나 들어 올리면서) 이건 괜찮지 않을까?

    미혜   어디 봐, 이건 당이 너무 많아.

    태규   그럼 이건 어때.

    미혜   그건 염분이 너무 높다.

카트에는 두부, 자두, 깨, 저염 간장, 등이 담겨져 있다.

    미혜   과일이랑 채소는 유기농으로 재배된 걸 인터넷에서
                 주문하자.

    태규   그래 그럼.

    미혜   오늘 저녁은 두부햄버그스테이크를 할 거야.

S#115. 태규 집 저녁

태규가 주방에서 요리를 한다.

태규　　　미혜, 야채주스를 만들어 줄 테니까 기다려 봐.

태규는 양배추, 토마토, 쑥갓, 당근을 믹서로 돌린다.
녹색 즙을 미혜에게 건네준다.
받아 마시는 미혜

미혜　　　맛없어!

태규　　　미안해. 이것저것 연구해 볼 테니까, 참고 마셔.

미혜　　　이거 진짜. 괴롭다.

태규　　　하루에 아침, 점심, 저녁으로 1리터 이상은 마셔야
　　　　　돼. 만들어 놓으면 산화가 돼서 먹을 때마다 만들어
　　　　　먹어야 되고. 자기는 속이 매슥거려서 주방에 못 가
　　　　　니까 내가 다 해 줄게.

미혜　　　(말이 없다.)

태규　　　괜찮아. 아침에 장 보고 와서 주스를 만들고 요리하면
　　　　　돼. 장모님이 일주일에 세 번은 오시니까, 괜찮아.

미혜　　　맛없어! (미혜는 주스를 다 마신다.)

미혜　　　(소리) 두부햄버그스테이크를 만들었지만 맛이 없었
　　　　　다. 앞으로 많이 공부해야지. 밤에 오빠랑 자고 있으
　　　　　면 내가 오빠를 묶어 둔 것 같아서 미안하다. 그래도

같이 있는 게 좋다. 우리의 미래를 생각했다. 나는 아직 살아 있지만 오빠가 언젠가 혼자가 되었을 때를 생각하게 된다. 생각하지 말아야 하는데 자꾸 그런 생각을 하게 된다.

S#116. 산부인과

태규와 미혜가 의사 앞에 앉아 있다.
의사가 모니터 화면을 뚫어져라 바라본다.

의사	여기네요. 이 주변이 방광인데, 보이세요?
태규	저희는 봐도 잘 모르지요.
의사	여기에 어느 정도 소변이 고이냐가 중요한데. 다른 위치에서 좀 더 봐 볼까요.

의사 손이 움직이면서 다른 부분이 비춰진다.

의사	여기가 심장이고. 아, 오늘은 얼굴을 보여 주네요.

미혜와 태규의 눈이 마주친다.
미혜가 살짝 웃지만 긴장한 표정이다.

의사	잘 고여 있네요. 일단은 오늘부터 병실에서 안정을 취하시고 물을 많이 마시도록 하세요.

| 태규 | 안정을 취하고 물을 많이 마시고. |
| 의사 | 그렇죠. 양수가 적네요. 허셉틴의 영향으로 보입니다. 허셉틴은 태아의 간에 안 좋은 영향을 줄 수 있기 때문에 방광에 소변이 고이는지 주기적으로 확인해 볼 필요가 있어요. 먼저 검사 때보다 그 양이 반밖에 안 되네요. |

S#117. 병실

병실에는 장모와 처제가 기다리고 있다.
미혜와 태규가 들어간다.

미혜	태풍은 괜찮았어?
처제	전철은 움직였어.
태규	(장모를 보며) 집을 자주 비우셔서, 장인어른이 괜찮으시겠어요?
장모	괜찮아. 자네가 걱정 안 해도 돼.

미혜와 처제가 장난을 친다.

| 처제 | 내가 이래서 언니를 멍청이라고 부르는 거야, |

미혜와 처제 두 사람이 밝게 웃는다. 간호사가 들어온다.

간호사	아픈 건 좀 어떠세요?
미혜	붓기가 많이 가라앉아서 지금은 괜찮아요.
간호사	부작용이 있나요?
미혜	머리카락이 계속 빠져요. 그래도 가발을 쓰니까 괜찮아요.
간호사	다른 상태는 어떠세요?
미혜	왼쪽 가슴의 붓기도 많이 줄어들었고, 가슴이랑 허리의 통증도 없어졌어요. 혈액검사를 보니까 간 수치도 정상 범위인데, 그런데, 아이의 상태가 안 좋아졌어요. 양수가 반으로 줄어들었대요.
간호사	너무 걱정하지 마세요. 계속 상태를 지켜볼게요. 물을 좀 많이 드시구요. 무슨 일 있으면 벨을 누르세요.
미혜	네. 감사합니다.

간호사가 밖으로 나간다.
미혜가 장모를 바라본다.

| 미혜 | 엄마. 생일을 축하해! |

S#118. 병실(저녁)

양기수 선생과 산부인과 김영란이 함께 병실에 들어왔다.

| 양기수 | (미소를 지으며) 물 많이 마시는 거 어때요? 힘들지 |

않아요?

미혜 (웃으며) 11번이나 화장실에 갔지만, 괜찮아요.

양기수 (미소가 사라지며) 내일, 허셉틴을 어떻게 할지에 대해서 말인데요, 그보다 먼저, 지금까지 치료받으면서 어땠어요?

미혜 가슴의 붓기도 줄어들었고, 통증도 지금은 없어요.

양기수 (김영란을 보며) 산부인과 선생님과도 얘기해 봤는데, 양수는 줄고 있지만, 오늘은 혈액검사 수치를 봐도 가슴이나 간의 상태가 개선되고 있어요. 앞으로 계속 지켜봐야 되겠지만, 미혜 씨는 어떻게 생각해요?

미혜 괜찮아요.

태규 그런데 선생님, 허셉틴의 투약 횟수를 주 1회에서 격주로 투여한다든지, 그렇게 변경하면 안 될까요?

양기수 허셉틴이라는 약은 횟수를 줄이면 일정한 효과를 얻을 수 없어요.

태규 그러면, 만약에 허셉틴을 그만두고, 다른 약으로 대체하면 어떨까요? 환자가 너무 괴로워해서 드리는 말씀입니다.

양기수 지금 허셉틴의 효험이 나타나고 있는데, 이 약 역시 언제까지 약효가 지속될지 가늠할 수 없지요. 두세 달이 될지, 이삼 년이 될지 모를 일인데, 약을 바꾸는 건 곤란하지요.

태규 한편은 약이 효험을 나타내지만, 한편으론 양수가 줄어든다, 하는 불리한 약효를 보이니까 걱정입니다.

미혜 잘 모르면서, 선생님께 이래라저래라 하지 마!

양기수	무슨 말인지 이해는 합니다. 그러나 다른 방법이 현재로는 없습니다.

양기수 선생과 김영란이 병실 밖으로 나간다.

미혜	마음이……. 너무 복잡하단 말이야! 자기야, 나도 정말 열심히 노력하고 있다고. 하지만 많은 게 한꺼번에 닥쳐와서 나도 어떻게 하면 될지 모르겠다고.

태규는 일어나서 책상과 세면대를 정리하기 시작한다.

미혜	아 진짜. 자기 듣고 있어?

태규는 병실에서 나간다.

미혜	어디 가?

S#119. 1층 로비

태규가 쓰러지듯 의자에 앉는다.

태규	(소리) 나보고 어떻게 하라는 거야. 현실도피하려는 미혜가 나쁜 거지.

잠시 시간이 흐르자,
의자에서 일어나며 고개를 내흔드는 태규.

태규   (소리) 아니지, 그게 아니지. 미혜는 중병에 걸린
                환자야. 왜 그 사실을 내가 생각 못 하고 있는 거야.

S#120. 병실

검사한 아기 사진을 보고 있던 미혜.
태규가 들어오자 사진을 주며

미혜   이것 봐 봐. 웃고 있어

사진에는 아이의 얼굴이 선명하게 보인다.
웃고 있는 것처럼 보인다.

S#121. 동 병실

병실 침대에 앉아서 물을 마시는 미혜.
양기수가 들어온다.

양기수   에어컨이 나오는 방에서, 침대에 누워 물만 마시는
                일이 생각보다 힘들죠?

미혜	아이를 생각하면 괜찮아요.
양기수	현재로는 양수량이 줄지 않고 있어요. 안정하고 있고 계속해서 수분 보충을 하는 게 효과를 보는 것 같습니다.
미혜	아이가 얼마나 좁고 불편할까.

S#122. 병실(낮)

태규가 옷을 입고 있다.
미혜는 침대에 앉아 있다.

태규	오늘 퇴근이 늦어지니까, 잘 쉬고 잘 자고 있어.
미혜	좋겠다, 밖에 나갈 수 있어서.
태규	미혜도 조금만 더 참으면 돼.
미혜	오늘도 애기 본다고 하셨어.
태규	알았어. 무슨 일 있으면 전화해 줘.

S#123. 성마리아병원 전경(밤)

S#124. 동 병원 로비

시계가 12시를 가리킨다.

S#125. 병실 앞

서 있는 태규.

병실 유리문을 통해 불빛이 보인다.

태규   (소리) 아직 안 자나?

S#126. 병실

문을 열고 태규가 들어간다.

TV 소리가 들린다.

커튼을 열어 보니,

미혜는 침대에 누워 눈높이로 이불을 뒤집어쓰고 있다.

미혜   여보.

태규   먼저 자라고 했잖아

미혜   먼저 얘기와 달리 양수가 줄어들었대. 체중은 725
         그램, 임신 24주차 하고도 1일이고, 발육상의 문
         제는 없고 순조로운데, 양수가 1.1센티, 곧 바닥난
         대. 어떻게 하지?

태규   물을 마셔도 효과가 없는 건가?

미혜   나 정말 열심히 하고 있다고!

미혜의 얼굴은 울어서 부어 있다.

미혜	열심히 노력하고 있는데. 결과가 계속 좋지 않아.
태규	미혜가 나쁜 것도 아니고 노력하고 있는 것도 알아.
미혜	하지만 양수가 줄고, 줄고 있다고. (울음을 터트린다.)
태규	내일 산부인과 선생님과 상담하자. 아마 해결책이 있을 거야. 그리고 완전히 없어진 것도 아니고, 아이도 건강하다며?

태규가 침대로 다가가 미혜의 손을 잡는다.
미혜의 표정이 편안해진다.
태규는 접이식 침대를 꺼내서 펴고,
침실용 스탠드를 가지고 와서 불을 켠다.
접이식 침대에 비스듬히 기대 책을 읽는다.

미혜	(혼잣소리) 제발, 제발, 하나님, 하나님,

태규가 일어나서 미혜에게 다가간다.

미혜	제발, 하느님, 이제 용서해 주세요.

미혜의 모은 두 손이 떨린다.
태규가 미혜의 손을 잡는다.

태규	미혜야. 자기가 나쁜 게 아니야. 아무도 잘못하지 않았어!
미혜	제발, 하느님, 용서해 주세요.

태규	조금만 더 힘내자. 아이도 힘내고 있어.
미혜	제발, 하느님, 용서해 주세요.
태규	미혜는 곧 엄마가 될 수 있어. 조금만 더 힘내면 될 거야.
미혜	제발, 하느님.

태규는 미혜의 몸을 껴안는다.
겹쳐진 두 사람의 손 위로 미혜의 눈물이 떨어진다.
태규는 손을 놓고 미혜의 배에 손을 올려 쓰다듬는다.

태규	아가야 힘내, 아가야 힘내.

미혜가 눈물을 흘린다.

S#127. 산부인과

산부인과 김영란과 태규, 미혜가 앉아 있다.

김영란	상태가 별로 개선되지 않고 오히려 양수가 1센티로 위험한 수위입니다. 차라리 집에서 안정하는 것이 나으니까 퇴원을 하세요. 병원에는 주 2회만 나오시면 됩니다.
미혜	네, 그렇게 하겠습니다.
김영란	만약이지만, 앞으로 양수가 완전히 말랐을 경우, 어떻게 해야 할지에 대해 생각하세요. 허셉틴의 투약

여부를 결정해야 할 겁니다.

S#128. 병실

장모가 도시락을 싸 가지고 왔다.
밥과 국, 김과 반찬이 놓여 있다.

미혜   (새우를 밥에 올리며) 부자가 된 기분이야

김과 나물반찬을 골라 먹는다.

장모   럭키는 내일 막내가 데리고 올 거야.
미혜   그동안 돌보느라 고생했겠네.

S#129. 성마리아병원 전경(아침)

S#130. 병원 입구

태규와 미혜가 함께 나온다.

미혜   생각보다 시원하다. 그렇지?
태규   어제까진 정말 더웠어.
미혜   그래? 그럼 가을도 이제 코앞이다.

| 태규 | 올해는 이상할 정도로 더웠으니까. |

S#131. 자동차 안

차창 밖을 신기한 듯 바라보는 미혜.

태규	그동안 병원이라서 식이요법을 할 수 없었는데 오늘
	부터는 다시 시작해야겠네.
미혜	그래, 집에 가면 럭키도 다시 와 있을 거고.
태규	양수가 없어지는 게 이상이 생긴다는 건 아니니까.
	걱정하지 말고 앞으로 허셉틴의 투약 여부는 미혜가
	결정해야 될 거야.
미혜	그래, 내가 결정해야겠지.

S#132. 태규의 집(아침)

태규가 음식을 도시락에 담고 있다.

S#133. 성마리아병원 전경

S#134. 산부인과

양수 체크를 하는 미혜.
화면에는 태아와 자궁의 모습이 보인다.
태아에서 자궁까지의 공간에 마우스를 대면 숫자가 나온다.

김영란   조금 줄었는데, 1센티 정도 될 것 같네요. 5센티에
　　　　서 24센티가 정상 범위예요.

미혜   밖에 나가지 않고 계속해서 물을 마셨는데요.

의사   아직 허셉틴 투약은 괜찮을 거 같아요.

미혜   그런데 불안해요, 선생님. 다른 약으로 대체하면 좋
　　　　겠어요.

미혜, 태규를 쳐다보며

미혜   그래도 괜찮지?

태규   그래도 괜찮을 거 같아.

S#135. 양기수 선생 진료실

양기수   타키솔로만 투약을 해도 치료 효과는 기대할 수 있
　　　　어요. 그러면 오늘부터 허셉틴은 그만두고, 경과를
　　　　보면서 재투여하는 시기를 봅시다.

S#136. 태규의 집

미혜가 일기를 적고 있다.

미혜　　(소리) 허셉틴을 중지하면 양수가 차츰 돌아온다고 한다. 가능한 한 아이를 배 속에서 편안하게 해 줘야지. 양수도 걱정이고, 가슴도 괜찮은지 걱정이다. 그래도 애기랑 끝까지 힘내서 견뎌야지. 무섭지만 그래도 힘내야지!

S#137. 태규의 집(아침)

도시락을 싸는 태규.
모양이 전보다 나아진다.

S#138. 산부인과

치료받는 미혜.

S#139. 온콜리지 센터

약물 주사를 맞는 미혜.

S#140. 태규의 집(아침)

도시락을 싸는 태규.
모양이 예쁘게 나온다.

S#141. 온콜리지 센터

약물 주사를 맞는 미혜.

S#142. 산부인과

김영란과 태규, 미혜가 모니터를 보고 있다. 10월 말.

김영란   오늘이 10월 말이지요? 허셉틴을 중단한 지도 한
                  달이 지났네요, 이제 양수가 거의 정상치가 되었
                  구요.

미혜와 태규 기쁜 표정을 짓는다.

김영란   이제는 슬슬 출산 준비를 해야겠네요.
미혜   출산이요?
김영란   네, 경과가 좋아요. 원래 목표는 11월 21일이었지
                  만, 12월 10일경에 제왕절개를 하면 좋을 거 같아요.

미혜   네, 감사합니다.

S#143. 대형 마트(전경)

S#144. 유아용품 매장(11월 7일)

미혜와 태규, 누나가 카트를 끌고 유아용품 매장을 둘러보고 있다.

미혜   (소리) 오늘은 11월 7일이다.

           (낯선 곳에 온 듯) 무척 넓구나.

태규   미혜야, 전부를 한번 돌아볼까?

누나가 카트를 밀고 와서 미혜 옆에 바짝 붙인다.

미혜   다 돌아볼 수 있을까?

태규   천천히 보면 되지 뭐.

미혜가 매장에서 물건을 들어서 태규에게 보여 준다.

미혜   아기 곰 푸우랑 스티치랑 어느 쪽이 더 귀여워?

태규   둘 다 괜찮네.

미혜   난 푸우.

태규   그럼 푸우로 해.

미혜가 매장을 둘러보고 있다가 젖병 판매점에서 멈춘다.
누나가 태규를 쳐다본다.

태규　　　화학 치료를 받고 있기 때문에 모유 수유를 할 수가
　　　　　없어. 아기가 태어날 때부터 젖병으로 먹여야 하니
　　　　　까, 신중하게 골라야겠지.

임신 8개월의 미혜는 커진 배를 오른손으로 받치지만 숨이 찬다.

미혜　　　조금 힘들다.
누나　　　이 정도면 거의 다 산 거 같은데.
미혜　　　옷이나 서랍장, 포대기는 다른 곳에서 사 보자.
누나　　　귀여운 옷 파는 가게가 있다니까 다음엔 거기 가자.

S#145. 산부인과

미혜　　　(소리) 오늘은 11월 26일이다.

김영란　　제왕절개 예정일은 다음 주인 12월 3일로 변경해야
　　　　　겠어요.
태규　　　왜, 무슨 문제가 있나요?
김영란　　왼쪽 가슴에 있는 응어리가 많이 커졌어요. 양기수
　　　　　선생님과 상의해 본 결과, 지금 당장 치료를 해야
　　　　　할 형편이랍니다. 허셉틴을 중단하고 택솔로 치료

를 했지만 아쉽게도 택솔만으로는 암을 억누를 수가
없었네요.

S#146. 장모 집

장모와 처제가 마주 앉아 있다.

장모	석 달 전에 안사돈이 연락을 주셔서 커피숍에서 함께 차를 마신 적이 있었지.
처제	그래, 무슨 이야기를 하셨어?
장모	미혜에게 아기를 포기하라고 하면 안 될까요? 하고 말씀하시더구나.
처제	세상에.
장모	그때 충격을 받은 것도 그렇고, 이걸 미혜에게 어떻게 전해야 할지 모르겠더라. 그때가 한참 양수가 줄어 미혜가 상당히 힘들어 할 때였지. 그래서 그냥 한 번은 가슴에 담아 두자 이렇게 넘겼지.
처제	그랬구나.
장모	그 후에 상태가 좋아져서 이제 애기를 출산할 수 있게 되니까 아이 이불을 사서 선물로 보낸다잖니.
처제	아 택배로 보낸다고 한 그거?
장모	애기를 포기했으면 좋겠다고 한 분들이 이제 와서 애기 이불을 보낸다니 어처구니가 없다. 그동안 내가 얼마나 마음고생한 줄 아니? 미혜를 옆에서 보면

서 숨죽이면서 지낸 것도 그렇고. 난 너무 억울하고 미혜가 불쌍하고…….

S#147. 장모 집 거실

처제가 전화를 하고 있다.

S#148. 태규 집

미혜   이제 자기 부모님하고는 만나기도 싫어. 출산 때에
        도 오지 않아도 돼.

태규   그게 무슨 소리야? 다들 걱정해 주고 계셔.

미혜   엄마에게 들었어. 어머님이 아기를 포기해 줬으면
        좋겠다고 말씀하셨다고.

태규   그게 무슨 소리야?

S#149 공원(저녁)

미혜   (소리) 오늘은 11월 28일이다.

태규가 공원에 서서 전화기를 들고 소리를 지르고 있다. 전화의 상대는 아버지다.

태규	그러니까 사과를 하면 된다고요.
아버지	(소리) 내가 왜 사과를 해야 하는데?
태규	사과한다고 될 일은 아니지만, 우선은 사과해야 돼요.
아버지	(소리) 그러니까 내가 왜 사과를 해야 하냐고?
태규	그럼 왜 그런 얘기를 했어요? 그 말 때문에 장모님이랑 미혜는 상처받았잖아요.
아버지	(소리) 엄마도 얘기 안 했다고 하던데.
태규	아니, 그럼 어떻게 장모님이 우리 쪽 생각을 알고 계세요? 저는 미혜에게도 장모님에게도 아무 얘기 안 했거든요.
아버지	(소리) 그분들이 다른 데서 잘못 들은 게 아닐까?

S#150. 태규 집

태규	(미혜를 보며) 자기야 잘 생각해 봐. 장모님은 매일 오실 수 없어. 아이가 태어나면 여기서 15분 거리인 우리 부모님이 돌봐 주시는 게 좋지 않을까?
미혜	난 보고 싶지 않아.
태규	그래 알았어. 내가 보지. 그런데 이런 큰 병이랑 싸우는데 왜 가족끼리 신경전을 벌여야 하는지 모르겠다. 우리는 지금 누구랑 싸우는 건지. 이 싸움이 의미가 있는 건지.
미혜	우리 엄마 기분도 생각해 줘.
태규	그래, 그래서 아버지한테 전화로 따지고 다그치고

그랬어. 그러면 딱 한 번만 부탁하자. 출산하는 날에는 오실 수 있게, 응? 그날만 뵙고 그다음에는 미혜가 하자는 대로 다 할게.

미혜   (잠시 생각) 그래, 그날 하루만.

태규   고마워, 미혜.

S#151. 병원 전경

부슬비가 내리더니 빗발이 제법 강해진다.

S#152. 병실

미혜   (소리) 12월 3일이다.

장모, 처제, 태규가 어두운 표정으로 있다.

미혜   (밝은 표정으로) 약 2시간 후에 출산입니다.

사람들의 표정이 밝아진다.

S#153 동 병실

수술복으로 갈아입은 미혜.

태규는 비디오카메라를 들었고,

미혜는 해맑은 모습을 보이고 있다.

태규	(미혜를 보며 인터뷰하듯) 지금 아기는 어떤가요?
미혜	엄청 발로 차고 있습니다. 어젯밤에도 찼어요.
태규	어저께 자기는 잘 잤어요?
미혜	설쳤죠. 애기가 계속 발로 차는데, 잠을 잘 수가 있겠어요?

미혜가 배를 쓰다듬으며, 흥분한 얼굴이다.

태규	이름은 정하셨나요?
미혜	얼굴을 보고 정할래요.
태규	기대되네요.
미혜	그러네요.

시계가 8시 30분을 가리킨다.

간호사가 휠체어를 끌고 왔다.

미혜는 긴장된 얼굴로 휠체어에 앉아서 병실을 나간다.

미혜의 뒷모습을 태규가 카메라로 찍으며, 따라간다.

S#154. 병실 로비

로비에는 장인, 장모, 처제, 아버지, 어머니, 누나가 있다.

모두가 안정을 하지 못하고, 들뜬 모양이다.

미혜는 로비를 지나서 수술실 앞으로 간다.

　　간호사　　　남편 분께서는 한 칸 더 들어가셔도 됩니다.

S#155. 수술실

자동문이 열리고 대기실이 보인다.

대기실에서는 클래식 음악이 흐른다.

태규는 병원 옷으로 갈아입고 나온다.

　　태규　　　마지막에 재미있는 얘기하고 들어가자.

　　미혜　　　재미있는 얘기는 자기가 해야지.

자동문이 열리고 미혜가 누워 있는 침대가 수술실로 들어간다.

　　태규　　　다녀와.

S#156. 수술실

시계가 8시 50분을 가리킨다.

수술이 시작된다.

S#157 수술실 앞 로비

모여 있는 가족들 앞으로 간호사가 나온다.

간호사   아기가 태어나면 이쪽 로비를 지나니 여러분들은 여기에서 대기해 주세요. 분만이 끝나면 아래층에 있는 신생아 집중치료실, 그러니까 인큐베이터로 바로 들어가기 때문에 따로 보실 수 없습니다. 여기서 지나갈 때 잠깐 보실 수 있습니다. 이제 곧 수술이 시작됩니다.

수술실 앞에 수술 중, 이라는 전등이 켜진다.

아버지   이름은 지었냐?

태규   얼굴 보고 짓기로 했어요.

미혜의 부모와 태규의 부모는 약간의 거리를 두고 앉아 있다.

시계가 9시 50분을 가리킨다.

수술 중, 불이 꺼지고 작은 침대차가 나온다.

간호사   아버님 축하드려요.

작은 침대차가 지나가자 미혜의 부모와 태규의 부모가 침대차 앞으로 모인다.

애기는 입을 오물거린다.

처제는 카메라를 들고 사진을 찍어 댄다.

아버지는 얼굴을 가까이 댄다.

어머니는 만지고 싶어서 어쩔 줄 모른다.

장모는 한 발 물러서서 지켜본다.

1분정도의 짧은 시간이 지나고,

아기가 있는 침대차는 아래층으로 내려간다.

태규   미혜도 곧 나오겠지.

S#158. 동 로비

(시간 경과)

시계가 10시 30분을 가리킨다.

수술복을 입은 간호사가 달려 나온다.

간호사   김미혜 산모, 가족 분 계세요?

태규   (큰 소리로) 네, 여기 있습니다.

간호사   의사 선생님이 여쭤볼게 있다고 하시니, 함께 가 주
            시겠어요?

간호사 앞서고, 불안한 표정인 태규가 그 뒤를 따라간다.

태규 뒤로 미혜 가족과, 태규 가족이 따라간다.

S#159. 수술실 옆방

작은 테이블과 컴퓨터가 있는 방이다.
좁은 방에 미혜 가족과, 태규 가족이 비좁게 앉아 있다.
산부인과 의사 김영란이 천이 덮인 은 접시를 들고 왔다.
은 접시를 책상 위에 놓는다.

<blockquote>

태규	안녕하세요.
김영란	제왕절개를 했을 때에, 난소에 전이가 발견되었습니다.

</blockquote>

태규 크게 한숨을 쉰다.

<blockquote>

김영란	미혜 씨는 임산부이기 때문에 검사에 한계가 있었습니다. CT나 MRI는 가슴을 중심으로 촬영했고, 배 주변은 방사능의 영향이 있을 수 있어서 지금까지는 검사를 할 수가 없었어요. 그래서 난소 전이에 대해서는 사전에 발견할 수 없었습니다. 좌측 난소에 전이로 보이는 3센티 정도 되는 큰 조직이 있습니다. 우측에도 작은 것이 보이는데, 그것 또한 전이된 것 같습니다.
태규	(말을 못 한다.)

</blockquote>

김영란   좌측 것은 확실한 것이기 때문에, 본인에게 확인을
          하고 제거하였습니다.

김영란은 책상 위에 놓인 은 접시를 덮은 거즈를 치우고, 가족들에게 보여 준다.

김영란   확인 부탁드립니다.

은 접시 위에는 잘라 낸 난소가 있다.

태규   (외면하며) 이제 됐습니다.

태규가 어서 치우라고, 눈짓을 하자 의사는 거즈로 접시를 덮는다.

김영란   우측은 어떻게 할까요?
태규   그걸 제거했을 경우, 어떻게 됩니까?
의사   둘째 아이의 임신이 힘듭니다. 그리고 갱년기 증세
          를 보일 수 있습니다. 하지만 갱년기 증세는 억제할
          수 있는 방법이 있습니다.
태규   미혜는 뭐라고 하던가요?
의사   남편과 상의해 달라고 했어요.
태규   (입술을 깨물고) 제거해 주세요.

김영란은 수술실로 돌아간다.

S#160. 로비

소파에 앉아 있는 태규는 괴롭다.

S#161. 동 로비

시간이 많이 경과되었다.
남자 간호사 둘이 미혜가 누워 있는 침대를 밀고 온다.
옆에 여자 간호사가 동행한다. 태규 옆으로 온 여간호사

    간호사   처음에는 남편 분만 뵙고 싶다고 했어요.

태규는 미혜의 침대를 따라간다.

S#162. 병실 입구

침대가 들어가고
얼마 안 있어서 남자 간호사 둘이 나온다.
여자 간호사가 입구로 나온다.

    간호사   들어가세요.

간호사는 병실 밖으로 나간다.

태규, 병실로 들어간다.

S#163. 병실

미혜의 왼편으로 가서 앉는 태규.

태규	여보.
미혜	(마취가 덜 풀린 멍한 표정으로) 응?
태규	수고했어, 정말 수고했어. 우리 여보.

미혜는 몽롱한 표정에도 미소를 지으며 오른손을 이불에서 꺼낸다.
태규는 미혜의 내민 손을 잡고,
미혜의 말을 기다린다.

미혜	자기야, 미안해.
태규	왜 그래?
미혜	이제 애기 못 낳는대.
태규	아니야, 아니야.
미혜	근데 있잖아. 난 이 애기로 충분히 만족해.
태규	나도 그래.
미혜	있잖아. 애기가 배 속에서 나오기 전부터 울고 있었어. 선생님이 받아 주신 뒤에 바로 보여 주셨어.
태규	그랬구나. 빨리 이름을 정해 주지 않으면 불쌍하니까. 이따 얼굴 보러 가자.

미혜   응.

태규가 일어나서 창문의 블라인드를 천천히 올린다.
구름 한 점 없는 파란 하늘이 보인다.
반쯤 올렸을 때 밝은 빛이 들어온다.
그만 올리려고 살짝 멈추는 태규.

미혜   끝까지 올려도 돼.

태규는 나머지 반을 올리며 웃는다.
미혜도 웃는다.

S#164. 신생아실

태규가 미혜를 부축하며 신생아실 앞에 선다.
신생아실 입구에서 인터폰을 누른다.

태규   저기, 박태규입니다

간호사가 문을 열어 준다.
    유리창으로 되어 있는 신생아실에는 갓 태어난 아기들 7~8명이,
작은 침대에 차례대로 누워 있다.
    태어난 시간과 체중, 이름이 써진 태그가 침대에 붙어 있다.

미혜	요 며칠 사이에 많이 태어났구나. 우와 저 아기 귀엽다!

미혜가 유리창에 붙어서 계속 말했다.

미혜	그래도 우리 아기가 최고지!
태규	그런 걸 아들 바보, 딸 바보라고 하는 거야.
미혜	아니야. 누가 봐도 우리 애가 예쁘다니까.

미혜를 부축해서 앞으로 계속 걸어가는 태규.
문에는 NICU(신생아 집중치료실)이라고 적혀 있다.

S#165. NICU(신생아 집중치료실)

소아과 의사가 차트를 보고 있다.

소아과 의사	아, 오셨어요?
미혜	네, 안녕하세요.
소아과 의사	우선 검사 결과, 눈에 띄는 특별한 이상은 없습니다.
태규	좋지요.
소아과 의사	하지만 그동안의 경위와 보통 일을 겪은 아이가 아니니까 당분간은 NICU에 있기로 하구요. 산소량이나 온도를 조절하는 인큐베이터에서 경과를 관찰해 보자구요. 저 벽에 있는 사진들은 건강하게 퇴원한 아기들입니다.

벽에 아이들의 사진이 붙어 있다.

심박수 체크하는 장비에서 뚜 뚜 하는 규칙적인 전자음이 난다.

아이들의 울음소리도 들린다. 옆에서 간호사가 다가온다.

미혜   벌써 두 번째 왔네요.

간호사   아니에요. 몇 번이라도 오셔도 됩니다. 안아 보시

            겠어요?

미혜   네.

간호사   처음 안아 보시는 거예요?

미혜   네, 떨어뜨리진 않겠죠?

아기는 기저귀를 차고 누워 있다.

가슴에는 심전도 모니터와 연결된 선이 달려 있다.

왼손은 붕대가 감겨 있고, 거기서 나온 줄은 링거와 연결되어 있다.

미혜   (안쓰러운 표정으로) 뭔가 많이 달고 있네요.

소아과 의사 별다른 문제는 없습니다.

간호사가 아이의 몸에서 심전도 기계를 떼어 낸다.

그리고 옷을 입힌다.

미혜는 옆에 있는 의자에 앉아서 무릎 위에 쿠션을 올려놓는다.

간호사가 아이를 안고 오자 미혜가 양손을 내민다.

미혜의 왼팔에 아이가 안긴다.

미혜   어머, 웃기게 생겼다.

미혜는 아이의 볼을 살짝 만진다.

미혜	반응이 없는데, 괜찮은 건가?
태규	자고 있는 게 아닐까?

미혜가 살짝 세게 볼을 만진다.
아이가 갑자기 울기 시작한다.

미혜	아 울려 버렸다!

미혜는 행복하게 미소를 짓는다.

태규	(카메라를 들고) 자 태어난 지 52시간 만에 만난 엄
	마와 아들, 자 웃어요.

S#166. 병실(밤)

시계가 12시다.

외출 복장으로 병실로 들어오는 태규.
미혜가 잠들어 있다.
창가에 있는 책상 위에 뭔가 적혀 있는 하얀 종이가 놓여 있다.
태규가 그 편지를 들고 읽는다.

미혜	(소리) 아기 아빠에게. 12월 3일 금요일 아침 9시,
	2504그램의 아들이 태어났습니다. 박태규와 나의

아기입니다. 나는 여태껏 배 속에 품었던 아기였기 때문에 드디어 만났네, 라는 기분이었지만 자기는 어떤 기분이었어요? 눈앞에 있는 아기를 보고 어떤 생각을 했어? 나는 엄마가 될 수 있어서 너무 기뻤어. 또 자기를 아빠로 만들어 줄 수 있어서 기뻤고. 그래서 앞으로는 아기를 열심히 키우려고 해. 앞으로 일을 생각해 보면 불안해서 눈물이 멈추지 않을 때도 있지만, 오늘 아기를 안아 보고 "헤어지기 싫다"라는 생각을 했어. 자기랑, 아기 이름 생각도 하고, 아기를 만나러 가는 시간에는, 배의 통증도 사라질 정도로 행복해. 가족이 는다는 것은 참 신기해. 럭키랑 다 같이 놀러 가고, 사진도 찍고 싶어. 지금 자기와 내 아이를 볼 수 있어서 정말로 행복해. 그러니까 자기야, 빨리 다녀와. 애기 엄마가.

S#167 성마리아병원 전경

미혜　　　(소리) 오늘은 12월 11일이다.

S#168. 성마리아병원 입구

병원 입구에서 나오는 태규와 아이를 안은 미혜. 택시를 타는 태규와 미혜, 아이.

S#169. 태규의 집 앞

택시를 내리는 태규와 아이를 안고 있는 미혜

S#170. 태규 집

현관문을 열고 들어오는 태규와 아이와 미혜.

거실에는 나무로 만들어진 아기 침대가 놓여 있고
그 옆에는 알록달록한 수납 박스가 있다.
미혜는 아이를 아기 침대에 눕힌다.
기지개를 켜던 아기는 잠이 든다.
아기 침대 오른쪽에는 소파가 있고 럭키는 소파에 뛰어 올라간다.
침대 울타리에 코를 박고서 냄새를 맡는 럭키.

미혜　　　럭키도 이제 형이 됐네?

벽에 아기와 함께 찍은 사진이 걸려 있다.
아기와 NICU에서 찍은 사진.
아기와 가족들이 함께 찍은 사진.
집에서 아기와 찍은 사진.
아이에게 동물 모양의 옷을 입히고 찍은 사진.
책상에는 미혜의 학생들이 보낸 연하장이 놓여 있다.
서른 장 정도 된다.

그림이 그려져 있는 연하장.

선생님 빨리 나으세요. (응원의 메시지가 적혀 있는 연하장이 보인다.)

책상 위에 태규와 미혜와 아이가 함께 찍은 사진 액자가 보인다.

사진에 글자가 적혀 있다. '생후 5일째의 박우성'.

S#171. 성마리아병원 전경

미혜   (소리) 오늘은 새해 2월 4일이다.

S#172. 양기수 진료소

양기수, 미혜, 태규가 앉아 있다.
양기수는 모니터를 보면서 설명한다.

양기수   출산 후에 검사했던 CT와 골신티글라피, 그리고 PET, CT의 결과가 나왔습니다. 유감스럽게도 척추와 갈비뼈, 그리고 골반 등에 전이가 확인되었습니다. 허리의 통증은 전이 때문인 것 같습니다. 뼈를 보호하기 위해서 조메타라는 약을 새로 처방하겠습니다.

미혜   네.

양기수   그럼 투약실로 가시죠.

S#173. 온콜로지센터

인클라인 의자에 누워서 약을 맞는 미혜.
옆에서 지켜보던 태규가 방에서 나간다.

S#174 양기수 진료실

다시 들어오는 태규.

태규   선생님, 연명 치료는 싫습니다. 어떻게든 완치하게
         해주세요.

양기수   약 덕분에 왼쪽 가슴과 간은 개선되고 있지만 완전
         히 암을 제거하는 건 어렵습니다. 현재 상황을 유지
         하는 것만으로도 벅찬 상황입니다.

태규   그럼 방사선을 사용하는 건 어때요?

양기수   허리 통증을 완화하거나 삶의 질을 유지하기 위한
         정도는 가능하지만 그것은 일시적인 것이고 장기적
         으로 권할 만한 것은 아닙니다.

태규   그럼 일반적인 방법 말고 다른 건 없을까요? 면역요
         법은요?

양기수   전국에서 규모가 좀 있는 병원들은 일반적인 방법
         을 주로 사용하지요. 백혈구를 활성화시켜서 암을
         공격하는 치료법인 면역요법은 제4의 치료라고 불
         리기는 하지만 아직까지는 큰 성과를 기대하기 어

렵습니다. 만약에 하고 싶으시다면 말리지는 않겠
습니다.

태규   그럼 선진 치료는요?

양기수   그럼 지금 투여하고 있는 약에 추가로 새로운 약을
넣어 보죠. 라파티닙이나란 거죠.

태규   새로운 약이라니까, 그걸 투여해 주세요.

양기수   가능성이 없는 건 아니니 바로 시작을 해 보죠.

태규   부탁드립니다.

양기수   라파티닙은 이전에 사용했던 허셉틴이나 타키솔과
는 다르게 하루에 두 번 먹는 내복약입니다. 이따가
처방전을 드릴 테니 약국에서 타 가지고 가세요. 한
번 시도해 보고 결과를 보지요.

태규   감사합니다.

S#175. 태규의 집

미혜가 땀을 흘리며 누워 있다.
태규 체온계를 미혜 귀에 대고 누른다.
숫자가 38이라고 나온다.
미혜가 일어나려고 한다.

미혜   여보, 나 화장실.

S#176. 동 태규의 집

시간이 경과되었다.

아파 보이는 미혜가 앉아 있고,

그 옆의 침대에서 애기가 울고 있다.

태규가 죽을 떠서 미혜에게 먹이려고 한다.

미혜   목이 부어서 못 먹겠어. 넘어가질 않아.

태규   그래도 조금만 먹어 봐.

미혜   여보, 나 화장실

S#177. 태규의 집

또 시간이 경과되었다.

미혜가 아파서 얼굴을 찡그리고 화장실에서 나온다.

미혜   여보, 나 이제 약 먹기 싫어.

태규   미혜.

미혜   여보 나 이제 병원에도 가기 싫어.

태규   갑자기 왜 그래?

미혜   완치되고 싶어. 연명이 아니라 완치되고 싶다고.

태규   그럼, 다른 방법을 찾아볼까?

S#178. 민간요법 강연장

사람들이 많이 모여 있다.
강연하는 의사는 몸짓을 크게 하며 소리를 지른다.
태규와 그의 지인이 함께 의자에 앉아 있다.

태규   이게 진짜 효과가 있을까?

지인   이 남 선생님은 방송에도 많이 나오고, 진짜 말기 암에, 수명이 한 달 남은 사람이 완치가 돼서 말을 하고 그러더라고.

태규   (솔깃) 그래? 음.

남수길   먹는 대로 이루어집니다. 병이 생기는 가장 큰 요인은 유전입니다. 유전은 피할 수 없습니다. 그러한 유전을 이기는 방법은 바로 음식입니다. 우리는 지금 독을 먹고 살고 있습니다. 우리가 언제부터 고기를 이렇게 많이 먹고 살았습니까? 우리가 언제 이렇게 단 음식을 많이 먹고 살았습니까? 또 우리가 언제 이렇게 소금을 많이 먹고 살았습니까? 우리 몸의 진화를 넘어선 과도한 음식의 변화. 그것이 바로 병을 만드는 것입니다. 우리는 현재에 살지만 몸은 과거에 적응되어 있습니다. 그러니 병이 생기는 것입니다. 식사를 과거의 식사로 바꿔야 합니다. 그게 몸을 위한 길입니다.

청중들 환호를 하고 박수를 친다.

남수길   우리의 몸은 스스로 치유하는 능력을 가지고 있습니다. 이것이 바로 면역력입니다. 모든 질병은 면역력이 약해져서 발생하는 것입니다. 과거의 식사가 질병을 완화시켜 준다면 면역력을 높이는 이 효소 음식이야말로 여러분의 병을 부숴 버리고 박살 내서 죽여 버릴 것입니다.

청중들 함성을 지른다.

남수길   우리의 몸에는 기가 흐릅니다. 이것은 냇물이 모여 강을 이루는 것과 같습니다. 강물에 장애물이 생겨서 흐름이 막힌다면 홍수가 나서 주변의 환경을 파괴합니다. 그것은 기의 흐름에 문제가 생겼을 때 건강한 몸을 망치는 것과 마찬가지입니다. 그러면 우리는 어떻게 이 몸의 기를 바르게 흐르도록 하느냐? 하는 것입니다. 그것은 바로 맨손 체조입니다. 몸을 움직이십시오. 몸을 움직이면 혈관을 막고 있는 것들은 타 버릴 것이며 우리의 기를 막고 있는 것은 흔들어서 쓸려 내려가게 될 것입니다. 여러분, 자세를 교정하고 신경의 흐름을 활발하게 하고 장기의 활동을 정상화시키는 체조를 하십시오. 체조는 비싼 약처럼 병원의 수술처럼 돈이 들지 않습니다. 여러분 체조를 하십시오.

청중들 함성을 지른다.
태규도 감동을 받아 고개를 끄덕거린다.

남수길   여러분 오늘은 아주 특별한 날입니다. 제 책을 읽어
          본 분들은 알고 계실지도 모르겠습니다. 말기 암으
          로 남은 수명이 몇 달 남지 않았던 암 환자가 기적같
          이 회복되었다는 이야기 말입니다. 오늘 이 자리에
          오셨습니다. 박수로 맞아 주십시오. 병을 이기고 자
          신의 생명을 구한 영웅입니다.

청중들이 박수를 치며 환성을 지르자.
남자 한 명이 손을 번쩍 들고 무대 앞으로 나선다.
태규는 그 모습을 보며 결심한 듯 고개를 끄덕거린다.

S#179. 민간요법 의사 남수길 사무실 문 앞

태규가 열을 서 있다.
그 뒤로 도열한 사람들이 줄을 잇고 있다.

간호사   238번 님 들어오세요.
태규   네.

S#180. 동 남수길 사무실

태규와 남수길이 마주 앉았다.

남수길 아, 정말 대단하시군요. 두 분의 의지가 정말로 놀라울 정도입니다.

태규 감사합니다. 선생님의 요법이 제 아내에게 도움이 될까요?

남수길 솔직하게 말하면 0.001프로 정도 될까요? 아니 그보다 더 어려울 수 있습니다. 저를 찾아오시는 분들은 정말로 최후의 선택을 하시는 분들이 대부분이죠. 벼랑 끝에서 지푸라기라도 잡고 싶은 분들이에요. 하지만 이렇게 치료해서 나은 분이 분명히 계십니다. 도전하신 분들에 비하면 많은 숫자는 아닙니다. 하지만 분명히 나은 분이 계세요. 정말 독한 마음으로 이겨 내겠다고 생각하고 지켜 내시면 됩니다. 그리고 효소와 식이요법을 이용한 방법은 그전에 사용하셨던 항암제 치료 방법하고는 완전히 다릅니다. 항암제는 독이죠. 앞으로 시작하실 것은 몸에 좋은 것입니다. 우리 몸이 가지고 있는 본래적인 활동을 활성화하는 행위이죠.

태규 고개를 끄덕인다.

S#181. 태규의 집

미혜와 이야기하는 태규.

미혜는 아기를 안고 있다.

미혜는 고개를 끄덕인다.

S#182. 성마리아병원 전경

미혜　　　(소리) 오늘은 2월 25일이다.

S#183. 양기수의 진찰실 앞

태규 혼자 진료실 앞에 우두커니 앉아 있다.

간호사　　　김미혜 씨, 들어오세요.

S#184. 동 양기수 진찰실

태규와 양기수가 마주 보고 앉아 있다.

양기수　　　아, 안녕하세요. 소개장이 필요하시다구요?

태규　　　네, 선생님 갑작스럽게 죄송합니다.

양기수   아닙니다. 미혜 씨의 몸 상태는 좀 어떤가요?

태규   전화로 말씀드린 것처럼 열이 있어서, 지금은 자고 있어요.

양기수   그러면 앞으로는 어떻게 하실 계획이신지요.

태규   장모님이 왔다 갔다 하시기가 힘드셔서 저희가 아예 장인어른 댁으로 거처를 옮기려고 합니다. 장모님이 아이와 함께 미혜도 봐 주실 수 있으니까요.

양기수   그렇군요. 안정을 취할 수 있겠네요.

태규   그런데 선생님, 하나 여쭈어보고 싶은 게 있습니다.

양기수   네, 말씀하세요.

태규   식이 요법과 효소를 이용한 치료 방법이 있다고 들었습니다. 그걸 해 볼까 하는데 선생님 생각은 어떠신지요.

양기수   아, 요즘 TV에 많이 나오고, 책도 쓴 그분 말이군요. 병원에서 하는 치료하고는 차원이 다른 거라서 뭐라고 말씀드리기 곤란합니다. 암 치료를 하는데 과학적인 근거가 희박해서 금단 의과라고 저희는 말합니다. 그러나 환자나 보호자 원한다면 어쩔 수 없는 일이지요.

태규   그렇군요.

양기수   언제든지 저희 병원으로 오셔도 괜찮아요. 치료나 진찰이 아니더라도, 상담이라도 좋습니다.

태규   알겠습니다. 선생님 정말 신세를 많이 졌습니다. 미혜도 감사하고 있고요. 또 무슨 일이 있으면 그때 다시 부탁드리겠습니다.

양기수   (봉투를 내밀며) 여기, 소개장입니다.

S#185. 태규 집

미혜가 아이를 안고 있다.

미혜　　　선생님이 뭐라고 하셔?

태규　　　언제든지 와도 괜찮대.

미혜　　　그래.

태규　　　후회하고 있어?

미혜　　　아니, 별로.

S#186. 태규 집 앞

미혜　　　(소리) 오늘은 3월 11일이다.

이삿짐 트럭이 와 있다.

태규는 짐을 싣는다.

태규 전화를 건다.

태규　　　여보, 이제 출발할 거야.

미혜　　　(소리) 그래 천천히 조심해서 와

태규　　　그래, 알았어요.

S#187. 장인 집

아기를 안고 TV를 보는 미혜.
화면에는 뉴스가 나온다. 장모는 과일을 깎고 있다.
TV 뉴스에는 일본 지진 뉴스가 나온다.
쓰나미가 밀려오고,
가로수가 넘어지고,
지붕이 주저앉는 장면이다.
보며 놀라는 미혜.

미혜   어머 어머, 저걸 어떻게 해.
장모   어머나, 세상에

벨이 울린다.
장모가 일어나서 인터폰으로 문을 연다.
뉴스 화면이 계속 나온다.

태규   장모님 잘 계셨어요? 자기야 나 왔어.
장모님   어, 그래. 고생했어. 앉아서 과일 먹어

TV 앞으로 가는 태규.
미혜 옆에 앉아서 뉴스를 본다.

미혜   여보, 이리와 봐, 일본에 지진이 났대.
태규   오면서 DMB로 봤어. 진도 7.9라고?

미혜	다시 발표 났어. 9.0이래.
태규	엄청나구나.
미혜	사람이 최소한 몇백 명이 죽었을 거래. 몇천 명이 될지도 모르고.
태규	심각하구나.
미혜	저렇게 죽는 사람들은 아무 예고도 없이 갑자기 세상을 떠나게 된 거잖아. 주변에 작별 인사도 못 드리고.
태규	그러게 말이야.
미혜	난 암 환자로 조바심을 가지고 살고 있지만, 가족이랑 함께 있고, 또 하고 싶은 건 할 수 있고, 그러니까 난 행복한 거잖아.
태규	(보며) 이상한 소릴 하네.
미혜	아까 아이와 엄마가 해일에 쓸려 갔다고 나왔어. 엄마와 아이가 함께 천국으로 갔으면 그 둘은 천국에서도 함께 있겠네. 그런데 나는 얼마 있으면 우성이 곁을 떠날 수도 있으니까, 이를 어쩌지?
태규	쓸데없는 소리. (슬픈 눈으로 본다.)

S#188. 태규 사무실

미혜	(소리) 오늘은 3월 22일이다.

태규가 사무실의 책상에 앉아서 일을 하고 있다.
핸드폰이 울린다.

핸드폰을 든다.

태규	미혜, 무슨 일이야?
미혜	(소리) 여보. 몸 상태가 너무 안 좋아. 어떻게 좀 해 줘.
태규	지금은 좀 참고 견뎌야 하는 시기니까.
미혜	(소리) 너무너무 아파. (울음을 터트린다.)
태규	어쩌지. (가슴이 찢어지는 것 같다.)

S#189. 지하철

태규가 지하철에서 멍하니 창밖을 보고 있다.
전화에 진동이 온다.
주머니에서 핸드폰을 꺼내 든다.

태규	네, 장모님 무슨 일이세요.
장모	자네 지금 어디 있는가?
태규	지하철 안이에요. 몇 정거장 안 남았어요.
장모	그럼 들어와서 이야기하세.
태규	미혜한테 무슨 일 있어요?
장모	오른쪽에 마비가 왔어, 지금은 좀 덜하지만.
태규	아, 이런. (슬프게 차창 밖을 본다.)

S#190. 장인 집

태규가 집으로 들어온다.

거실이다.

장인, 장모, 처제가 심각한 표정으로 앉아 있다.

태규	저 왔어요. 미혜는 좀 어때요?
장모	지금 2층에서 자고 있어. 아까 병원에 가서 주사를 맞고 왔네.
태규	잠시 올라가 볼게요.
장인	자네 잠시 이리 와 보게. 미혜는 자니까 놔두고.

장인, 장모, 처제는 긴 소파에 앉고 태규는 1인용 소파에 앉는다.

장인	자네도 알겠지만, 나는 미혜와 아기에 관해서 모든 것을 자네에게 맡겨 왔네.
태규	그렇지요.
장인	자네가 설명을 해 보게. 그동안 어떤 일이 있었는지?
태규	병원의 항암제 대신 민간요법을 사용했습니다. 효소를 마시고 체조를 하고, 그렇게 치료를 했습니다.
장인	(담담하게) 제정신이 아니군.
태규	항암제를 너무 고통스러워해서요.
장인	(손을 심하게 떨며) 대학까지 나온 사람이 어찌 그리 미개한가?
장모	사이비, 사기꾼들에게 넘어가다니.

태규	(입장이 곤란하다.)
장인	(입술까지 떨며) 이제 미혜 생명은 끝난 것 같네.
태규	죄송합니다.
장인	오늘 낮에 다른 병원에 가서 검사를 다시 했네, 결과를 확인해 보게.
태규	네, 알겠습니다.

S#191. 느티나무병원 전경

S#192. 느티나무병원 진료실

의사와 태규가 마주 앉아 있다.
의사가 모니터를 태규 쪽으로 돌려 보인다.

의사	검사한 사진입니다.
태규	마비가 온 것은 어떤 문제일까요?
의사	사진으로 봐서는, 뇌로 전이된 것 같습니다.
태규	(기가 막힌다.)

S#193. 동 병원 로비

태규가 전화를 걸고 있다.

상대방은 성마리아병원의 양기수 선생이다.

태규	선생님, 저는 미혜의 남편 박태규입니다.
양기수	(소리) 혹시 미혜 씨에게 무슨 일이 생겼나요?
태규	네, 뇌로 전이된 것 같습니다.
양기수	그러면 몸에 마비가 왔을 수가 있겠군요.
태규	네, 오른쪽을 잘 못 씁니다.
양기수	뇌 전이의 경우는, 감마나이프라는 방사선치료가 가장 좋습니다. 그런데 저희 병원에는 그 시설이 없습니다.
태규	그러면 어떻게 하면 될까요?
양기수	제 선배 중에 권위 있는 뇌외과 의사가 있습니다. 거기 시설도 좋구요.
태규	감사합니다.

S#194. 뇌외과 병원 전경

S#195. 뇌외과 검사실

검사 시설 1에 누워 미혜가 검사를 받는다.

S#196. 동 검사실

검사 시설 2에서 검사를 마치고 미혜가 내려온다.

오른쪽 마비로 몸을 잘 움직이지 못한다.

S#197. 뇌외과 진료실

뇌외과 선생과 태규가 마주 보고 앉아 있다.

뇌외과 의사   검사 결과 뇌의 중앙 부분과 뇌간 부근에 전의가 확
          인되었습니다. 종양의 크기가 3센티 정도 됩니다.
          그 외에도 몇 군데 전이가 된 것으로 보입니다. 그
          런데 뇌간 같은 경우, 생명 유지에 중요하기 때문에
          시간이 없습니다. 바로 입원을 하셔야겠습니다.

S#198. 뇌외과 병원 병실

미혜는 머리에 금속으로 프레임을 붙이고 침대에 앉아 있다.
태규가 미혜에게 밥을 떠 주고 있다. 밥을 입에 가져다주지만 미혜
는 프레임 때문에 움직임이 부자연스러워서 잘 먹지 못한다.
의사와 간호사가 들어온다.

뇌외과 의사   간단하게 설명을 드리겠습니다. 감마나이프는 환부를
          핀포인트로 맞춰서 감마선을 쏩니다. 칼처럼 필요한
          부분만 방사능을 쏘이는 것이죠. 그래서 다른 뇌 조직
          은 비교적 데미지가 적고 부작용도 적습니다. 단 머리

위치를 확실하게 고정해야 되기 때문에 머리를 360도
감싸는 헬멧 같은 금속을 착용하는 것입니다.

머리에 핀을 꼽고 있는 미혜는 감정이 없는 멍한 얼굴이다.
태규는 그 모양을 안쓰러운 눈으로 본다.

S#199. 뇌외과 병원 복도

미혜는 철로 된 헬멧을 쓴 채로 휠체어에 앉아 간다.
휠체어는 남자 간호사가 민다.
옆에서 태규가 따라 걷는다.

S#200. 동 병원 감마나이프 수술실

미혜가 누워서 감마나이프 치료를 받는다.

S#201. 동 병원 복도

태규는 긴장된 얼굴로 시계를 쳐다본다.
시계가 3시간 반이 지난 시간으로 바뀐다.
문이 열리고, 미혜가 휠체어에 앉아서 나온다.
머리에는 프레임이 없지만 볼에 프레임 자국이 남아 있다.

태규	어땠어?
미혜	아픈 건 없었어.
태규	무서웠어?
미혜	조금.

S#202. 동 병원 병실

미혜가 침대에 앉아 있다.

태규는 옆의 의자에 앉아 있다.

문이 열리고, 장모와 처제가 들어온다.

미혜의 표정이 밝아진다.

대화 없이 시간이 지나간다, 두 사람이 나간다.

미혜의 표정이 차갑게 바뀐다.

미혜	오빠, 왜 이런 일이 생겼다고 생각해?
태규	어떤 일?
미혜	몰라? 나는 누워 있는 세 시간 반 동안 계속 그 생각만 했어.
태규	무슨 생각?
미혜	그러니까 오빠는 모르고 있는 거야. 내가 몸이 안 좋다고 말해도 조금만 더 참으라고 하고, 성마리아 병원에 데려다 달라고 해도, 상태를 지켜보자고 계속 미루고.
태규	미안하다고 했잖아.

미혜	(언성을 높이며) 모든 게 때를 놓치고 있잖아!
태규	(묵묵부답.)
미혜	난 무슨 일이 있어도 우성이를 안고 싶으니까 이제부터는 여기에서 치료를 받을 거야. 이 팔을 보라고, 이런 팔로는 우성을 안을 수가 없잖아.
태규	그래, 미안해.

S#203. 동 복도

지팡이를 짚고 걷는 미혜.
걷다가 신발이 벗겨진다.
그걸 모르고 계속 걷는 미혜.

S#204. 동 병원 병실

장모가 음식을 떠서 미혜에게 먹여 준다.
받아먹는 미혜가 기침을 한다.

S#205. 동 병원 복도

지팡이를 짚고 천천히 걷는 미혜.
마비가 조금 풀린 듯 잘 걷는다.

S#206. 동 병실

미혜가 오른손을 조금씩 들어 올린다.
장모와 태규가 밝은 표정으로 본다.

S#207. 물리치료실

미혜가 공을 오른손으로 쥐어서 옮긴다.

S#208. 병실 복도

미혜가 지팡이 없이 조금 절며 걷는다.

S#209. 병실

미혜가 침대에서 우성을 안고 있다.
손으로 우성의 볼을 쓰다듬는다.
태규가 옆에서 지켜본다.
창에서 밝은 빛이 들어온다.

미혜   (태규를 보며) 우리 벚꽃놀이가자. 가서 전문 사진
             사에게 사진을 찍어 달라고 하는 거야, 어때?

S#210. 벚꽃 공원

미혜   (소리) 오늘은 4월 15일이다.

하얀 밀짚모자에 흰 꽃무늬 원피스를 입은 미혜.
우성이도 하얀색 옷을 입고 유모차에 앉아 있다.
태규가 유모차를 밀고 간다.

벚꽃이 화사하게 피었다.
꽃잎이 조금씩 날린다.

사진사가 따라다니면서 촬영을 한다.
커다란 벚나무 곁에서 사진을 찍는 세 사람.
벤치에 앉아서 포즈를 잡는 미혜와 우성, 태규.
사진사가 뭐라고 지시하면, 미혜와 태규는 활짝 웃는다.

S#211. 벚꽃 공원 벚나무 아래 벤치

포즈를 잡고 사진을 찍는 미혜와 태규, 우성.
태규가 가방에서 조그만 선물 상자를 꺼낸다.
미혜가 활짝 웃으면서 상자를 받는다.

태규   (귀에 속삭이며) 서른 번째 생일 축하해.

미혜는 행복한 표정을 짓는다.

S#212. 클리닉 C4 전경

미혜   (소리) 오늘은 5월 25일이다.

S#213. 전명환 박사 진료실

전명환   저는 전명환이라고 합니다. 이 병원은 포기하지 않는 암 치료를 모토로 하고 있지요. 저희는 토모테라피라는 치료를 하고 있습니다. 얼핏 들으면 힐링 치료 같은 느낌이 들지만요. 솔직하게 말하면 방사선치료 중에 하나죠. 하지만 다른 방사선치료보다 더 많은 곳을 치료할 수 있고 몸의 부담도 덜 가는 편입니다.

태규   그러면 비용은 꽤 되겠네요.

전명환   국내에 몇 대 없는 장비이기 때문에 아무래도 보험 적용이 되지 않지요. 그래서 비용 부담이 크실 겁니다.

태규   그렇군요.

전명환   이 장비는 눈에 보이는 거의 모든 암을 쳐서 없애 버릴 수 있지요. 하루에 20분 정도씩 치료를 받으면 됩니다.

S#214. 성마리아병원 전경

S#215. 동 병원 양기수의 진료실

양기수   1주일에 한 번 화학치료를 받으러 오시면 됩니다.
         통원 치료 하기 좀 어렵지 않으세요?
미혜   조금 멀긴 해도, 마음이 편해요.

S#216. 장인 집 전경(밤)

S#217. 장인 집 2층, 미혜 침실

태규가 방에 들어온다. 미혜는 태규가 벗은 옷을 받는다.

미혜   자기는 뭐가 중요해?
태규   그렇지 않아도 생각 중이야. 미혜랑, 시간이랑, 일
         이랑, 돈.

침대에 눕는 미혜와 태규. 스탠드 불만 켜 있다. 미혜의 등 뒤에
서 껴안는 태규.

태규   이번 달 말까지만 다닐게. 같이 한번 이겨 내 보자.

S#218. 장인 집, 2층

벽에 걸려 있는, 섬에서의 결혼식 사진.
연인 시절에 섬에서 찍은 사진.
이 사진들을 그윽한 눈길로 보는 미혜.

미혜　　　　나 섬에 가고 싶어. 우성이랑 같이.

태규　　　　그래? 그럼, 그러자.

미혜　　　　결혼했을 때 생각나? 아이가 생기면 꼭 다시 가자고
　　　　　　했었잖아.

태규　　　　그랬었지. 기억나.

미혜　　　　새로운 기분이 들겠다.

태규　　　　그래, 비행기 편을 알아볼게.

미혜가 방바닥에서 기어 다니는 우성을 끌어안는다.

미혜　　　　엄마하고 그 섬에 같이 가자. 우성이 태어난 계기가
　　　　　　되는 곳이야. 엄마랑 같이 가서 멋진 사진을 찍자.

S#219. 갈릴리병원 진경

미혜　　　　(소리) 오늘은 7월 28일이다.

S#220. 갈릴리병원 응급실 앞 주차장

앰뷸런스에서 실려 내려오는 미혜.
의사와 간호사들이 긴박하게 미혜가 실린 침대를 옮긴다.

응급실 의사 어떻게 된 거예요.

구급 요원 환자가 복통을 호소하고 있습니다. 황달도 있구요.
　　　　　　암투병 중이랍니다.

S#221. 동 병원 응급실

응급실 의사가 태규에게 설명하고 있다.

응급실 의사 간과 십이지장을 매는 담관이 임파선의 부종으로 압
　　　　　　박을 받아서 부서져 버렸습니다. 임파선의 부종은
　　　　　　암이 전이돼 발생한 것 같습니다. 그동안 어느 병원
　　　　　　에 치료받았습니까? 그 병원으로 가서서 검사를 다
　　　　　　시 받고, 그러는 게 좋겠습니다.

S#222. 앰뷸런스 안

미혜 기진맥진한 상태로 침대에 누워 있고, 태규가 그 옆에서 미
혜의 손을 잡고 있다.

미혜	우성이는?
태규	우성이는 집에 있지. 장모님이 보고 계셔.
미혜	우성이 보고 싶어
태규	우선 치료를 받고.
미혜	병원에서 같이 자면 안 될까?
태규	병원에 어떻게 애를 데려오나.
미혜	그런 건 병원에 물어보면 되잖아.
태규	알았어. 장모님한테 데리고 오라고 할게. 만일 병원에서 안 된다고 하면 집으로 돌려보내는 거다.
미혜	그래.

S#223. 성마리아병원 전경

S#224. 성마리아병원 검사실

여러 가지 검사를 받는 미혜.
양기수 선생이 온다.

양기수	좀 괜찮아요?
미혜	선생님, 아이와 같이 자도 될까요?
양기수	검사를 좀 더 해 봐야겠지만, 지금 상태로는 중환자실로 가야 할지도 몰라요. 안정을 해야 하는 환자들도 많고, 면역력이 없는 아기에게도 좋지 않아요.

미혜   (고개를 끄덕이며) 알겠습니다.

S#225. 동 병원 응급실

산소호흡기를 끼고 누워있는 미혜. 태규는 무균복을 입고 미혜 옆으로 다가온다.

미혜   작년 이맘때였던 거 같아. 앞으로 남은 수명이 1년
           입니다, 라고 처음 들은 날.
태규   아직 살아 있잖아. 내년에도 그럴 거고, 그리고 그
           다음 해에도.
미혜   더 오래 엄마로 있고 싶었는데.

태규가 미혜의 손을 잡아 준다.
미혜의 팔에는 주삿바늘 자국으로 퍼런 멍투성이다.

미혜   우성의 여자 친구도 만나 보고 싶었고, 우성이의 결
           혼식도 가고 싶었어.

태규의 눈이 촉촉해진다.

S#226. 중환자실 복도

태규가 창밖에서 미혜를 보고 있다.

간호사가 미혜의 주사를 체크하고 있다.

둘의 대화 소리가 간간히 새어 나온다.

S#227. 중환자실 안

미혜는 누워서 간호사를 쳐다보고 있다. 간호사는 주사 바늘을 체크하고 있다.

미혜	앞으로 한 달.
간호사	네?
미혜	이제 한 달 남은 거 같아요. 길어야 한 달.
간호사	아직 사용해 보지 않은 약도 있고 치료법도 있어요. 포기하면 안 돼요.
미혜	(고개를 내저으며) 손발이 저리는 게 점점 심해져요. 다 괜찮은데 아이를 돌봐 주지 못하는 게 너무 괴로워요. 내가 죽으면 애기가 저를 잊겠죠? 그게 제일 슬프네요.

S#228. 중환자실 밖

밖에서 듣고 있던 태규 소리 없이 오열한다.

S#229. 중환자실 안

미혜의 침대가 이동한다.

S#230. 복도

미혜의 침대가 이동을 한다.

S#231. 일반 병실

미혜가 일반 병실로 들어온다.
태규의 표정이 괜찮다.
양기수 선생이 간호사와 함께 들어온다.

양기수	배의 통증이 좀 줄었을 거예요. 괜찮죠?
미혜	네, 선생님.
양기수	황달도 누르고 있던 담관에 인공 관을 삽입해서 해결 됐어요.
미혜	아이를 안아 볼 수 있나요? 아이랑 같이 자도 되나요?
양기수	물론이죠. 이 상태로 계속 나아지면 병원이 아니라, 집에서 놀아 줄 수 있어요.
미혜	정말요?

양기수	이삼일 정도 경과를 더 지켜봅시다.
태규	감사합니다. 선생님.

S#232. 병실 밤

미혜가 침대에 누워 있고,
태규는 간이침대에 누워 있다.
미혜가 신음을 내며 호흡을 제대로 하지 못한다.

미혜	(숨이 넘어가며) 여보……. 여보……. 오빠…….

잠결에 태규가 일어난다. 미혜가 몸을 뒤틀며 괴로워한다. 태규가
간호사 콜 버튼을 누른다.

태규	여보. 여보. 미혜야. 정신 차려.

간호사가 들어온다.

S#233. 양기수 진료실

태규와 양기수가 진료실에 마주 보며 앉아 있다.

양기수	폐의 넓은 범위에 전이되었습니다. 호흡곤란이 온

건 폐 전이로 인해서 허파에 물이 찬 게 원인입니다.

태규   앞으로 어떻게 하죠?

양기수   지금까지 사용한 약으로는 효과가 별로 없는 것 같습니다. 그래서 새로운 약을 투여했습니다. 나벨빈 이라는 약인데 강한 약입니다.

S#234. C4 클리닉실

미혜가 C4 클리닉을 한다.

S#235. C4 전명환의 진료실

태규는 앉아 있고, CT 검사 결과를 모니터로 보던, 전명환 머리를 감싸 쥔다

전명환   이건, 암성 임파관증입니다. 나벨빈의 효과가 없으면 2주에서 3주, 최악의 경우 며칠 안에 사망할 수 있습니다.

태규   방법이 있을까요?

전명환   우선 나벨빈의 효과가 잘 나오기를 기도하고, 퇴원하는 즉시 토모테라피와 면역 요법을 적용하는 것입니다. 면역 요법 전문 병원을 소개해 드리죠.

S#236. 지하철

창밖을 바라보는 태규가 생각에 잠긴다.

S#237. 병실 복도

복도에서 서성거리는 태규, 양기수 선생이 지나간다. 태규가 발견하고 붙잡는다.

태규	선생님, 지금까지 제멋대로 병원도 옮기고, 결례를 많이 했습니다.
양기수	그렇게 생각하지 않아요.
태규	감사합니다. 마지막으로 부탁을 드려야 하겠어요. 만약에 나벨빈의 효과가 나오면 면역요법을 하게 해 주세요.
양기수	여태까지 제가 담당해 온 환자들을 보면 별 효과가 없는 게 대부분이었습니다. 효과에 대한 자료나 기록을 요구해도 제대로 된 답변을 해 오는 경우도 거의 없구요.
태규	선생님.
양기수	그런 것들이 걱정이 되지만, 미혜 씨나 보호사의 실정이 제일 중요하지요. 나벨빈이 효과를 보이지 않으면 면역요법에 한번 기대를 걸어 보는 수밖에요.

S#238. 병실 앞

태규가 병실로 들어가기 전에 얼굴을 만지며 애써 웃는 표정을 지으려고 한다.
그리고 문을 열고 들어간다.

S#239. 병실 안

장모가 우성을 안고 있다.

| 태규 | 나 왔어. |

미혜가 태규 쪽으로 얼굴을 돌리는데,
슬로우 모션이다.

미혜	전명환 선생님이 뭐라고 하셔?
장모	(태규를 보며) 몰핀 때문에 이렇다는구나.
태규	지금 쓰는 항암제의 효과를 기다리고, 토모테라피랑 면역 요법을 같이 해 보자는 거야.
미혜	그래, 빨리 해 줘. 오빠는 너무 느려.
태규	알았어. 난 우성이랑 장모님을 역까지 바래다주고 올게.

S#240 거리

우성을 안고 걷는 태규.
곁에 힘없는 장모가 함께 걷는다.

태규   앞으로 며칠 남지 않았다는 걸 미혜에게 말해야 할
        까요? 어떻게 해야 하죠?
장모   (잠시 생각하다가) 미혜도 대충은 알고 있는 것 같아
        (한숨을 쉰다.)

S#241. 개찰구 앞

개찰구 앞에서 우성을 장모에게 넘긴다.
장모는 능숙하게 우성을 업는다.

S#242. 병실 앞

태규가 병실 앞에서 들어가려고 하는데,
안에서 간호사와 미혜의 대화 소리가 흘러나온다.

S#243. 병실 안

간호사   (혈압을 재며) 요즘 어떠세요?

미혜	숨이 막히고 배가 아픈 것도 그렇지만, 몰핀에 취해서 졸린 것도 싫어요. 모처럼 온 아들에게 아무것도 못 해줬어요. 모든 게 괴로워요.
감호사	지금은 환자잖아요.
미혜	이번 달에 집에서 지낸 건 이틀인가 사흘뿐이에요. 입원 생활이 길어서 답답하고 집이 그리워요. 나도 그렇지만 남편도 무척 피곤해해요.

S#244. 동 병실 안(밤)

미혜가 잠들어 있다.
태규는 깨우지 않으려고 살금살금 걸어간다.
그리고 비행기 티켓과 안내 서적을 미혜의 옆에 놓는다.
바스락거리는 소리에 미혜가 살짝 깬다.

미혜	(잠에서 덜 깬 듯) 여보 뭐야?
태규	같이 갈 비행기 티켓이야. 섬에 가고 싶어 했잖아.
미혜	(살짝 웃으며) 응. 우성이랑 가고 싶어. 거기 가면 우성이랑 둘이 갈 곳도 있고.
태규	어디? 내가 모르는 곳이야?
미혜	오빠는 몰라도 돼요. 엄마랑 아들만의 비밀 장소거든.
태규	그래, 잘해 봐.
미혜	오빠 서랍 안에 작은 파우치가 있어. 거기에 넣어 줘.

태규가 서랍을 열어 파우치를 꺼낸다.

티켓을 넣으려는데 동전 지갑이 보인다.

동전 지갑을 열어 보니 반지가 나온다.

태규	아직도 여기 들어 있구나.
미혜	뭐가?
태규	아무것도 아니야. 어서 잠이나 자.
미혜	그래.

S#245. 동 병실 안(아침)

시계가 6을 가리킨다.

미혜	여보 일어나. 나 화장실 가고 싶어.
태규	(눈을 비비며) 그래.
미혜	아니, 조금 있다가 가.
태규	어, 그래.

잠시 침묵의 시간이 흐른다.

미혜	여보, 나 족발 먹고 싶다.
태규	(엉거주춤한 자세) 이 아침에 무슨 족발이야?
미혜	족발 사 와.
태규	자기야 제대로 씹지도 못할 거면서.

미혜	잔말 말고 사 와 시장에서 파는 그 족발로 사 가지고 와.
태규	알았어. 이따가 사 가지고 올게.
미혜	그리고 우성이 옷을 좀 사야겠어.
태규	지금 무슨 옷을 사?
미혜	가을옷을 사서 입혀야겠어. 그리고 겨울옷도 좀 사고.
태규	자기야.
미혜	어서 일어나. 옷 사러 가야지 .
태규	여보 .
미혜	우성이랑 스티커 사진을 찍으러 가야겠다. 새 옷을 산 다음에 사진을 찍어야지.
태규	여보.

미혜가 갑자기 일어나며 옆의 티슈를 집어 던진다.

미혜	(제정신이 아닌) 갈 거야. 당신이 안 데려다주면 내가 혼자 갈 거야. 내가 가서 옷도 사고 족발도 사 먹을 거야. 아니 떡볶이도 사 먹을 거야.

미혜가 침대에서 기어가면서 소리를 지른다.

태규	(안타깝고) 미혜야……. (애처로워 눈물을 흘린다.)

S#246. 동 병실 안

침대에서 미혜와 우성이가 함께 자고 있다.
태규는 그 모습을 지켜보고 있다.

S#247. 병원 안 정원(낮)

나무와 꽃이 있는 싱그러운 정원이다.
휠체어에 우성이를 안은 미혜가 앉아 있다.
휠체어를 밀고 있는 태규는 즐겁다.
미혜도 밝은 표정이다.

S#248. 병실 안

약에 몽롱하게 취한 미혜가 병든 닭처럼 꾸벅거리며 존다.

태규	미혜야,
미혜	(약에 취해 비몽사몽.)
태규	선생님이 산소 수치도 좋아졌대.
미혜	(역시 비몽사몽.)

장모 옆에서 지켜보다 눈물을 닦는다.

S#249. 병실 안(밤)

미혜가 반쯤 깨며 답답한 듯 몸부림친다. 산소마스크를 잡아서 떼어 낸다.

미혜   (산소마스크를 내던지려 하며) 이런 거 이제 치워.

태규   (제지하며) 미혜야. 왜 그래.

미혜는 팔에 꽂고 있는 링거 줄도 뽑아서 던져 버린다.
옷을 당겨서 벗으려고 하는 미혜,
태규가 보다가, 제지한다.

미혜   (울면서) 아파. 허리가 아파. 가슴이 너무 아파…….

태규   미혜야.

미혜   내일도 계속 이렇게 아플 거잖아. 모레도 아프고. 오빠, 나 이제 편해지고 싶어.

태규   미혜야.

미혜   나 이제 정말 편해지고 싶어.

기침을 하는 미혜.
호흡곤란이 온다.

태규   (병실 문을 열고) 간호사, 간호사. 여기 좀 도와주세요…….

S#250. 동 병실 안

미혜가 산소호흡기를 하고, 링거를 꼽고, 편한 표정으로 누워 있다.
미혜가 눈을 뜨며, 태규를 보고 살짝 웃는다.
그리고 오른손 검지를 세운다.

태규	미혜야, 여지껏 살면서 가장 미련이 남는다거나, 후회되는 일이 있을까?
미혜	우성이 신부를 골라 주지 못한 거.
태규	그거 말고 지금 할 수 있는 거나, 하고 싶은 거 말이야.
미혜	우성이 신부를 골라 주지 못한 거.

S#251. 양기수 선생 진료실

양기수	이번 주말을 넘기기 힘들 것 같습니다. 마음의 준비를 하셔야겠습니다.
태규	네.
양기수	완화 치료 병동이 있습니다. 공간이 비교적 넓고 욕조도 있습니다. 아이를 데리고 오시면 됩니다.
태규	알겠습니다. 감사합니다.

S#252. 완화 치료 병실

미혜가 호흡 곤란으로 숨을 할딱거린다. 태규가 문을 열고 들어온다.

　　미혜　　선생님 만나 봤어? 언제 퇴원하면 된대?
　　태규　　천천히 걷는 연습부터 하자.

미혜가 링거 스탠드를 끌고 천천히 걷는다.

　태규가 힘겹게 그녀를 부축한다. 앞까지 천천히 걸어가는 미혜와 부축하는 태규.

　　미혜　　우리 섬에는 언제 가?
　　태규　　열흘 있다가.
　　미혜　　그래. 예전 그대로겠지? 우성이에게 보여 주고 싶어.

미혜의 손이 덜덜 떨린다.

침대로 옮기는 태규.

침대에 누운 미혜.

　　미혜　　꼭 가고 싶어, 섬으로. 우성에게 꼭 보여 주고 싶거든.
　　태규　　그래 꼭 가자.

양기수가 들어온다.

　　양기수　　좀 어떠세요?

미혜	선생님, 열흘 뒤에 여행을 할 수 있을까요? 꼭 갈 데가 있는데.
양기수	불가능하지는 않습니다.
미혜	(반가워하며) 그렇구나.
양기수	여행을 가려면 산소통이 많이 필요할 거예요. 그리고 위급한 상황을 염두에 두고 가까운 병원도 알아보시고.
미혜	그때까지 빨리 건강해져야 할 텐데.
양기수	그래야지요.

양기수는 잠시 생각하다가 밖에다 대고 간호사를 부른다.
간호사가 가져온 몰핀을 주사한다.
미혜는 곧 편한 표정으로 잠이 든다.

S#253. 완화 치료 병실(밤)

미혜	(낮은 소리로)오빠. 오빠······. 우성이 아빠.
태규	왜 그래?
미혜	나 오빠를 너무 힘들게 한 거 같아, 미안해······.
태규	그런 소리 하지 마.
미혜	나 다음에 태어나면 우성이 엄마가 될 수 있을까?
태규	그럼. 되고말고.
미혜	나 다음에 다시 태어나면, 나랑 결혼해 줄 거야?

태규가 눈물을 손을 닦더니, 일어나서 서랍으로 간다.

서랍에서 파우치를 꺼내면, 비행기 티켓이 보인다.

티켓 옆에 동전 지갑이 있다. 동전 지갑을 열면 반지가 나온다.

반지를 들고 침대로 간다. 누워 있는 미혜 앞으로 다가가 한쪽 무릎을 꿇는다.

그리고 미혜의 왼손 넷째 손가락에 반지를 끼워 준다.

| 태규 | 저와 결혼해 주시겠습니까? |

눈물이 미혜의 볼을 타고,

산소호흡기 옆으로 흐른다.

| 미혜 | 네. 결혼하지요. |

태규가 일어나서 미혜의 이마에 입을 맞춘다.

미혜	오빠.
태규	말해.
미혜	섬에 가면 우리가 같이 찾아갔던 나무가 있잖아. 그 나무를 보여 주고 싶었어, 우성에게
태규	그거 좋지.
미혜	나 이번에는 같이 못 갈 거 같아.
태규	그럼 다음에 가면 되지, 뭐.
미혜	그래, 내년에 더 건강해져서 가면 되지.
태규	(눈물을 흘리며) 그래.

심전도기가 삐, 소리를 내며 멈춘다. 긴 시간이 흐른다. 태규가
미혜의 가슴에 얼굴을 묻는다.

S#254. 섬

그 섬이다. 우성을 안고 두 사람이 결혼했던 그 교회로 가는 태규

태규   우성아, 봐라, 여기가 엄마가 너에게 그렇게 보여
주고 싶었던 장소야.

우성은 태규의 오른쪽 얼굴을 쓰다듬으며, 웃는다.

〈끝〉

해설

체험과 창작이 어우러진 박병두의 작품 세계

조희문(영화평론가)

박병두 작가의 시나리오 세계는 폭이 넓다. 성장기 체험이 녹아있는 듯한 세미 픽션에서부터 창작의 다재다능함이 드러나는 오리지널에 이르기까지를 넘나든다. 그의 소설이나 시나리오 작품에는 그의 성장기 또는 사회 초년병 시절에 겪은 듯한 체험이 녹아있다. 성장기의 다양한 체험은 그의 작품세계를 다양하게 만들 뿐 아니라 독특한 개성과 면모를 드러낸다.

「그림자 밟기」에서 순경 남도영이 겪는 에피소드는 순경으로 사회생활을 시작했던 작가의 이야기처럼 보인다. 그렇다고 완전한 경험이라고 하기에는 픽션적인 요소도 함께 드러난다. 사실과 창작이 어우러진 팩션이고 박병두만의 독특한 작품세계를 이룬다.

일찍이 작가의 소설에서 만난 기억이 있지만 '후퇴란 없다'는 복서 지망생이 아버지와 갈등하지만 마침내 화해와 성공을 거두는 과정을 보여준다. 체험적인 면모 대신 창작의 다양함과 구성의 짜임새를 보여준다.

다만 그의 작품에서 공통적으로 드러나는 '길이'의 문제는 좀 더 주의해야 할 부분이다. 어느 것은 너무 짧고 어느 것은 지나치게 길다. 적당한 길이로 맞추기 위해서는 신 수를 늘이거나 줄여야 한다. 이미 만들어진 길이를 늘이거나 줄이는 일은 손쉽게 적당히 할 수 있는 것이 아니라 완전히 새로운 일이다. 그 과정에서 구축해 놓은 캐릭터의 성격이 흔들리거나 사건의 전개가 헐거워질 수도 있다. 길이가 달라지면 기존의 얼개에도 큰 변화가 일어날 수 있다는 뜻이다. 그래서 시나리오의 길이를 조절하는 일은 새로 쓰는 것만큼 새 일이라는 뜻도 된다. 그래서 시나리오 작가가 처음 작업을 할 때부터 얼마만큼의 길이로 해야 할지를 정하는 일은 중요하다. 그의 작품들을 살펴보자.

엄마의 등대

암에 걸린 젊은 엄마, 할 수 있는 한 아내를 살리고자 하는 남편. 그리고 뱃속의 태아. 엄마가 떠난 자리에서 새로운 미래를 다짐하는 남편과 아이…….

영화보다는 TV 드라마의 소재로 더 어울릴 듯하다. 그동안 영화든 TV 드라마든 시한부 생명의 심리와 절박함을 다룬 경우는 많았다. 관객이나 시청자를 이야기 속으로 끌어들이는 일은 만만치 않다. 전개의 결말이 쉽게 예상되는 스토리는 진부하다고 하고 너무 생소한 경우는 관심과 흥미를 모으기가 쉽지 않기 때문이다. 좋은 스토리는 새로움과 진부함이 적당히 균형을 이루어야 한다. 너무 가깝지도 않고 멀지도 않게 관객에게 다가갈 수 있기 때문이다. 그렇다고 얼마만큼의 배합이 적절한지는 계수로 한정하기는 어렵다. 막연한 표현이지만 '적당히'라는 표현 외에는 달리 할 말이 없다. 작가의 가늠으로 적정 여부를 가릴 수 밖에 없다.

고등학교 시절, 게임 사이트에서 알게 된 미혜와 태규. 두 사람은 대학시절을 거쳐 사회 생활을 시작한 지 얼마 지나지 않아 부부가 된다. 아기를 가진 새엄마는 임신상태에서 유방암 진단을 받는다.

아내를 살려야하는가, 아기를 살려야 하는가? 어느 한쪽을 포기한다고 다른 한쪽은 무사하다는 보장이 있을까? 태규의 발버둥에도 불구하고 미혜의 병은 회복하기 어려운 정도로 전신에 퍼져나간다.

하지만 여기서도 고민은 있다. 영화로 꾸미기에는 시각적 전개가 모자랄 가능성이 높다는 점이다. 병실에서 진행되는 대부분의 스토리에는 시각적 변화를 일으킬만 한 큰 사건이 없기 때문이다. 다정한 연인이 갑자기 찾아온 불행을 극복하지 못한 채 그대로 파국을 맞는다면 극적 긴장감을 갖추기 어렵고, 어떤 계기로 불행을 극복한다면 너무 인위적이란 지적을 피하기 어렵다. 어느 쪽을 선택하든 군더더기 없는 전개는 자연스럽지 않아 보인다.

「엄마의 등대」는 254신이다. 스토리의 내용에 비해 지나치게 길다는 느낌이 든다. 스토리 자체가 환자를 중심으로 펼쳐지기 때문에 병원을 무대로 삼고 있으며 극적 반전을 일으키기에는 한계가 있다. 상당 부분의 전개가 대사를 이용할 수밖에 없다는 점도 시각적 변화를 끌어내기에 어려움이 있어 보인다. 소재의 특성상 시각적 변화가 한계가 있는 데다 시나리오의 길이까지 길다면 영화는 실제 이상으로 평면적이 될 가능성이 있다.

시나리오나 영화는 가능한 한 군더더기가 없어야 한다. 시나 소설도 마찬가지여야 한다. 길이가 길다는 것은 어느 대목에선가 줄여도 되거나 중복되는 부분이 있다는 뜻이다. 스토리가 생략되면 전개상 비약이 일어나 읽는 사람 또는 보는 사람이 이해하기 어렵거나 스토리의 전개 과정에서 맥락이 끊어 질 수 있다고 우려할 수 있지만 적정 수준을 넘는 자세한 묘사는 오히려 흐름을 방해할 가능성이 높다. 적절한 길이를 조절하는 일은 시나리오 작가가 유의해야할 과제 중의 하나다.

인동초

「인동초」의 시나리오에 대한 첫인상은 '길다'는 것이었다. 모두 325신이다. 장편인가? 중편인가? 아니면 읽기위한 시나리오인가? 영화를 만든다는 전제를 한 것인가?

적어도 시나리오 만으로는 길이를 가늠하기 어렵다. 2시간 정도의 영화라면 대략 200신 안팎이 보통이다. 그보다 신이 많으면 영화로 만들 때 길이가 길어져야 한다. 작가의 의도는 무엇이었을까. 주인공의 일생을 세세하게 보여주려고 한 것인가? 주인공의 일생을 보여주려 이것저것 얘기를 하다 보니 의외로 길어진 것인가? 어느 경우던 작가의 통제력은 사라졌다. 아마도 인간 김대중에 대한 존경이나 연민 또는 그 모든 것을 작가는 유난히 각별하게 가지고 있기 때문은 아니었을까?

아무리 특별한 인물의 이야기라 하더라도 일생 전체를 그대로 묘사할 수는 없다. 몇십 년간에 걸친 이야기를 2시간 내외로 요약해야 한다. 당연히 가감이 있을 수밖에 없다.

「인동초」 시나리오의 대강을 요약한다면 김대중이란 인물의 일대기다. 대통령 취임을 비롯하여 하의도에서 태어나고 자란 과정, 1950년대 사업 이야기, 생과 사의 기로, 출마와 거듭되는 낙선, 아내 차용애의 죽음, 5·16 쿠데타, 이희호와의 결혼, 대통령 후보 피선, 피랍에 의한 곤욕, 박정희의 사망과 신군부의 등장, 정계 은퇴, 케임브리지대학 유학과 IMF 한파, 동생 대의 사망, 대통령 당선, 금모으기와 구조조정, 각국 정상과의 회담, 방북, 김정일과 회담, 노벨 평화상 수상 등 그의 면모를 살필 수 있는 에피소드가 파노라마처럼 펼쳐진다. 한 인물의 탄생과 성장 과정은 한국의 현대사와 맞닿아 있는 것처럼 보이기도 하다.

아마도 파란만장의 시대가 김대중 개인의 삶에도 그대로 묻어 있다고 보고 있는 것 같다. 그러나 김대중의 삶이 아무리 드라마틱하다고 해서 그의 삶 전체를 옮겨다 놓을 수는 없다. 어느 한 대목을 골라야 한다.

흔히 '내가 살아온 이야기는 책 열 권도 모자랄 지경'이란 말을 하는 경우가 많지만 실제로 주절주절 그 이야기를 다 영화로 만들 수는 없다. 한정된 시간에 그 이야기를 다 들을 수도 없고, 어느 부분에 초점이 맞추어지는 지도 구분할 수 없기 때문이다. 영화가 진행되는 내내 클라이막스를 유지할 수도 없다. 계속 클라이막스만 계속되면 어느 부분도 클라이막스 역할을 하지 못한다. 무엇보다도 관객이 견디지 못한다.

반대로 너무 많은 에피소드를 나열하면 이야기가 잡다해진다. 어디에 집중할지 몰라 혼란스럽고 지루해질 가능성이 있기 때문이다.

정치인 김대중 아니면 사업가 김대중 또는 김대중의 인간적인 면모 등 어느 한 가지를 고를 수밖에 없다.

「인동초」가 길어진 것은 김대중이 살아온 과정을 연대기적으로 다 그리려 했기 때문일 것이다. 아마도 작가는 김대중의 일생에서 어느 한 가지라도 빼놓으면 '인간 김대중'을 묘사하는데 흠이 된다고 믿는 듯하다. 아니면 김대중이란 인물의 일생이 그만큼 파란만장하다는 것을 보여주려 한 것인가?

그러나 좋은 시나리오는 전체에서 모든 것을 보여 주는 것이 아니라 부분을 통해 전체를 그릴 수 있어야 한다. 하의도의 시골 소년이 가난을 극복하고 사업가로 성공하기까지의 과정?

사업가가 성치인으로 변신하는 과정? 독재에 맞서는 정치인으로서의 수난과 영욕? 은퇴까지 선언했던 몰락한 정치인이 재기해 대통령이 되기까지의 숨가빴던 순간? 온갖 비난과 미움을 받았던 그가 용서와 화해를 실천하는 과정? 첫 번째 부인을 사별하고 새로운 부인과 사랑을 다져가는 과정?

「인동초」의 시나리오는 많은 이야기를 담고 있는 덕분에 이것을 읽는 사람에게 영감을 줄수는 있다. 에피소드를 솎아 내거나 필요한 부분만을 발췌해 구성한다면 '인간 김대중'을 그려낼 수 있다고 보기 때문이다.

그림자 밟기

「그림자 밟기」는 누군가의 회고담 같다. 회고담 중에서도 극적인 부분이 많이 보인다. 초년병 시절의 순경 남도영이 겪는 다사다난한 사연은 실화라고 하기에는 극적인 부분이 많고 드라마라고 하기에는 실화적인 요소가 많아 보인다. 아마도 실화와 픽션이 적당히 섞인 '팩션'이 아닐까 한다.

주인공으로 설정된 남도영은 순경답지 않게 섬세한 성격을 지녔다. 사정이 어려운 사람들을 그냥 지나치지 못하고 가끔은 돌아가신 어머니를 그리워하며 눈물을 훔치기도 한다. 틈틈이 시를 쓰는 시인이기도 하다.

근무 중 강도 사건 신고가 들어오고, 현장에 출동한 남도영은 피해자의 사정을 동정해 사건을 축소 보고하지만, 그 일로 주인공은 정직 등의 고초를 겪는다.

직업과 연민사이에서 고민하는 주인공 캐릭터가 드러나는 대목이다.

하지만 시나리오를 계속 읽어보면 주인공이 겪는 직업인으로서의 갈등을 그리려 하는지, 사건의 엮임에 초점을 두는지 모호하다.

현장에 출동한 이후 남도영은 여러 인과와 얽힌다. 그가 의도한

바는 아니지만 가까이 알았던 인물들이 뜻밖의 죽음을 맞고, 도영은 상처로 가슴 아파한다.

젊은 시절, 남도영은 갖가지 곡절을 겪으면서 차츰 성숙한 성인으로 변해간다.

사건의 기복이 크다기보다는 파란만장한 사건들을 통해 초년병 시절의 순경 남도영이 성숙한 인간으로 변모하는 과정을 그리고 있다는 점에서 일종의 성장드라마라고 할 수 있다. 서로 다른 사연을 가진 인물들이 모여 가족을 이룬다는 점에서 홈드라마이기도 하다.

시나리오의 결말은 남도영 순경의 시집 출판기념회로 마무리된다.

이 시나리오의 구성은 110신 정도로 짧다. 영화 한편을 꾸미기에는 신 수가 너무 적다. 출판기념회를 이야기의 결론처럼 마무리하는 것은 시작에 비해 뜻밖이다. 순경이라는 직업을 가진 직업인이 시인으로 나기까지의 성공담을 이야기하고자 하는가?

출판기념회는 어떤 일의 과정이지, 그 일의 중요한 목표인 것처럼 설정한 것은 의외다. 순경에서 시인으로 변신하는 것이 또는 그 두 가지를 다 할 수 있는 것이 의미 있는 일이고 출판기념회는 그것의 상징이라도 된다는 뜻일까?

작가에게는 소설가와 시나리오 작가의 구분이 섞여 있거나 그 경계가 서로 간섭하는 것은 아닐까라는 생각이 든다. 소설은 등장인물의 내면과 상황을 필요한 만큼 묘사할 수 있지만, 영화는 시각적인 동작이 강조되어야 한다. 영화적이라고 할수록 시나리오의 지문과 대사가 구별되며, 될 수 있는 한 상황 묘사가 커지는 이유다. 영화가 내내 내면의 심리 위주로 흐른다면 극적인 변화를 묘사하기는 어렵다. 보조적인 수단으로 나레이션이나 해설, 자막 등을 사용해야 하지만 지나치게 사용하면 영화 흐름에 방해가 될 수 있다. 「그림자 밟기」가 영화로 만들어진다면 적은 신 수를 적당히 늘리는 한편 시각적 사건을 삽입할 필요가 있다는 생각을 한다.

작가는 늘 인문학의 중요성을 이야기하고 말한다. 사회적인 눈에서 사람과 사람, 법과 사람, 한 시대를 인간으로서 살아가는 질서, 사람들과의 관계 복원이나 어떤 인간애를 나누는 일에 사명을 걸듯하는, 주변에서 자주 보거나 만날 수 없는, 일반적인 정신 세계를 넘은 작가의 심성들이 때때로 놀랍다. 인문주의를 되살리고자 하는 작가의 고향 마을 귀촌은 그래서 더 마음을 보낸다.